한 · 중 · 일 신(新) 문화 삼국지

한 · 중 · 일 신(新) 문화 삼국지

김문학 지음

玄人

이어령 전 문화부장관의 연구실에서

한중일 코드를 푸는 문화지도

김문학 씨가 또 새롭게 한·중·일 비교문화 신간을 낸다.

월경하는 귀재(鬼才)로 불리는 김문학 씨는 한국 독자들에게도 익숙한 이름이다. 조선족 3세로 중국에서 출생하여 일본에서 오랫동안 비교문화를 연구해 온 40대의 젊은 학자다. 강릉 김 씨의 한국인 조부를 둔 그는 한·중·일 삼국을 동시에 바라볼 수 있는 희귀한 조건과 시각을 갖추고 있다.

이미 10여 년 전에 동아시아 삼국의 문화를 예리하게 비교, 분석한 『벌거숭이 3국지』 등 훌륭한 저작을 출간하여 한국 독서계에 센세이션을 일으킨 바 있다.

"한국인과 일본인과 중국인, 그들은 과연 누구인가? 이 삼국인에게는 어떤 문화적 동질성과 이질성이 있을까? 왜 삼국인이 저마다 다른 문화를 구축했으며 외견은 그렇게 비슷하면서도 국민성은 또 그렇게 다를까?"

이러한 궁금증에 대해서 김문학 씨는 매우 흥미진진하고 예리한 관찰과 비교로 답을 해 나간다. 김문학 씨에게만 갖춰진 국제적 시야와 타문화 체험으로 풀어 가는 "비교문화 삼국지"는 간결하면서도 명료하게 동아시아 삼국인의 국민성과 삼국 문화의 오묘한 심층까지 자세하게 보여 준다. 한·중·일 삼국의 언어와 문화에 능통한 그의 삼국 비교문화론은 항상 아속(雅俗)의 묘미가 어우러져 독자의 마음을 사로잡는 매력이 있다. 때로는 정채로운 어구와 논단이 도처에서 튕겨 나오며, 사소한 데서 뭔가 발견을 하는 아취를 느낄 수도 있다.

오늘은 세계가 하나로 흐르고 있는 글로벌 시대, 문화의 시대다. 그리고 중국을 비롯한 동아시아가 융성하는 시대다. 그래서 중국을 알고 일본을 알며 우리 자신의 문화도 잘 알아야 한다. 이렇게 되면 동아시아 문화도 유럽의 튼튼한 솥발처럼 설 수가 있다. '가위·바위·보'와 같은 역학관계와 유연구조를 갖춘 동아시아 문화가 유럽 세계가 갖지 못한 색다른 목소리로 세계에 설 수 있게 될 것이다.

이런 의미에서 김문학 씨의 이 책은 알기 쉬운 삼국의 문화지도 역할을 하게 된다.

김문학 교수와 나는 지난 세기 1999년부터 알게 되면서 지금까지 친분을 쌓아 온 사이다. 2004년 교토의 국제일보문화연구센터에서 일 년 동안 연구생활을 보내고 있을 무렵, 김문학 씨와 '동아시아 삼국 문화'에 대한 대담을 나눈 적도 있다. 그리고 내 자신이 주필을 맡은 '한·중·일 문화코드 읽기·비교문화 상징사전' 시리즈의 집필멤버로도 활약해 왔다.

서울을 방문할 때마다 그는 꼭 잊지 않고 나를 찾아 주곤 하였다.

유연하고 섬세한 성격이면서도 독특한 시각과 비판성이 강한, 유려한 글 솜씨를 자랑하는 문명비평가이다. '아침에는 북경에서 기름 빵을, 점심은 서울에서 설렁탕을, 저녁은 동경에서 기린 맥주에 덮밥을 먹는다.'는 말과 같이 삼국의 국경을 허물고 넘나드는 월경의 문화 탐험가이기도 하다. 김문학 씨처럼 삼국의 언어를 자유자재로 구사하고 삼국 문화를 종합적 시야로 바라보며 비교할 수 있는 학자는 정말 흔치 않다.

그만큼 우리에게는 소중한 존재다. 김문학 씨는 한·중·일 삼국의 문화를 숙지하고 있을 뿐만 아니라, 탁월한 비교문화의 통찰력으로 삼국 문화를 비교, 분석한 저작을 많이 펴낸 지성이다. 한·중·일 동양의 지성사에 떠오른 조선족의 젊은 준재는 문화의 경계를 넘어서 '코스모폴리탄적'인 특이한 목소리를 내고 있는 인물이다.

그런 김문학 씨는 또한 정이 많은 사람이다. 몇 년 전 그가 나의 졸저 『축소지향의 일본인』과 『바람 속에 저 흙 속에』를 중국 대륙에 처음으로 번역, 소개해 주었다. 그의 노력 덕분에 '이어령'이라는 이름이 대륙에도 알려지게 되었다.

그래서 나는 그에게 자그마한 빚을 지고 있었다. 무엇으로 그 빚을 갚을 수 있을까? 김문학 씨를 위해 나는 아직 뭔가를 해준 적이 없다. 마침 이번에 그가 한국에서 새로운 '문화 삼국지' 신간을 내신다니 이 기회를 빌려 서문으로 빚갚음을 대신하련다. 그래야 나도 안도의 숨을 쉴 수 있으니까.

    물론 빚갚음 운운은 경쾌한 농담이다. 이 책이 지닌 의미와 가치의 지대함은 더 이상 언급할 나위도 없다.

    누가 중국을 알고 일본을 안다고 했는가? 이 책은 비교를 통하여 타자와 우리 자신을 아는 문화거울이 될 것이다. 독서를 즐기는 모든 국민들에게 이 한권의 책을 추천하고 권장한다.

2010년 10월 10일

이어령

머 리 말

한국인과 일본인과 중국인? 그들은 누구인가? 이 삼국인에게는 어떤 동질성과 이질성이 있는가? 왜 저마다 다른 문화를 구축했을까? 외모는 거의 똑같은 세 나라 사람들이 왜 그렇게 유사하면서도 또 그렇게 다른 걸까?

이런 문제들은 비교문화 연구가이자 문필가인 내 자신이 늘 사고하고 관찰하고 비교해 온 것들이다.

무성한 나뭇잎을 보면 땅 밑에 뻗어 있는 굳건한 뿌리를 짐작할 수 있듯이, 나는 주로 현 시대의 삼국인이 사는 모습들을 비교하는 것으로 명쾌한 문화 현상을, 그 심층을 찾기 위해 노력해 왔다.

비교문화 자체는 자칫 학구적으로 접근을 하려 했다간 난해의 미궁으로 독자를 끌고 갈 염려가 있다.

이번에도 일반 독자를 염두에 두고 이해하기 쉽게 이야기하듯 쓰려고 노력했다. 솔직히 고백해서 이 글들은 거의 즉흥적으로 쓰여졌는데 여기에서는 겉으로 잘 안 보이는 뒷골목의 폄훼(貶毁)된 저질 풍속이나 습관을 있는 그대로, 실사구시(實事求是)와 솔직함을 넘어 자학(自虐)하는 기분으로 기록하려고 노력하였다.

그러나 산모가 각고의 산고 끝에 낳은 자식과 같이, 내가 쓴 글은 다 내 자신의 분신이며 핏덩이 아닌가. 한국 속담의 열 손가락은 길고 짧아서 길이가 같지 않지만 어느 하나 물어서 안 아픈 손가락이 없다는 말마따나 그래도 아끼고 싶다.

앞으로 좀 더 좋은 글을 쓰기 위해 노력해야겠다. 여전히 나를 사랑해주는 독자들에 대한 고마움의 표시라고 생각하면서.

2000년 8월 일본 히로시마에서

저자 씀

차 례

제1장 •

'엽전'들은
허풍이 세다

재미있는 명칭의 해프닝

남자의 불알을 먹겠다

우선 1940년대 제2차 세계대전 중에, 중국 대륙에 주둔해 있던 일본 병사와 중국 민간인 사이에서 벌어진 재미난 이야기 하나를 소개하겠다.

오랜만에 달걀을 먹고 싶었던 일본 병사가 부근의 중국인 마을에 가서 달걀을 조달하려고 했다. 그러나 언어가 통하지 않아 필담으로 대화를 나눴다.

일본 병사가 '아욕식대란다수(我欲食大卵多數, 큰 계란 다수를 요구한다.)'라고 쓴 종이를 촌장에게 내밀었다. 완벽한 중국어는 아니었지만 그래도 의사는 통했다. 그것을 본 촌장이 당황하여 안절부절 못했다. '몰유대란(沒有大卵)'이라고 쓴 종이를 건네 왔다. 병사는 너무 컸는가 싶어 이번에는 작은 계란 소수를 달라는 뜻으로 '소란소수(小卵少數)'라고 썼다. 그랬더니 이를 본 마을 사람들이 떠나갈 듯 야단법석이었다.

영문을 알 수 없었던 병사는 원인을 해명하기 위해 할 수 없이 통역을 불렀다. 알고 보니 중국어로 '란(卵)'은 남자의 고환이라는 의미였던 것이다. 그렇지 않아도 가뜩이나 일본 병사를 잔혹한 '쿠즈[鬼子]'라고 욕하던 참이었는데 남자의 불알을 먹겠다고 했으니 얼마나 증오했겠는가.

이번에는 현대의 에피소드를 이야기해 보겠다. 나이 지긋한 한국의 남자가 일본에 비즈니스 관계로 오게 되었다. 도쿄의 호텔에서 고국으로 편지를 쓰려고 보니까 편지지가 떨어지고 없었다. 할 수 없이 메모지에 한자로 '편지(便紙)'라고 쓰자 호텔 종업원이 야릇한 표정을 지으면서 "하이!"하고 나가더란다. 잠시 후, 종업원이 가지고 온 것은 두루마리 화장지였다. 그 종업원은 아마도 화장실에서 쓰는 휴지라고 여겼던 것이리라.

이 같은 에피소드는 중국에 간 일본인에게도 벌어진다. 일본에서는 편지를 '테가미[手紙, てがみ]'라고 하는데 '手紙'가 중국에서는 곧 화장지이며, 휴지를 의미한다. 그러니 위와 유사한 에피소드가 빈번하게 일어나는 것도 무리는 아니다.

또 하나의 국제적 해프닝을 들어보자.

처음 북경을 방문한 일본 기업의 단체 방문단이 북경의 모 특급호텔에 숙박했다. 낮엔 스케줄대로 바쁘게 움직이다가 저녁 무렵 호텔로 돌아왔다. 그 중 호텔의 화장실을 이용하려던 한 방문객이 문득 낮에 들렀던 공중화장실이 유료였다는 사실이 떠올랐기에 혹시 이 호텔의 화장실도 유료가 아닐까 걱정이 되어 그 사실을 확인하려고 호텔 종업원에게 필담으로 물었다.

"변소, 유료? 무료? (便所, 有料? 無料?)"

그러자 호텔 종업원은 한참을 생각하더니 메모지에 이렇게 답을 썼다.

"유료. 매우 많음.[有料, 非常多]"

일본인이 또 동전을 많이 바꿔 놓아야겠군 하고 생각하면서 짐을 풀고 있는데 누군가가 노크를 했다. 방문단의 통역이 찾아온 것이다. 통역은 찾아온 용무를 이렇게 설명했다.

"종업원의 이야기를 호텔 지배인이 듣고 당신과 비즈니스를 할 생각인데 그 프로젝트의 책임자가 당신인지 확인해 달라고 해서 왔습니다."

일본인은 아닌 밤중에 홍두깨 내미는 듯한 소리에 영문을 알 수 없어 눈이 휘둥그레졌다.

"아니, 무슨 프로젝트인데요? 전혀 무슨 얘긴지 모르겠는데요."

"아까 비료에 대해 말씀하신 걸로 알고 있는데요."

"그런 얘긴 전혀 하지 않았어요."

그야말로 화가 나도록 뚱딴지같은 이야기였다. 일본인이 그 호텔 종업원과 있었던 이야기를 설명해 주자, 통역은 포복절도했다. 통역은 이어서 설명했다. 중국어에서 '유료(有料)'는 문자 그대로 재료(材料=원자재)가 있다는 의미다. 그래서 호텔 종업원은 변소에서 나는 비료(인분)가 있냐고 묻는 줄로만 여기고 그것을 사려고 하는 줄 알았단다.

성적으로 섹시하고 맛이 있다

최근에 있었던 우스운 얘기다. 한 한국인이 일본 남자와 결혼하고 싶어 하는 한국 여자를 일본 남자에게 소개하였다. 일본 남자가 "그 여자는 어떤 여자죠?"하고 묻자 한국 중매자는 그 여자의 성미가 참 좋다는 뜻으로 '성미호(性味好)'라고 썼다. 그러자 일본 남자는 성적으로 섹시하고 맛이 있다는 뜻으로 여기고 좋아했다고 한다. 만일 이 한자를 중국인이 보았다고 해도 그렇게 착각했을 것이다.

역시 몇 년 전에 있었던 일이다. 일본에는 센토[錢湯]라는 공중목욕탕이 많이 있는데 일본에 유학 온 학생들이 처음에는 그 목욕탕에 대해 엄청나게 착각을 했다고 한다.

일본의 센토는 보통 노천의 간판에다 탕(湯)이라고 큼직하게 표기해 놓는다. 중국 유학생 하나가 그 간판의 글자를 보고, 또 작은 대야를 들고 그 안으로 들어가는 일본인을 보고 자기도 따라 들어갔다. 정면에 '남(男)', '여(女)'의 입구가 별도로 갈라져 있었다. 야릇하게 생각하면서 '남'이라고 적힌 칸으로 들어가니 모든 남자들이 벌거벗고 있는 것이 아닌가! 아, 그제야 여기가 목욕탕이구나 하고 깨달았다고 한다.

중국 유학생이 착각하게 된 이유는 무엇일까? 그것은 중국에서 탕(湯)은 스프, 즉 국이라는 뜻이기 때문이다. 국물을 파는 곳인 줄 알고 들어갔던 것이다.

처음 서울에 유학 온 중국인 유학생에게 하숙집 주인이 필담으로 냉장고(冷藏庫)를 주겠다고 하여 놀랐다고 한다.

"한국인이 암만 잘 산다 해도 냉동용 창고를 다 준다니!"

중국 유학생은 냉장고를 중국어 그대로 냉장창고, 냉동창고로 착각했던 것이다. 중국에서 냉장고는 빙상(氷箱)이리고 히기 때문이었다.

일본에서는 우표를 '깃테[切手]'라고 한다. 그러나 한자 뜻 그대로 하면 손을 자른다는 의미다. 따라서 우표를 붙인다는 것은 중국어의 의미대로 하면 '손을 잘라 붙인다.'가 되어 버린다.

같은 한자지만 의미가 전혀 다른 데서 오는 우스운 얘깃거리는 무수히 많아 일일이 열거하려면 사전 한 권을 편찬할 분량이 될 것이다. 이런 아이디어를 사전으로 묶으면 재미있지 않을까? 하나만 더 들어보자.

한 일본인이 중국인 친구로부터 커다란 서예 액자를 우편으로 선물받았다. 포장을 뜯고 보니 그 액자 속에는 사자성구가 붓글씨로 크게 적혀 있었다.

'금옥만당(金玉滿堂)'

순간 일본인은 아연해졌다.

"이건 다 뭐야! 농담도 너무하잖아."

왜냐하면 일본어에서 '금옥(金玉)'은 '긴다마'라고 읽는데 남자의 불알을 의미하기 때문이다. '불알이 온 집안에 가득 차라.'는 이야기가 된다.

그러나 중국에서는 전혀 다른 의미다. 금옥이란 돈과 재물, 보배를 의미하니 그것이 '만당'하면 얼마나 좋은가. 한국에서도 금옥은 중국과 같은 의미로 통한다. 이렇게 같은 한자어지만 삼국에서 서로 다른 뜻으로 쓰이는 경우는 부지기수다.

언젠가 내가 한·중·일 삼국의 친구가 다 모인 자리에서 이런저런 명칭의 해프닝에 대해서 얘기를 하고 있으니까, 그 친구들이 이구동성으로 「삼국 명칭·호칭 해프닝 사전」 한 권을 편찬하면 어떨까 하는 제안을 해 왔다.

앞에서도 이미 이야기했지만 명안은 명안인데 아직 그럴 만한 여유가 없다. 이 책을 읽는 독자 여러분 중 누군가가 먼저 편찬해 주시길 바란다.

나라마다 호칭도 가지가지

동양 삼국의 이런저런 사람들과 만나다 보면 무수히 다채로운 호칭이나 명칭을 대하곤 한다. 이런 다채로운 호칭이나 명칭은 삼국에서 서로 유사하게 나타나기도 하고, 또는 같은 뜻인데도 불구하고 전혀 다른 식으로 다른 뜻의 이름이나 외형으로 나타기도 해 문화적 충격을 느끼는 때가 한두 번이 아니다.

말하자면 지극히 간단한 호칭이나 명칭에도 그 나라의 문화적 배경이나 사회적 상황이 스며 있는 것이다. 사실 이 같은 문화적 이질성을 착각하거나 이해하지 못한 데서 재미있는 이야기들이 많이 생겨나는 것이다. 가령 중국인들은 결혼한 사람이면 늘 아내를 '나의 애인(愛人)'이라 하는데 일본인이나 한국인이 말하는 애인·연인의 뜻이 아니다. 집사람이니까 당연히 '애인'이라고 부르는 것이다.

호칭에 있어서도 삼국이 각기 다른 양상을 나타낸다. 일본인들은 성씨만 부르고 한국인은 특정한 사람 이외엔 흔히 성과 이름을 모두 부

§ 한·중·일 신(新) 문화 삼국지
21

른다. 그리고 중국인들은 동년배끼리는 성과 이름을 부르고 윗사람에게
는 성씨 앞에 노(老) 자를 붙인다. 아랫사람이라면 성씨 앞에 소(小) 자
를 붙여 표현한다. 가령 성이 왕(王) 씨라면 노왕 또는 소왕이라고 호
칭한다.

일본인은 노인이든 아이든 '상[樣]' 자 하나만 붙이면 만사 문제없다.
이것은 한국의 '씨'와도 같지만 그 범위가 씨보다 훨씬 넓다. 한국인은
물론 씨로 부를 수야 있지만, 아무래도 '상' 같이 다 통하긴 어렵다. 김
대중 대통령 앞에서 한국인들이 직접 '김대중 씨' 또는 '김 씨'라고 부르
지는 않는다.

일전에 일본의 민영 텔레비전 방송에서 일본의 유명 기자와 김영삼
전 대통령의 대담을 방송했는데 그 일본 기자가 김영삼 씨를 '김 상'이
라고 불러 일본에 있는 일부 한국인들을 불쾌하게 만든 적도 있었다.

중국에서는 1980년대 초반까지만 해도 공산주의자라는 뜻을 갖고 있
는 말인 동지(同志)로 서로를 불렀다. 모택동 동지, 등소평 동지라고 하
는 것이 일반적인 상식이었다. 그러나 1980년대 후반부터 서구문명이
들어오면서 동지는 촌스러운 호칭으로 여겨졌고 그것이 점차 바뀌면서
지금은 여성들에겐 '쇼제[小姐]', 남자들에겐 '선생(先生)'을 붙여 부른
다. 이것은 대도시에서 유행되는 것이고 광대한 중국의 서민층에는 여전
히 노, 소의 호칭이 존재한다. 그리고 아는 친구, 동년배끼리는 여전히
그냥 이름 석 자만 부르는 것이 상식이다.

중국의 성명은 3자 혹은 2자가 기본이고 한국도 중국과 같지만, 일본
만은 4자가 기본이다. 이것은 그 성씨 자체의 차이에서 온다. 중국과 한

국의 성씨는 보통 한 글자인데 반해서 일본의 성씨는 두 글자가 보통이기 때문이다.

일본은 성씨를 10만 가지나 갖고 있다고 한다. 인구 1억 2천만에 성씨가 10만 가지이다. 그런데 한국은 250여 가지 성씨, 그 중에 김(金), 이(李), 박(朴) 씨가 국민의 절반을 차지하고 그 다음으로 최(崔), 정(鄭), 윤(尹), 조(趙), 장(張), 임(林), 강(姜) 씨가 또 절반을 차지하니 결국 10종의 성씨가 국민의 대다수를 차지하는 셈이다.

그래서 서울 시내 한복판의 번화가에서 "김 사장님!"하고 부르면 100명 중 10명이 예, 하고 대답한다고 하지 않는가!

이렇게 동성이 많으니 반드시 이름 석 자를 다 불러야 다른 동성과 중첩되는 것을 막을 수 있다.

중국에도 조(趙), 전(錢), 손(孫), 이(李), 주(周), 오(吳), 정(鄭), 왕(王), 진(陳), 장(張) 등의 집중된 성씨가 있으며 도합 600여 가지의 성씨가 있다고 한다. 13억 인구 중에 역시 10종의 성이 많은 비율을 차지하니 북경의 번화가에서 "왕!"하고 부르면 100명 중 10명은 반응을 보인다고 한다.

그러나 일본인은 스즈키[鈴木], 야마다[山田] 등이 흔한 성이지만, 1억 2천만 인구가 10만 가지를 사용하고 있기 때문에 한 개 그룹에서 동성이 부딪칠 확률은 1,200분의 1이라고 한다. 그러니까 굳이 이름까지 다 부를 필요 없이 스즈키 상, 야마다 상, 하고 부르면 편리하다. 그런데 흥미로운 것은 근대 메이지 유신까지 성씨를 갖지 못했던 일본 서민들이 근대화되면서 정부에서 이들에게 성씨를 갖게 하자, 없던 성씨를 조속히 만들어 붙이다 보니까 별의별 성씨들이 다 등장하게 되었다는 점이다.

소나무 밑에 집이 있는 사람은 마쓰시타[松下], 밭 가운데 사는 사람은 다나카[田中]라는 식으로 주로 지리, 장소적 차원에서 성을 마구 따온 셈이다.

예를 들면 희한한 성 가운데 아비코[我孫子]라는 것은 내 손자라는 뜻이다. 그리고 개가 길렀다는 이누카이[犬養], 개무덤이란 뜻인 이누즈카[犬塚], 귀신무덤이란 오니즈카[鬼塚], 소꼬리란 뜻으로 우시오[牛尾]…… 등 수없이 많기도 하다.

한성이냐, 쇼오얼이냐

그런데 이런 일본인의 성씨가 중국 대륙에서 해프닝을 일으킬 줄 누가 알았으랴. 일본에 노지리[野尻]란 유명 안경 메이커가 있는데, 북경에 진출하여 간판을 노지리 안경[野尻眼鏡]이라 걸었더니 하품(下品)의 상호라는 중국인의 항의가 있어 결국 우아한 이름으로 바꾸었다. 왜냐하면 중국어로 노지리는 '들판의 엉덩이'란 뜻이기 때문이었다. 들판의 야한 엉덩이 안경을 고귀한 얼굴에 걸고 다닐 수가 없었던 모양이다.

이름 이야기가 나온 김에 한마디 더 해야겠다. 이름 짓는 방식도 나라에 따라 다른 형태로 나타나 흥미롭다. 중국에서는 아이가 태어나면 그 대(代)의 항렬에 따라 이름을 짓는다. 지금은 이름 짓는 의식이 간소화되었지만 옛날에는 위패 뒤 뚜껑을 열어(그 속에는 7대까지 거슬러

올라간 직계 조상들의 이름이 붉은 종이나 비단 천에 기재돼 있다.) 선조들의 이름과 중복되는 글자를 피하기 위해 그 리스트를 점검하여 아이의 이름을 지었다.

중국인은 아버지 대부터 석어도 7대 조상까지의 이름에서 농자(同字)를 따오는 것을 절대 금기시하고 있다. 한국의 상황도 중국과 비슷하다. 이를테면 그 세대의 돌림자가 영(永)이라면 영남, 영호, 영수 하는 식의 돌림자 이외의 자는 절대로 아버지의 이름자를 따오지 않는 것이 철칙이다.

그러나 일본은 독특하게도 아버지 이름의 한자를 따서 아들에게 주는 일이 아주 많다. 아버지의 이름이 신노스케[愼之助]라면 아들은 그 중에 신(愼) 자를 따서 신타로[愼太郎]라고 이름을 짓는다. 말하자면 대를 잇는 이름이다. 일본의 불교에서도 스승의 이름자를 따서 제자의 이름을 짓는 일이 허다하다.

중국과 한국은 예로부터 엄격한 유교체제 하에서 조상과 자손의 관계가 동등할 수 없는 종속의 관계였기 때문에 같은 이름을 딸 수 없는 것은 당연했다. 그러나 일본은 유교의 체제가 체질화되지 못해 이 같은 엄격한 상하 규제보다도 횡적인 인간관계가 발달됐다고 할 수 있다. 아무런 거부감 없이 양자(養子)를 데려다 기르고, 사제지간에도 같은 이름자를 쓸 수 있듯이, 횡적인 인간관계가 형성된 점이 한ㆍ중과 대조적이다.

삼국이 동일한 한자문화권이라 하지만, 기실 같은 명칭이나 명사라도 각기 다른 뜻으로 통하는 경우가 적지 않은데다가, 민족성이나 사회 여

건의 차이 때문에 여러 가지 해프닝이 빈번하게 발생한다.

한·중 수교가 되기 전까지 한국에서는 중국인들이 서울을 한성(漢城)이라고 부르는 것을 몰랐다. 대한민국 정부수립 당시 '서울'이 대한민국의 수도라는 것을 전 세계에 공표했는데도, 중국에서는 오늘날까지도 '한성'이라고 한다. 중국의 대표적인 사전 『사해(辭海)』의 조목을 보면 '한성(漢城) : 조선 남부에 있는 도시, 이씨 조선의 수도였다. 한성부라고 하다가 1913년 경성(京城)으로 개명, 1945년부터 '한성'이라는 명칭을 회복했다.'고 적혀 있다. 이에 왜 '서울'인데 '한성'이냐고 한국인들이 반발하자 중국에서는 그 책임이 자기들에게 있지 않고 한국 측에서 아직 서울을 한자로 표기하는 방법을 알려주지 않았기 때문이라고 했다. '서울(Seoul)'이라는 발음에서 나온 한자어로는 '쇼오얼[首兒]'을 위시로 몇 개 방안이 있었지만 한국에서의 통일안이 없어 결국 아직도 중국에서는 한성으로 쓰고 있다. 일본에서는 그 발음 그대로 '소우루[ソウル]'라고 표기해 별 문제가 없지만 한자 대국인 중국인들은 소우루 하면, 일본어 좀 안다는 사람도 그 뜻을 잘 모른다. 하루 빨리 '서울'의 한자 표기법이 나오지 않으면 안 될 시점에 와 있다.

'동양(東洋)'이라는 단어가 일본과 한국에서는 모두 아시아, 동아시아란 의미로 통한다. 즉 서양을 상대로 한 동쪽의 개념이다. 그러나 중국에서는 동양하면 일본을 가리키며, 일본인을 동양인이라고 부른다. 욕할 때는 '동양귀자(東洋鬼子)'라고 한다. 서양인을 욕할 때는 '양귀자(洋鬼子)'라고 하는데, 즉 서양 놈이라는 의미다. 중국에서 서양의 반대인 동양의 의미로는 동방(東方)이란 말을 쓴다.

동양 삼국인은 그나마 상대방의 언어를 모를 경우에는 한자라는 공통어가 있어서 필담으로도 의사소통이 꽤 되지만, 그러나 마음 놓고 거기에 의존했다간 자칫 큰 오해를 사기가 십상이다.

같은 한자이니 삼국에서 다 통하겠거니 자신했다가 망신을 당한 해프닝은 수없이 많다.

마지막으로 하나만 더 이야기해 보자.

서양인의 인명이나 타이틀을 번역하는 데도 삼국은 차이가 난다. 일본에서는 거의 100% 가나(かな)란 문자를 외래어 전용으로 표기하며, 한국에서도 발음 그대로 살려 표현한다. 그렇지만 한자 대국 중국에서는 여전히 외래어를 표기하긴 하되 그 속에 한자의 의미까지 살리려는 경향이 있다.

누구나 잘 아는 코카콜라는 '코커우커러[可口可樂]'라 하는데 입에 맞고 마셔서 즐겁다는 뜻이 되고, 텔레비전은 '디엔시[電視, 전기로 본다]'라 한다.

자, 그럼 미국 영화배우 이름인데 한번 맞춰 보시라.

싸랑쓰뚱[沙朗史東]이라는 이름이 있다. 누굴까? 바로 샤론 스톤이다. 스타룽[史泰龍]은 누구일까? 『람보』로 일약 유명해진 육체파 스타 실베스터 스탤론이다.

영화 타이틀도 영문 그대로 번역하는 것이 아니라 중국식으로 번안한다. 『스페셜 리스트』가 『폭탄전문가(爆彈專門家)』로 번역되었고,

『쥐라식파크』는 『주라기 공원(蛛羅起公園)』이 되었다. 그리고 『터미네이터』가 『마귀종결자(魔鬼終結者)』, 홍콩에서는 『미래전사(未來戰士)』로 번역되었다. 『고드 파더』는 『교부(敎父)』로, 『마이 페어 레이디』가 『절조숙녀(窃窕淑女)』로 『람보』가 『제1적혈(第一滴血)』로, 그런데 왜 첫 방울의 피가 되었는지 궁금하다.

여전히 한자는 조어력이 탁월한 모양이다. 그래서 모든 외래어를 자기중심으로 개종시키는 중국인의 능력은 뛰어났고 또 그만큼 자기중심적인 사고가 강하다. 한자를 뺀 중국인의 문화를 이해할 수 없는 것은 말할 나위도 없지 않을까.

삼국의 언어 감각

여러 가지로 해석되는 중국의 문장

한 · 중 · 일 삼국의 언어 감각을 비교해 보면, 표현에 있어서 한국어와 일본어는 섬세하고 명석하다는 것을 아주 쉽게 알 수 있다. 그러나 중국어는 그렇게 섬세하지도 명석하지도 못하다는 사실을 상대적으로 느낄 수 있다.

이것은 내가 삼개 국어를 어느 정도 다 구사할 수 있다는 점에서 얻어낸 결론이기도 하지만, 삼국의 언어 구조나 그 기능 자체가 곧 그러하기 때문이다.

실례를 들어보자.

我愛你, 你不愛我(워 아이 니, 니뿌 아이 워)

이 지극히 단순한 중국어 구절을 한국어나 일본어로 옮기면 다양하게 말할 수 있다. 이를테면 여러 가지로 번역할 수가 있다.

① 나는 너를 사랑하지만, 너는 나를 사랑하지 않는다.

② 나는 네가 좋은데, 너는 내가 싫은 모양이다.

③ 나는 너를 사랑하며, 너는 나를 사랑하지 않는다.

④ 내가 너를 좋아함에도 불구하고, 너는 나를 좋아하지 않는다.

⑤ 내가 너를 좋아하듯, 너는 나를 좋아하지 않는다.

⑥ 나는 너를 좋아한다. (그러나, 그 전에, 그래서, 어쩐지……), 너는 나를 싫어한다.

⑦ 내가 너를 좋아하는 까닭으로 너는 나를 싫어한다.

한국어, 일본어는 이같이 서로 다른 뉘앙스의 구절로, 상황에 따라 각기 다른 양상으로 번역이 가능한 것이다.

또 한 구절 예를 들어보자.

今天下雨, 我沒帶傘. (진텐싸위, 워메이따이산)

상황에 따라 역시 한 · 일 양국어로는 여러 가지 뉘앙스로 번역이 가능하다.

① 오늘 비가 오지만, 나는 우산을 갖고 오지 않았다.

② 오늘 비가 와서 우산을 갖고 오지 않았다.

이렇게 완전히 정반대의 의미로도 번역이 가능하다. 그것은 중국어의 표현이 모호하고 절충성이 있기 때문이다. 무엇보다도 한·일어의 조사, 앞뒤의 구설을 이어주는 명석한 표현이 중국어에는 결여되어 있다. 물론 중국어에도 조사가 없는 건 아니지만 한·일어에 비해 양적으로 적고 큰 비중을 차지하지 않는 점이 특이하다. 특히 한·일에서 한문으로 통하는 고대 한어에서는 이 같은 특징이 더 현저하며, 문장부호가 없으면 그 뜻이 난해한 구절이 많이 있다.

내가 삼국을 돌면서 느낀 현상 중 하나인데, 중국인은 말이 많고 말하기를 즐기지만, 화술이 유창하고 단어 사용이 적절하며 완전히 자기의 뜻이나 사상을 표현해 내는 사람은 의외로 많지 않다. 달변이라고 해서 꼭 적절한 표현을 한다는 것을 의미하지는 않으니까. 그러나 한국인이나 일본인은 표현이 적절하며 자기가 하려는 말을 완벽하고 명석하게 표현해 낼 수 있다. 그 이유는 대체 어디에 있을까? 내 생각에 중국인의 말은 대화체보다는 문어체에 즉, 한문에 가깝기 때문이다. 반대로 한국인과 일본인의 말은 말 그대로 대화체 위주이며 문어체는 주로 글에서만 사용을 하기 때문일 것이다.

한 가지 흥미로운 현상은 같은 한국말을 쓴다 해도 한국인의 언어는 대화체 속에 적당히 한문·한자어가 병용되어 우아해 보이지만, 중국 연변의 조선족의 말은 거의가 대화체 일색이어서 세련되지 못하고 질박한 감을 준다. 이리하여 연변 조선족의 문학작품이 우선 언어적으로 열악하기 때문에 한국에서 잘 먹히지 않고 인정받기 어려운 일차적인 장벽에 가로 막혀 있다. 이 점은 내가 말하려는 요점이 아니기에 여기서 적당히 줄이기로 하겠다.

중국과 한·일 양국의 대화체의 이질성을 보여주는 실례를 들어 설명해 보자.

한국에서 주가가 급격히 내렸다는 것을 신문에서는 '급락(急落)', '폭락(暴落)'이라는 한문을 쓰지만, 대화체에서는 "주가가 크게 내렸다."고 말한다. 일본에서도 상황은 크게 다르지 않다. 그러나 중국어는 그 용어 자체가 아주 문장적이다. 이를 테면 '하질(下跌)'을 위시로 '하활(下滑)', '하좌(下挫)', '하락(下落)', '폭질(暴跌)', '광질(狂跌)', '폭락(暴落)'으로 표현하며, 사자성구로도 나타낸다. '일사천리(一瀉千里)', '일락천문(一落千文)' 등이 그렇다.

중국어의 일상용어에는 늘 문장어가 대량적으로 혼합되어 아름다워 보이지만, 딱딱하고 실질적인 내용에 접근하는 데 오히려 역작용을 하는 경우가 많다. 한국어나 일본어처럼 구두어와 문장어의 분리가 명확히 돼 있지 못하여 오히려 구두어 표현에 어색한 감을 줄 가능성이 크다.

앞에서 예를 든 사자성구도 대화체에 등장시키면 말이 아름답고 효과적이지만 잘못 썼다간 역작용이 일어나며 우스운 말이 될 수도 있다.

삼국의 문장어를 보면 내 개인적인 느낌으로는 중국어가 제일 화려하고 멋있다. 그것은 중국어가 우선 문장어적 체질을 갖고 있기 때문이며 풍부한 사자성구와 서로 앞뒤가 호응하는 대우(對偶)구가 특이한 기능을 하기 때문일 것이다.

상대적으로 대화체 기능이 강한 한국어·일본어는 화려한 중국어에 비해 섬세하긴 하지만 어딘가 빈약해 보이고 멋있어 보이지는 않는다. 다행히도 많은 한자어와 근대적인 외래어, 외국어의 단어들이 병용되어 세련돼 보이기는 한다.

한국어나 일본어는 중국어에 비해 섬세하지만, 표현이 길고 장황하다. 그것은 구두어적 기능이 강하기 때문이다. 문장어로는 아무래도 중국어가 더 간결하고 명료할 것이다.

삼국의 소설이나 문학작품을 비교해 보면 이 차이는 일목요연하다. 중국어는 간단명료하고 화려한 반면 한국어와 일본어는 장황하고 구구하다. 그래도 한자어와 성구가 다분히 혼재되어 있어 구두어 일색의 촌스러운 궁색함을 면케 해주었다. 한국어 중에서도 중국 연변 조선족의 작품을 보면 아주 장황하고 세련되지 못하다는 것을 발견할 수 있다. 그것은 대화체가 차지하는 비중이 많은 데다 함경도 방언이 많이 섞여 있으며 외래어가 빈약한 탓이라고 나는 생각한다. 그리고 북한의 언어는 더욱 장황하고 조잡하여 촌스러운 감이 든다. 문화배경의 차이 때문일까?

결과를 분명히 하는 한 · 일 언어

중국은 2천여 년 동안 문장어인 한문[古代漢語]만을 유일한 표현수단으로 고집해온 문장의 대국이었다. 사실 1919년 신문화운동이 일어나기 전까지 딱딱한 한문을 써온 중국인은 그 심리에도 큰 영향을 받았는데 특히 민족성, 감정, 정서에 미친 영향은 아주 컸다.

감정과 정서란 것은, 특히 섬세하고 풍부한 감정과 그 표현은 하루아침에 생기는 것이 아니라 오랫동안 세대를 거듭하면서 이룬 문화적인 축적을 통해 형성되는 것이다.

문장대국, 시의 대국으로 불리는 중국에서는 한문으로 감정을 섬세하게 표현할 수 없었던 제한성 때문에, 시는 서정이나 감정의 발로보다는 시언지(詩言志)란 말과 같이 뜻, 즉 이념을 표현하는 기능을 해 왔다. 딱딱한 문언문으로 그 섬세하고 풍부한 감정을 다 표현할 수는 없었다. 게다가 틀에 박힌 격식 속에 그것을 다 담기란 너무 벅찼다.

따라서 해외 학자들이 중국 연애문학의 발달이 늦어졌다고 하는 것은 아주 일리 있는 말이다. 중국 고전의 세계에 연애가 나타나지 않는 것은 그 한문의 섬세한 표현력이 미약한 데서 기인됐다고 한다.

중국에서 본격적인 연애소설이 탄생한 것도 청조 때부터이며 근대 문언문이 폐지되면서 비로소 '연애문학'이 번성기를 맞이하게 된다.

한국에서도 중국과 유사한 문학현상을 볼 수 있다. 한국의 본격적인 연애문학도 사실은 근대에 접어들어서부터다. 중국을 본떠 근대까지 한문을 고지(固持)하던 한국의 사정도 다를 바 없었다. 한글을 사용하게 된 것은 사실 금세기에 들어서면서부터라는 것이 더 정확할 것이다.

그러나 일본의 경우에는 『만요슈[万葉集]』를 필두로 한 일본 연애문학이 『겐지모노가타리[源氏物語]』와 에도 시대의 마쓰오 바쇼[松尾芭蕉], 지카마쓰 몬자에몬[近松門左衛門], 그리고 근대의 모리 오가이[森鷗外], 나쓰메 소세키[夏目漱石] 등의 작가들에 의해 면면히 맥을 이어온 덕분에 특히 발달되어 있다. 언어는 인류학적으로 따지고 보면 단순히 뜻을 표현하고 전달하는 데만 그치지 않고 그 깊이에는 민족성, 민족기질이 숨어 있는 것이다.

한국어·일본어는 동일한 교착어에 속하고 중국어는 교착어가 아닌 구미의 영어에 가까운 문법을 구유하고 있다.

"我愛你(워 아이 니)"
"나는 너를 좋아한다."
"わたしはあなたが好きだ。(와타시와 아나타가 스키다)"
"나는 너를 좋아한다."

이 구절 중에서 중국어는 '我愛[워 아이]'만으로도 의사가 통하며 하나의 구절이 된다. 그러나 한국어나 일본어는 끝까지 가야지 도중에서 중지시킬 수 없다. 가령 "나는 너를"하면 그 뜻을 알 수 없다.

즉, 중국어는 누구를 좋아한다고 상대를 정하지 않고도 '我愛' 한 다음 한참 생각했다가 '你[니]' 또는 '她[타]' 등을 추가할 수 있다. 그러나 한국어와 일본어는 우선 누구를 좋아한다고 정해 놓지 않으면 말이 이어질 수 없는 한계가 있다. 즉 그것은 결과가 처음부터 요구되는 것이다. 그래서 그 언어구조와도 같이, 한국인은 결과가 우선이며 일본인도 역시 결과주의가 우선되었다. 결과 중시는 결국 과정 경시와 통한다. 만만디 중국인과 지극히 대조적인 빨리빨리의 급한 성격을 가진 한국인과 일본인.

일본에서 시바 료타로[司馬遼太郎]와 함께 역사소설의 쌍벽을 이루고 있는 화교 작가 진순신(陳舜臣)은, 이 같은 언어에서 표현된 민족적 기질을 지적하면서 "중국은 언어 구조적으로 섬세하지 못하고 과정을 중시하기에 여러 가지 결과를 설정해 놓고 그것을 고증하므로 중국인의 고증학이 특별히 발달했다."고 말했다. 그래서 중국인은 그 고증벽과 함께 설득·존중의 성격이 하나로 섞여 의논하기를 즐기고 말수가 많아 달변이 되었다고 한다.

'화장실 문화'의 세 얼굴

시흥이 샘솟는 화장실 문화

먹는 것만 문화이고 배설은 문화가 아니라고 누가 말할 수 있겠는가? 먹는 것이 식문화라면 배설하는 것은 '변소 문화(한국식으로는 화장실 문화?)'라고 말할 수 있다.

배설행위는 하나의 문화적 현상일 뿐 아니라, 배설하는 장소의 수준은 한 나라의 사회적 풍습과 문명의 질을 반영하고 있다. 그래서 서양인들은 화장실을 '1.5평의 문화관'이라고도 했다. 일본인들은 '엉덩이의 매너는 허리의 예절보다도 더 중요한 문화의 성숙도를 가늠하는 잣대'라고 했다. 이 말을 한국인이 듣는다면 "글쎄, 그렇기도 하군!"할 것이고 중국인이 듣는다면 "싸는 것이 인사예절과 같다는 소린 웃기는 소리야!"할지도 모른다.

유감스럽게도 지금까지 식문화론은 많이 쏟아져 나왔어도 화장실문화론은 가물에 콩 나듯 했다. 식량 경제학은 있어도 배설 경제학은 아직 없다. 아마도 화장실은 부정(不淨)한 것으로 멸시당해 기록을 잘 안 했던 모양이다.

배설의 분(糞)은 쌀[米]과 같이[共] 밭[田]에 있다는 뜻으로 쓰였을 법도 한데 분뇨에 대해서는 이맛살을 찡그려 왔다. 시(屎)도 보면 분명히 쌀이라는 미(米) 자가 들어 있는데도 이러한 문자의 의미를 생각하기도 전에 우리가 너무 무시해 버린 것이다.

이제 동양 삼국의 화장실 문화를 순례함으로써 그 내실을 비교하는 것은 식사하는 것과 같이 고상하고 의의가 중대한 것이라고 나는 감히 말하고 싶다.

내가 처음 일본에 갔을 때 본 일본의 화장실은 중국이나 한국의 고급 호텔에서나 볼 수 있는 청결하고 고급스러운 것들이었다. 내 옆방에 한국인 유학생이 한 명 있었는데 그는 일본의 화장실은 어디를 가나 깨끗하고 설비가 잘 되어 있다고 했다.

천년의 고도 교토의 고풍스러운 민가 화장실에 들어가서 용변을 보면 시흥이 절로 솟아난다. 조약돌이 깔린 좁은 길을 나무 게타(슬리퍼) 바람으로 딱딱 소리를 내면서 수십 보 걸어가서는 금방 벌컥벌컥 들이켠 기린 생맥주를 일사천리로 방출하면서 벅찬 해방감과 쾌감으로 밤하늘을 쳐다본다. 귀 기울이지 않아도 주위에서는 풀벌레들의 노랫소리가 들려온다. 이런 우아한 화장실 안에서 나는 뭇별이 깜빡이는 밤하늘을 보며 "아, 일사천리로 흐르는 유성이여……."하고 읊어 본다.

이렇게 화장실이 멋스럽고 청결하니 시가 나올 만도 하다. 중국의 농촌에서 악취에 코를 막아야 하고, 발바닥에 끈질기게 치근덕거리는 구더기 때문에 온 신경이 곤두서 시흥 대신 구역질이 나는 그런 화장실을 너무나 많이 겪어본 탓이다.

일본의 화장실에서는—호텔은 물론 공항, 도서관, 대학, 관공서, 나이트클럽, 보통 민가나 공원의 공중화장실까지— 늘 향기가 풍긴다. 중국의 공중화장실은 악취로 찾아갈 수 있으나 일본의 화장실은 향기를 따라 찾아갈 수 있다.

화장실 안에서 사용하는 향료나 향수 같은 것만 보더라도 수십 가지나 된다. 최근에는 향기가 너무 강하다는 사람이 많아 조금 약한 미향(微香)성 향료제품이 인기를 끌고 있다. 가정집의 화장실 안은 정말 규방과도 같다. 향료제품이 꼭 배치되어 있는 것은 말할 나위도 없고, 여러 가지 액세서리와 꽃송이, 나뭇잎 등의 장식이 있어 공예품 전시실 같기도 하다. 그만큼 화장실도 침실과 같은 인식으로 신경을 쓰며 관리를 한다는 얘기다.

내가 몇 해 전 도쿄의 어느 호텔에서 본 화장실은 안에는 잔잔한 벽계수가 흐르고 그 주변에 푸른 대나무까지 심어 놓아서 마치 정원 같았다. 이런 데서 악취를 풍기는 분(糞)을 배설한다는 것이 미안한 느낌마저 들었다.

풀 향기가 나는 일본의 전통 화장실

먹는 것처럼 배설하는 것도 고상하고 우아할 수 있다는 것을 그날 나는 절감했다. 변소 하면 먼저 떠오르는 것이 다니자키 준이치로[谷崎潤一郎]의 명작 수필집 『인에이라이산[陰翳礼讚]』이다.

그 책의 마지막 부분에 「변소의 이모저모」란 글이 실려 있는데 어느 지방의 우동집 변소에 대한 이야기가 제일 인상에 남는다. 그 우동집의 변소는 요시노가와 강을 향해 이층에 있었는데 사타구니를 걸치고 있노라면 저 멀리 밑에 있는 강변의 땅과 무성한 풀이 보이며 꽃송이 뒤로 나비가 춤추고 있는 모습이 보인다. 내뿌린 향기는 그 나비들과 행인들의 머리 위를 스치며 공중을 날아 머나먼 저 밑의 강물에 떨어진다고 하면서 다니자키는 이런 풍류에 넘치는 변소가 또 어디 있겠냐고 찬탄을 아끼지 않았다. 이어서 다니자키는 이러한 예찬을 보내고 있다.

일본식 변소의 전통적 양상은 이러하다. 그곳은 조명이 밝지는 않지만 청결하여 모기의 앵앵거리는 소리까지 들을 수 있는 정적이 있어야 한다. 본체(本體)에서 떨어져 풀 향기나 이끼의 냄새가 새어나올 듯한 그늘에 설치되어야 한다는 것이다. 그런가 하면 비가 부슬부슬 내리는 날이면 처마 밑의 나뭇잎에서 떨어지는 물소리가 들리는 곳이어야 한다. 또한 일종의 생리적 쾌감과 정적을 느끼며 저절로 시흥이 솟아 나와야 한다.

다니자키가 역설하려는 것은 바로 밝고 스팀까지 나오는 서양식 화장실보다도 풍류가 있는 측간이 더 멋있다는 것이다.

그러나 다니자키는 결정적인 한 가지를 무시해 버렸다. 그것은 풍류는 풍류대로 좋지만, 그 배설물을 어떻게, 구리지 않게 위생적으로 처리해 버리는가에 대해선 관심이 없었던 모양이다.

그래서 일본에서는 다니자키의 '변소 예찬'이 끝나기 바쁘게 전통식 변소가 사라지고 수세식 서양 변소가 급격히 보급된 것이다. 아마 다니자키가 오늘의 변소 사정을 목격했더라면 한탄을 금치 못했을 것이다. 재래식 전통 변소를 다시 살려내자고 목소리를 높였을는지도 모른다.

최근에는 엉덩이를 청결히 해주는 변기까지 보급되고 있다. 대소변이 끝난 뒤 자동적으로 따스한 온수가 뿜어져 나와 물로 깨끗이 씻어 준 다음, 따스한 공기가 분출되면서 젖은 곳을 말려 주는 시설이다. 변기에 자동 센서가 있어 자동으로 처리해 주는 것이다.

일본인 집에 놀러 갔던 중국인 유학생이 갑자기 변기에서 물총이 쏘아지기에 놀라서 훌쩍 뛰었다고 한다. 그 바람에 물이 천장까지 분출했다는 얘기를 들었다. 이런 변기는 특히 여성들에게 좋다고 한다.

여성이란 말이 나온 김에 하나 더 얘기하자. 일본 여성들은 특히 용변 볼 때 나는 소리를 꺼리고, 수치심을 많이 느낀다고 한다. 그래서 일 볼 때 그 소리를 감추기 위해 괜히 물을 두세 번씩 눌러 물 낭비가 심하다고 한다. 이런 상황을 보완하기 위해 자동으로 음악이 나오는 변기가 지금은 대단히 인기가 있다. 배설의 쾌감과 함께 우아한 음악소리를 들을 수 있으니 역시 최고의 기분이 아니겠는가.

인상적이었던 북경 중앙역의 화장실

일본의 청결하고 향기롭고 음악이 나는 이런 변소 사정과 비교하여 중국의 변소 사정은 어떠할까? 한마디로 너무나 대조적이라고 할 수밖에 없다.

20여 년 동안 중국의 변소를 이용했기에 그 사정을 잘 아는지라 솔직히 고백해서 나는 중국의 변소라고 하면 우선 지독한 냄새가 나는 것을 느낀다. 그리고 이맛살이 찡그려진다. 물론 아파트 같은 곳에는 예전과 달리 서양식 변소가 비치되어 있지만 공중화장실은 사실 말이 아니다.

달동네 공중변소를 최근 중국에서 체험했는데 몇 십 년 전과 별 차이가 없었다. 아침에 공중화장실 앞을 보면, 백화점 세일 때 고객들이 줄을 서 기다리는 것처럼 수십 미터의 줄이 이어지는 것은 흔한 풍경이다. 참다못해 바지에 그대로 볼일을 보는 노인들도 한둘이 아니라고 한다.

안에 들어가면 대변보는 곳과 소변보는 곳이 양쪽으로 갈라져 있는데 대변보는 쪽에 칸막이는 있으나 문이 없어 쭈그리고 앉은 사람의 모습이 훤히 노출된다. 암모니아 같은 악취를 견디지 못해 코를 막고 용변을 보는 사람도 있었다. 그리고 파리와 모기 같은 것들이 난무한다.

기차역의 공중변소는 칸막이마저도 없는 곳이 많다. 그 대표적인 곳이 북경의 중앙역 화장실인데 거기에 들어가 본 사람은 알 것이다. 약 200평쯤 되어 보이는 화장실 공간에서 칸막이 같은 것은 전혀 볼 수가 없다. 드넓은 바닥에 약 1미터 간격으로 수없이 많은 구멍이 뚫려 있으며, 꽤 많은 사람들이 그 구멍 위에 쭈그리고 앉아 있는 것을 볼 수 있을 것이다. 그 대변보는 구멍 밑으로는 한 30센티미터 너비의 깊은 골이 패어 있는데 그것은 일직선으로 대변실에 관통돼 있다. 사람이 그 위에 앉아 용변을 보면 누런 것이 쌓여지고, 물이 흘러 나와 그것을 씻어 버린다. 그런데 내가 앉은 자리는 맨 마지막 칸이었기에 앞사람의 누런 것이 한꺼번에 이쪽으로 밀려 내려와 냄새 때문에 기분이 좋을 리 없었다.

그것은 마치 도금공이 개울에서 사금을 일으키듯, 누런 것이 이쪽으로 쏴 하고 밀려온다. 물살이 셀 때는 누런 것이 튀어 엉덩이에 명중되기도 한다. 바로 앞에선 바시춤을 붙삽고 어서 나오기를 기다리고…….

악취가 나고 프라이버시도 없는 이런 변소에, 다니자키가 역설한 풍류의 멋은 눈을 씻고 찾아봐도 없다. 어디 그뿐인가. 대변 칸마다에 철사나 비닐로 만든 휴지통 같은 것이 비치되어 있는데 중국인들은 엉덩이 닦은 휴지를 그 속에 던져 넣는다. 휴지에 파리가 기쁜 듯이 윙윙거리고, 휴지를 일별 하니 누런 것이 묻은 것이 화가가 쓰다 버린 누렁물감을 바른 종이 같았다. 어떤 것은 누런 융단조각 같았는데, 그 옆에 검은 실오라기가 붙어 있었다.

시골 변소는 더 가관이다. 땅에 구덩이를 파서 그냥 그 위에 나무판자 두 개를 올려놓고 주위를 옥수숫대 따위로 막았는데, 악취 속에서 구더기 떼가 대행진을 하고 있었다. 그런 시골의 변소도 내가 어렸을 때와 별 변화가 없었다.

지금도 옛날 시골변소가 늘 꿈속에 나타나곤 한다. 그 더러운 구덩이에 빠져 온 몸이 더러워지는 꿈을 꾸고 나면 소름이 끼친다. 그러나 변은 길몽으로 시골 변소에 빠진 꿈을 꾸면 대부분은 다음날 출판사나 신문사에서 인세나 원고료를 준다는 연락이 오곤 한다.

'입측독서'와 '측간의 사고'

그러고 보면 변소와 문학은 아무래도 인연이 깊은가 보다. 변소 안에서 책을 읽는 사람이 적지 않다. 일본의 문인 나쓰메 소세키는 매일 변소에 들어가는 것을 인생의 일대 낙으로 삼았으며, 중국 노신(魯迅)의 동생으로 유명한 명문장가 주작인(周作人)은 『입측독서(入厠讀書)』라는 책이 있을 만큼 측간에서 독서하기를 즐긴 문인이다. 세상의 많은 발명도 변소 안에서 낑낑거리며 각고의 사고(思考) 끝에 생긴 아이디어라고 하지 않는가?

중국 근대의 작가 폐명(廢名)은 허술한 측간에서 용변을 보는 모습을 두고 '두 발로 벽돌을 짚고 유연히 남산을 바라보네.'라는 글을 남겼다. 그러나 주작인은 구덩이 위에 달랑 두 장의 벽돌만이 놓여 있는, 비바람을 막지 못하는 허름한 변소를 원망했었다. 확실히 이런 측간에서 '유연히 남산을 바라보네.'는 어려울 것 같다. 소나기를 맞고 앉아 볼일을 보면서 유연하게 남산을 바라볼 수 있겠는가?

금세기 초의 북경 풍속지를 보아도 변소를 제때에 청소하지 않아 길이 불통하고 악취가 사방으로 풍겨 병자와 사망자가 생겼다는 기록이 남아 있다.

『세설신어(世說新語)』의 기술을 보면, 변소의 악취를 없애고자 고대 중국인들, 특히 귀족들은 변소 안에 향분이나 향즙을 비치해 두었다고 한다. 왕돈(王敦)이란 자가 공주가 변소 안에 비치해 눈 말린 대추가 콧구멍을 틀어막는 것인 줄을 모르고 그것을 몰래 도둑질 해다 먹어 버렸다는 이야기가 등장한다.

그 악취도 물론 견디기 어렵지만 내가 중국의 공중화장실을 이용할 때마다 제일 견디기 어려운 점은 문이 없어 나의 모습이 적나라하게 노출된다는 점이다. 다른 사람이 쭈그리고 앉아 있는 모습을 보면 위로는 얼굴이 보이고 아래로는 그것이 고개를 내밀고 인사를 한다. 내가 앉아 있어도 마찬가지 아닌가? 프라이버시가 완전히 무시된 오픈의 공간이 무섭고 그렇게 싫을 수 없었다.

배설행위는 성교와 다름없이 절대적 프라이버시에 속한 인간의 행위인데도 그것이 완전히 타인에게 공개되는 중국의 화장실 문화는 생각만 해도 꺼림칙하다.

중국은 땅이 넓고 풍습이 다양하여 별의별 변소가 다 있다고 들었다. 남방에는 위에서 사람이 배설하면, 그 밑에 양돈장이 있어서 돼지가 그 분뇨를 먹어 버리는 '양돈변소'도 있다고 한다. 예전에는 제주도에도 이런 변소가 있었다고 한다. 아마도 나는 이런 변소에서는 감히 용변을 볼 엄두를 못 낼 것 같다. 그 돼지들이 성이 차지 않아 훌쩍 뛰어 올라와 내 물건까지 물어 가면 어떻게 할 것인가?

실제로 일본의 여류작가 S란 분은 비행기 속에서는 절대 화장실을 이용하지 않는다고 한다. 왜냐하면 비행기가 추락하게 되면 몸을 추스르지 못해 부끄러울 것이기 때문이란다.

그리고 중국에는 마통(馬桶)이라는 목재 통을 하나 덜렁 놓고 그 안에다 대소변을 다 본 뒤, 그것을 강물에 버리는 곳도 있다고 한다. 소주나 항주 일대에 흐르는 강에다 그 마통의 배설물을 내다 버리는데, 아침이 되면 그 소리가 일제히 합창을 하여 웅장한 교향 협주곡(?)을 이룬다고 한다.

실제로 강 옆에 사는 주민들은 화장실이 따로 없어 직접 강에다 대고 발사를 한다고 남방의 친구에게 들은 적이 있었다. 그야말로 리버사이드 변소다.

그 유명한 베르사유 궁전에 변소가 하나도 없었다는 일화가 있다. 귀족이나 왕비나 지위가 높은 여인들은 천장에서 내려오는 즉석 변소인 광주리에 담긴 요강에 용변을 보았는데 수많은 귀족들이 그 넓디넓은 궁정 앞의 정원에 그것을 뿌렸다고 한다. 그래서 풀이 더 무성하게 자랐다고 전해진다.

이건 옛날 서양 귀족들의 호화로운 생활의 일면으로 웃어넘길 일화지만 중국의 하천을 오염시키는 그런 천연 변소는 아무래도 웃어넘길 일만은 아닌 듯하다.

'화장실'은 얼굴 화장을 하는 곳

한국의 변소문화는 일본과 중국 사이에 놓여 있는 것 같다. 근대화

이후 삼국의 경제 발달 수준과 문화의 소비와 같은 기준으로 볼 때 옛날에도 늘 그랬지만 한국은 대륙과 열도의 틈에 끼어 있다.

한국에서는 변소라 하지 않고 화장실이라고 부른다. 아마 근대화가 된 뒤에 바뀐 이름일 것이다. 일본에서도 간혹 화장실이라 붙은 간판을 목격할 수 있지만 토이레(ト イ レ), 혹은 변소라고 부르는 것이 보통이다. '화장실'이란 이름은 어쩐지 실제 내용과 동떨어진, 너무 우아한 과장감을 주기도 한다.

1988년 서울 올림픽 후, 처음 한국을 방문한 중국인(조선족)들은 배설하는 곳을 왜 얼굴 화장하는 곳인 양 화장실이라고 하는지 이해할 수 없었다고들 한다.

1960년대 말부터 수세식 화장실이 생기게 된 한국에서는 지금은 어디를 가나 양식 화장실이다.

양식 변소를 한국에서는 아마 화장하는 곳만큼 깨끗하다고, 변소 대신 아름다운 이름을 붙인 모양이다. 만약 양식 화장실이 고장으로 물이 안 통할 때 대야에 물을 길어다가 그것으로 분뇨를 처리한다면 아마 변소라고 불러야 되지 않을까?

언젠가 서울에 있는 한 호프집의 수세식 화장실이 고장이 나서 물을 길어서 쓰고 있었다. 화장실이란 간판 위에다 주인인가가 먹으로 '변소'라고 쓴 종이를 붙여 놓았다.

한국의 공중화장실에는 일본에 없는 풍경으로 중국과 비슷한 명물이 하나 있다. 한 동네에 살다 보면 공중화장실을 자주 이용하기 마련인데, 또 늘 얼굴을 마주치다 보면 서로가 친해지기 마련이다.

화장실도 사교장이다

나는 서울에 갈 때면 인사동 근처에 늘 숙소를 정했는데 탑골공원을 산책코스로 자주 들러 한국 노인들의 모습을 바라보며 할아버지가 없었던 아쉬움에 대한 향수를 물씬 느끼곤 했다.

탑골공원 정문 왼쪽에 공중화장실이 있다. 이곳을 이용하는 노인들은 물론 탑골공원의 단골들이 틀림없었다. 여기서 이런저런 재미나는 일들이 벌어진다.

어느 날 저녁 무렵 탑골공원을 들렀다가 그 화장실에 들어갔는데 초만원이었다. 한 마른 노인이 소변대에 올라서서 일을 보면서 이렇게 중얼거렸다.

"아, 요즘 날씨가 차서 그런지 요것도 줄어들었네."

그러자 옆에서 일을 보던 좀 건장해 보이는 노인이 말을 받는다.

"어디 좀 보자. 최근에 내 것도 여위었거든."

나는 벌써 터지려는 웃음을 참느라 안간힘을 썼다.

이번에는 내 옆에서 기다리던 노인이 문득 그들의 대화에 끼어들었다.

"날씨 탓이 아니라니까. 나이 탓이야. 이젠 다 된 거지. 하하하~."

그 웃음소리와 함께 나도 끝내 참아 오던 웃음보를 터뜨리고야 말았다.

마른 노인이 시선을 내 쪽으로 돌리면서 내려온다.

"자 젊은이 차례네. 자네만큼 젊었을 때는 내 것도 꽤나 셌는데

......."

또 한바탕 박장대소가 터졌다.

그 웃음이 멈추기 바쁘게 아까부터 화장실에서 서성거리던 제복을 입은 아저씨가,

"이젠 다 지나간 옛날의 영화라니까......."

하면서 말참견을 했다. 그러면서 건장하게 생긴 그 노인에게,

"일은 잘 돼 가시우?"

하고 물었다.

"아이구, IMF 때문에 연장도 줄어들었는데 일이 잘 되겠소?!"

"......."

결코 향기롭지 않은 화장실 속에서도 인정은 여전히 흐르고 있었다. 이럴 때 화장실은 공중의 교제 장소가 되는 것이다. 역시 한국인의 인정 문화를 보여주는 일면이다.

중국의 공중화장실에서도 용변을 보면서 아는 사람끼리 곧잘 대화와 인사가 오간다. 한 식탁에 앉은 것도 인연이지만, 한 화장실을 쓰는 것도 인연이 아닌가. 아는 사람끼리 대변을 보면서 이야기를 나누는 장면은 중국에서도 심심찮게 볼 수 있다. 심지어 경극을 부르면서 요란히 용변을 보는 사람도 보았다. 그러면서 화장실을 이용하는 사람이 예술적인 향수와 함께 배설의 쾌감을 느낀다고 말했지만 나는 쾌감보다 시끄러워서 못 견디고 나와 버렸다. 이렇게 조잡하나 중국인의 뜨거운 인정이 약동하는 화장실을 체험하면서 한국인과 중국인은 화장실 문화까지도 가

깝구나 하고 속으로 혀를 두른 적이 한두 번이 아니었다.

그럼, 도시 화장실 얘기는 이쯤하고 시골의 변소로 달려가 보자. 5년 전의 이야기다. 경상북도의 시골에 답사 차 들른 적이 있었다. 요즘은 시골도 거의 수세식으로 바뀌었지만, 그때만 해도 시골의 일부 변소는 보통 본채에서 조금 떨어진 곳이 아니면 외양간 같은 데 붙어 있었다. 그리고 집 뒤에 자리 잡고 있는 것도 있었다.

한국 속담에 처갓집과 변소는 멀어야 좋다는 말이 있듯이 집과 어느 정도 거리를 두고 있었다.

내가 들어갔던 변소는 대소변 통이 따로 있었는데 대변보는 곳은 땅을 파고 묻은 옹기통 위에 나무판자 두 개를 올려놓은 것이 전부였다. 그리고 그 옆에 따로 놓은 장독 같은 것에 소변을 보게끔 되어 있었다. 그리고 어떤 변소는 집 뒤 조그만 초가 밑에 있었는데 비바람은 피할 수 있었으나 주위에 막은 것이 없어 완전히 개방된 상태였다. 물론 주위에 담을 치고 문이 달린 변소도 있었다. 이런 풍경은 중국의 시골 변소와 별 차이가 없었다.

용변을 보러 갈 때 그 속에 사람이 있는가 없는가를 확인하는 방법 역시 지극히 원시적이었다. 에헴! 하고 헛기침을 하든지 아니면 발자국 소리를 크게 내든지 하는 방식일 수밖에 없었다. 그러면 돌멩이를 던지든지 헛기침으로 안에 있는 사람이 신호를 했는데, 귀가 먹은 사람은 어떻게 하는지 괜한 걱정이 들기도 했다.

중국에도 이런 화장실이 시골에 무수히 보편화 되어 있는 사정을 감안하면 한·중의 시골 변소 사정은 별 차이가 없어 보인다. 일본의 농촌에도 옛날 100년 전, 메이지 시대에는 이러한 변소가 있었다고 하는데 그렇다면 변소만으로도 삼국은 공동운명체였는가 보다.

16세기경 일본에 왔던 포르투갈의 전도사 루이스 프로이스(1532~1597)가 저술한 『일본과 유럽의 비교문화』에 당시 일본의 변소 모습이 묘사되어 있는데, 지금 본 한국과 중국의 시골 변소와 일맥상통하는 부분이 있다. 이런 과정을 거쳐 일본이 솔선하여 서양화되면서 향기로운 변소 문화를 소산한 것이다.

일본에서 처음으로 공중화장실(재래식)을 이용할 때 당황한 적이 있다. 다름 아니라 변기의 방향이 문과 반대되는 안쪽을 향하고 있었기 때문이었다. 결국 엉덩이를 문으로 향한 채 쭈그리고 앉아야 하는데 나는 이질감을 느끼지 않을 수 없었다. 중국에서 오랫동안 문 쪽이나 옆으로 향한 화장실에 익숙해져 있었기에 엉덩이를 문 쪽으로 돌리자니 왠지 불안스러웠다. 한국도 중국과 같은 방향이었다.

어느 일본의 학자가 이 방향에 대해, 한국인들에게 '왜 문으로 향해 쭈그리고 앉아야 하나?'라는 설문조사를 한 적이 있다.

방위본능, 불안하기 때문이란 대답 외에도 노크하기 좋다는 실용적인 의견도 나왔다. 막힌 세계보다 열린 세계로 향하는 것이 자연스럽기 때문이라는 철학자의 대답도 나왔다고 한다.

그 철학자는 일본의 안으로 향한 것과 한국의 문으로 향한 것은 유학(儒學) 수용의 차이라고 했다. 조선은 예를 중히 여겨 주자학을 수용했으며 일본은 양명학을 수용했기에 예의를 중시하지 않았다고 한다. 요컨대 엉덩이를 사람에게 보여줘도 괜찮다는 것은 예의를 모르는 상것이라는 말이다.

엉덩이 말이 난 김에 하는 말이지만, 일본인은 집에 들어서면 곧 엉덩이를 돌리고 신을 문 쪽으로 향하게 놓는다. 집주인에게 엉덩이부터 보이는 것이 예의인지 무엇인지?

물론 이런 것들은 간단히 해명될 문제가 아니므로 인류학, 민속학과 여러 학문의 연구를 통한 깊은 탐구가 요망되는 문제 중 하나다.

화장실의 낙서와 문화의 상관관계

마지막으로 화장실 안에서의 공중 모럴의식에 대해 비교해 보기로 하자.

필자는 『벌거숭이 삼국지』에서 삼국의 대표적 최고 학부인 서울대, 북경대, 동경대 캠퍼스 화장실 안의 낙서문화에 대해 비교를 한 적이 있다.

삼국의 문화 엘리트들이 변소 안에 쭈그리고 앉아 로댕의 '생각하는 사람' 같이 각고의 노력 끝에 배설해 낸 낙서의 비교를 통해서 삼국의 사회, 문화에 대해 살펴보았다. 그것이 또 삼국의 젊은 독자들 사이에서 화제가 되어 내가 도쿄나 서울에 가면 젊은 독자 팬들이 우스갯소리로 "김 선생님, 또 화장실 조사하러 오셨어요?"하고 말하곤 한다.

변소의 문이나 벽에 낙서가 있는 것은 삼국의 공통현상이다. 아마 이것은 세계의 어디를 가도 다 볼 수 있을 것이다. 구미의 책들에도 문화인들이 기술한 낙서에 관한 이야기가 자주 나온다.

이런 낙서 말고 변소 안에서의 공중도덕은 생동감 넘치게 표현된다. 그것은 변소 안에서 이용자가 변소를 취급하는 태도를 말한다.

서울의 어느 공공장소의 공중화장실에서 목격한 일이다. 화장실 벽에 "우리는 문화국민입니다. 그런 만큼 화장실을 깨끗이 사용합시다."라는 내용의 종이가 붙어 있었는데 바로 그 벽 위에 누군가가 구둣발로 커다란 도장을 찍어 놓았다. '나는 문화국민이 아니다.'라고 스스로 고백한 셈이 아닐까?

역시 화장실은 '1.5평의 문화관'이란 말이 틀리지 않는다.

타액 전쟁

중국인의 2대 악습

걸프 전쟁은 미사일 공격으로 시작되고 중국인끼리의 싸움은 타액(唾液)으로 시작된다는 우스갯소리가 있다.

아직은 바람이 제법 사납게 부는 춘삼월의 싸늘한 날의 일이다. 앞에 가던 아낙네가 "캑!"하고 가래침을 뱉었다. 그런데 땅바닥에 떨어져야 할 가래침이 바람에 날리더니 바로 뒤에서 자전거를 타고 오던 중년 부인의 얼굴에 명중했다.

이것이 싸움 폭발의 도화선이 된다. 중년 부인이 자전거에서 내려 가래침은 닦지도 않고 "워이!(여보)"하고 가래를 뱉은 아낙네를 불러 세웠다.

"뭐야, 남의 얼굴에 가래를 뱉다니, 엉? 도대체 어디 이런 계집이 다 있어?"

죄송합니다. 하고 용서를 구하는 대신 그 아낙도 만만치가 않다.

"나야 땅에 뱉었지 네 얼굴에 뱉은 건 아냐. 누가 가래 뱉을 때 딱 지나가라 했나 원."

이쪽은 더 화가 치밀어 욕이 나올 수밖에 없다.

"이 돼먹지 못한 년아! 개, 돼지도 잘못한 건 알아. 뭐야 그래도 제 편에서 잘했단 말이 그 주둥이에서 나와……."

"그래, 내 입으로 침을 뱉는데 뭐가 잘못됐어?"

일장설전(一場舌戰)은 더 백열화(白熱化)로 치닫는다.

"이 ×같은 년아, 어디 너도 한번 맞아 봐라!"

이번에는 이쪽에서 뱉은 가래가 아낙네의 면상에 가 딱 붙는다. 그래도 직성이 안 풀리는지 얼굴에 묻었던 것까지 손으로 긁어서 아낙네의 얼굴에다 바른다. 그러자 아낙네도 "이 쌍것아!"하면서 중년 부인의 얼굴에 지짐장 같은 싯누런 것을 뱉었다. 그 다음엔 서로 쥐어뜯고 물고 난투전이 벌어진다…….

이것이 국제적으로 악명 높은 중국인의 '타액 싸움'의 지극히 일상적인 한 장면이다. 이와 같이 중국인이 노상에 침을 뱉는 일은 일상의 체질로 굳어 버렸다. 욕을 뱉는 습관과 함께 이 침을 잘 뱉는 건 중국인의 2대 악습(?)이라고 해도 과언이 아닐 성싶다. 공공장소, 이를 테면 길거리, 역 대합실, 도서관, 교실, 전철 안, 버스 안…… 아무데서나 심지어는 자기 집 안의 마룻바닥에까지도 서슴지 않고 침을 뱉는 것이 중국 사람들이다.

보통 서민은 말할 나위 없고 인텔리, 상류 부자들까지도 이 가래침을 뱉는 '토담문화(吐痰文化)'를 가지고 있다. 고급 양복에 브랜드로 온몸을 장식한 차림으로 벤츠를 타고 다니는 억만장자가 차창을 열고 가래를 뱉는 일도 다반사다. 학자인 장태염(章太炎)이 일본으로 망명했을 때 지기인 거물 양계초(梁啓超)의 거처를 방문했다가 방의 다다미 위에다 천연덕스럽게 가래침을 뱉고는 무의식적으로 벌레를 밟아 죽이듯 짓이기기까지 했다는 에피소드는 너무나 유명하다.

대만의 손관한(孫觀漢) 박사는 『병을 앓고 있는 중국인』이란 책에서 '1천여 년 동안 장소를 가리지 않고 아무데나 마구 가래를 뱉는 악습이 사처에서 범람해 왔다. 심지어 경극의 무대나 세상에서 제일 깨끗하다는 타이베이[臺北]의 연못에 가보아도 연꽃에까지 가래침을 뱉는다.'고 지적한 적이 있다.

하도 습관화되어 그것이 예의나 에티켓에 어긋나는 비문명 행위라고 의식할 사이도 없이 방귀를 방출하는 것처럼 지극히 상식적으로 생활화되어 버린 것이 중국인들이다.

그러기에 중국의 공공장소에 가면 벽에 걸린 표어가 심심치 않게 눈에 뜨인다.

"불허토담, 위자벌관십원(不許吐痰, 違者罰款十元 : 침을 뱉지 말 것, 위반자에게는 벌금 10원)"이라는 식의 경고문이 일본 전화 부스 안의 '에로틱 스티커'처럼 나붙어 있다.

가래침 뱉기를 주스 마시듯 하게 된 이유는 무엇일까? 중국인에게 유독 에티켓이 없다는 사실에 대해서 나는 혐오감을 넘어 흥미를 느꼈다. 그래서 여기저기서 자료를 찾아 가래침 연구(?)를 좀 해보고서야 그 심층에 있는 중국인의 타액에 대한 못 말릴 천성을 나름대로 이해할 수 있게 되었다.

중국의 기층문화에서는 타액이 하나의 신비로운 마력을 갖고 있다고 간주했으며, 모기나 벌레한테 쏘이면 곧 환부에 소독약 대신 침을 발랐다. 중국의 사자성어 '타수가득(唾手可得)'이란 말은 바로 손에 침을 바르면 신력을 얻을 수 있다는 맹신에서 기인된 것이라고 한다. 지금도 무슨 일을 하거나 육체적으로 힘을 쓰는 스포츠 경기 때, 손바닥에 침을 뱉고 마주 비비는 모습을 볼 수 있는데 그 습관은 바로 신력을 얻기 위한 행동이라고 한다. 또한 침을 뱉으면 해로운 잡귀신을 쫓고, 재화를 피할 수 있다는 미신도 가지고 있다. 그것이 점차 경멸과 조소를 넘어서 상대에게 굴욕감을 준다는 뜻으로 전환되었다.

노신의 『아Q정전』에서 아큐의 침 뱉기는 유명하다. 아큐는 자기가 평소에 경멸하던 왕호가 자기보다 더 많이 이를 비집고 잡으니 울화가 치밀어 이를 잡던 자기의 웃옷을 땅 위에 팽개치고 침을 뱉으며 욕을 했다. "이 벌레 같은 자식아!"

결국 둘은 접전을 벌인다. 침만으로는 당하기 어려웠던 아큐는 두 번이나 얻어맞고 도망을 가고 만다. 분풀이를 할 데가 없어 씩씩거리고 있을 때 마침 저쪽에서 비구니(여승)가 오고 있었다. 평소에도 그녀를 얕잡아 보고 욕을 해주던 터였는데 지금 분풀이를 할 대상을 찾았으니 어찌 가만 보낼 수 있었겠는가. 아큐는 그녀에게 톡톡히 분풀이를 하려고 마주 나가서 그녀의 앞에다 가래를 있는 힘껏 뱉었다. 앞에 등장한 두 아낙네의 '가래침 싸움'이 바로 아큐식 가래침 싸움의 현대판이다.

이같이 토담(吐痰)은 중국인에게 있어서 상대방을 경멸하는 무기가 되기에 충분했던 것이다. 그런데 상대방을 동경하고 존중힐 때는 침을 꿀꺽 삼킨다. 맛있는 음식이나 탐나는 것을 만났을 때 침을 꿀꺽 삼키는 것도 이 때문이리라.

중국의 생리문화·기층문화 현상으로서의 가래침 뱉기를 이해하지 못하는 것은 아니지만 공공장소에서 마구 침을 뱉는 것은 아무래도 납득으로 끝날 일만은 아닌 듯하다. 흥미로운 것은 중국의 인텔리들이 근대화로 나아가는 길을 저해하는 근원을 바로 중국인의 가래침을 마구 뱉는 비문명적 저질화에서 찾기도 했다는 점이다.

문화혁명 시절, 무학(無學)의 청년들이 인텔리의 얼굴이나 머리에 대고 가래침을 뱉으며 "너희 썩은 인텔리들은 이 가래침만도 못하다!"고 외쳤다. 식자(識者)들에 대한 최대의 모독이자 반항이었다.

최근 중국의 큰 도서관이 낙성됐을 때, 한 무뢰한이 거울 같이 반짝이는 도서관 마룻바닥에 가래침을 뱉었다고 한다. 직원이 달려와서 꾸짖었는데 그 무뢰한의 대답이 걸작이었다.

"그래 도서관에 침 뱉는 게 뭐 어쨌단 말야! 내 침이 여기 책보다 몇 배는 더 깨끗하다 왜?!"

분명 지식에 대한 질투이자 지성과 문화에 대한 모독이었다. 타액을 반문화 지향의 무기로 활용하는 것은 세계에서 중국인뿐이 아닐까?

나의 한 시인 친구는 마구 침을 뱉는 중국인을 풍자해 이런 시구를 지었다.

"봄날이 지나간 발자욱에는 백화방초가 만발하지만

중국인이 지나간 발자욱에는 가래침의 꽃이 활짝 피네."

눈병은 동녀의 오줌으로 씻어라

지나친 청결은 병을 부른다

일본을 처음 찾은 방문객이나 유학 온 지 오래 되지 않은 한국인·중국인 유학생에게 일본과 일본인의 처음 인상이 어떤가 하고 물으면 열에 아홉은 '깨끗하다'는 조목을 빼놓지 않는다.

"일본은 너무 깨끗해서 좋아요. 환경도 깨끗하고 일본인은 청결함을 대단히 즐기는 민족인 것 같아요……."

중국인 유학생은 우선 도시의 공기가 와이셔츠를 며칠 연속 입고 다녀도 괜찮을 정도로 깨끗하고 도심을 가로 흐르는 작은 하천에도 수정같이 맑은 물이 흐를 뿐만 아니라 물고기들이 자유롭게 살고 있다는 실례를 들었다.

중국 같으면 도시는 물론 농촌에서도 와이셔츠를 입은 지 반나절도 안 되어 옷깃과 소매 끝에 석탄가루를 묻혀 놓은 듯하고 도심의 강물은 더럽다 못해 악취가 풍기며 공업용 폐기물이 시커먼 물감을 풀어 놓은 듯하여 일본의 깨끗함과는 도저히 비교가 안 된다는 것이다. 정도의 차이는 있지만 한국도 일본과 비교하면 청결함은 좀 뒤떨어지는 편이다.

일본인이 청결함을 즐기는 예로 중국인과 한국인보다 목욕을 자주 하고 세탁을 자주 한다는 사실을 들 수 있다. 1995년 관서대지진으로 거처를 잃어버린 수십만 명의 이재민들이 가설주택에서 임시로 살고 있을 때 어느 유럽 텔레비전 방송국에서 이들을 취재했다. 아나운서가 "지금 제일 바라는 소원은 무엇입니까?"하고 물었는데, 배불리 먹고 싶다거나 잠을 실컷 자고 싶다는 대답이 나오는 것이 당연했을 테지만 그 대답은 의외였다.

"목욕을 하고 싶어요!"

그 아나운서는 사뭇 놀라는 표정이었으나, 나는 청결함을 즐기는 일본인이 아니고선 나올 수 없는 대답이라고 '역시!'하며 웃었다. 지극히 청결함을 즐기는, 결벽증에 가까운 일본인들의 습성을 유럽 아나운서는 잘 모르고 있었던 모양이다.

결벽증이란 말이 나와서 말인데 나도 일본에 온 뒤 일본인만큼 결벽증에 걸렸다. 원래 어렸을 때부터 타고난 성미인지 나는 좀 결벽에 가까운 편이었다. 화장실에 한 번 다녀올 때마다 손을 비누로 씻는데, 그것도 살균비누로 빡빡 씻는다. 하다못해 집 근처의 우체국엘 갔다 와도 집에 들어서기 바쁘게 손을 씻는 것이 일과다. 때문에 우리 집 물세가 다른 집보다 2배는 많이 나온다고 아내가 늘 야단을 친다.

외출을 갔다 와도 꼭 비누로 모든 잡균을 일소해 버리기라도 하듯 빡빡 씻어야 직성이 풀린다.

아무튼 동양 3국을 두루 돌아보아도 일본인만큼 청결함에 대한 결벽 증을 가진 민족은 없는 것 같다. 일본의 일용품은 거의 전부라고 해도 좋을 정도로 '항균' 아니면 '무균'에 신경을 쓴 제품들이다. 자질구레한 식기에서부터 양말, 팬티, 의류, 가구에 이르기까지 전부 항균·살균처 리를 한다고 한다.

최근에는 거대한 주택까지도 잡균을 제거할 수 있는 것이 생겼다고 하니 일본인은 과연 무균 상자 사회에서 스스로 갇혀 사는 것이 아닌가 싶다. 유치원 원아들이 장난치는 모래밭도 일본에서는 고온 소독을 거친 것이라고 한다.

한국과 중국에는 너무 씻고 닦으면 복이 나간다고 하는 옛말이 있으 며, 또 복이 나가면 그 구멍으로 병이 침습해 온다고 하는 말도 있다. 너무 씻으면 알레르기가 생기고 저항력이 저하되어 병에 걸리기가 더 쉽다는 이론이다. 결국 지나친 청결함은 병을 부른다는 것이다.

청결을 즐기는 문화가 있는 반면, 불결한 것을 낙으로 살아가고 있는 문화도 존재하니 세상은 참으로 재미있다. 불결하다고 여기는 오줌을 세 척제로도 쓰고 약용으로도 쓰며 심지어는 건강 드링크제로도 이용한다 고 하면 일본인들은 이맛살을 찌푸리지 않을까?

일본의 저명한 역사소설가 시바 료타로의 시리즈 기행 『가도(街道) 를 가다(제5권) — 몽골기행』에 이런 오줌에 관한 이야기가 등장한다. 먼저 몽골의 『알탄 톱치』(1960년경)에서의 이야기다.

한 아리따운 미소녀가 수레에서 내려 길섶에서 소피를 보고 갔다. 그 뒤 예스게이 형제가 나타나 땅 위의 오줌자국을 자세히 검사하더니, "이 여자는 꼭 좋은 사내애를 낳을 수 있어."하며 그 오줌으로 미래를 예견하고 곧장 그 소녀를 쫓아가 겁탈하여 아내로 삼아서 얼마 후 복스러운 사내애가 탄생했는데 그가 바로 '칭기즈칸'이었다고 한다. 이어서 시바 료타로 일행이 몽골의 복장 초원을 찾은 이야기가 계속된다.

여행 중에 갑자기 시바 씨의 부인이 소변을 보고 싶다고 했다. 난처한 것은 시바 씨였다. 허허벌판에는 몸을 숨길 곳이라곤 없었다. 문득 눈에 뜨인 몽골포(包)를 가리키며 "저 뒤가 어떨까?"하고 시바 씨가 말했다. 부인이 그곳으로 사라진 뒤 시바 씨는 말 구경을 하느라 여념이 없었다. 그런데 부인이 허둥지둥 뛰어오면서 웃었다. 그리곤 금방 벌어진 에피소드를 이야기했다.

몽골포 저쪽에서 한창 소변을 보고 있는데 별안간 자기가 웬 엄숙한 표정을 짓고 있는 건장한 사나이 네 명에게 포위되어 있는 것을 발견했다. 그런데 그 사나이들은 허겁지겁 달아나는 그녀에게는 전혀 눈길을 돌릴 생각도 안하고 그녀가 땅 위에 남긴 오줌 흔적에만 시선을 집중시켰다. 그녀가 돌아보니 그 중 한 남자가 아주 정색하며 설명하고 있는 듯했다고 한다. 버스에 올라 돌아올 때, 몽골포 앞에 있던 네 사나이가 아주 자상한 표정으로 그녀를 환송해 주었다. 이때 시바 씨는 불현듯 『알탄 톱지』에 나오는 에피소드가 떠올라 그 사나이들이 오줌 흔적을 검사하지 않았냐고 부인에게 물으니 웃으면서 고개를 끄덕였다.

몽골에서는 햇빛이 강한 탓에 피부의 노화가 빠르며 특히 여성의 노화가 현저하다고 한다. 그래서 시바 씨 부인의 나이를 착각하고(즉 몽골 같으면 결혼 전의 처녀로 보였을 것이다.) 그녀의 오줌을 검사한 것이라면 사과해야 할 쪽은 오히려 이쪽이다, 그렇지 않으면 혹시 초원의 전통적인 환영 방식에 따라 처음 본 여성의 소피를 노소 분별없이 검사하는 것일까 하고 시바 씨는 생각했다고 한다.

초원이나 사막지대, 그리고 대륙의 목축민들에게 있어서 가축의 분은 중요한 연료로 쓰이며 오줌도 마구 낭비하지 않는다. 아프리카는 물론 중국의 변경 오지에서도 소나 말의 오줌으로 머리를 감는다고 한다. 중국의 농촌에서는 지금도 소나 말의 분을 말려 연료로 쓴다. 나도 어렸을 때 늘 보아 왔지만 농민들이 맨손으로 소똥을 만지고 거두는 것은 예사로운 일이었다. 그래서 모택동이 "농민의 손엔 소똥이 묻었지만 마음은 제일 청결하고 고귀하다."고 한 것일까?

일본인의 결벽증적인 시각에서 보면 그 온갖 잡균과 병균이 번식하는 변을 손으로 만진다거나, 오줌으로 세수를 한다는 것은 불결한 야만인의 습성으로 보일지도 모른다. 몽골의 목축민이나 중국의 농민 같이 오줌·똥과 친근히 사귈 만한 자연과의 호흡이 일본인적인 결벽 속에는 결여되어 있다.

내 컵엔 낙타의 털이 들어 있다

한국 한방의 고서적 속에도 눈병은 동녀(童女)의 오줌으로 씻으면 낫는다는 기술이 있다. 유녀(幼女)의 오줌은 보통 무균상태라고 한다. 멸균한 증류수 따위가 없었던 그 옛날에 오줌은 소금물과 같은 작용을 했던 것이다.

그리고 한국 여성의 살결이 보드랍고 아름답기로는 세계 제일이라는 정평이 있다. 옛날 한국 여자들은 자기 오줌으로 얼굴을 씻고 피부를 정결히 했다고 한다. 이때 오줌은 현대의 화장수 같은 역할을 했을 것이다.

중국에서는 얼마 전에 오줌을 마시는 건강법이 유행했다. 공기 속에서 세균과 부딪쳐 발효되거나 변질된 오줌의 지린내가 연상되기에 오줌을 불결한 것으로 잘못 아는 것이지 사실 오줌은 깨끗하다는 과학검증 보고까지 나와 있다.

오줌을 차 대신 마셨다는 일화는 동 · 서양을 막론하고 무수히도 많다. 중국 강남의 한 귀부인이 손님을 대접하던 중에 끓인 물이 모자라자 급히 시중을 시켜 "얘야, 내 요강 속에 있는 것을 차와 섞어서 가져 와라."하고 명했다.

이 색다른 차를 손님들께 내놓으면서 귀부인이 "이 홍차는 말이에요, 실크로드를 통해 유럽에서 수입해 온 것인데 그 나라의 최고급품을 낙타에 싣고 온 것이랍니다." 거짓 자랑을 늘어놓았다. 엽기적인 거짓말이었다.

그 중 한 손님이 이렇게 감탄을 했다.

"야, 참 맛있네요! 내 컵엔 낙타의 털이 한 개 들어 있습니다."

한국과 중국과 몽골의 오줌 이야기를 거듭해서 하는 것은 일본인처럼 결벽증에 걸려 모든 잡균과 자연의 배설물을 꺼리는 항균 사회와는 반대로 호균(好菌)의 문화가 이웃나라에 실존하고 있다는 얘기를 하기 위해서다. 오줌을 약으로, 음료나 기호식품으로 삼을 만큼 나라마다 자연과 더불어 사는 문화가 있는 것이다.

매사에 정밀성을 따지고 철저히 소독해야 직성이 풀리는 일본인의 싱격이 낳은 것은 바로 주변에 잡균 하나 존재하는 것을 용서하지 못하는 그런 강박감일 것이다.

중국은 땅이 넓고 기후도 다양하며 바람이 거세어 환경과 청결함에 무감각하다. '적당히'를 선호하는 중국인의 사고방식은 이 같은 자연 생태에서 나온 것이다. 청결함에 있어서도 그냥 적당히 하면 된다는 습관이 지배적이기에 굳이 위생에 신경을 쓸 커다란 이유가 없는 것이 아닐까.

그리고 한국은 '철저히'와 '적당히'의 중간에 낀 상태다. 철저히는 결벽한 일본인보다는 뒤지고 '적당히'는 더러워도 괜찮다는 중국인보다는 또 많이 신경을 쓰는 민족이다. 결국 청결도에 대한 태도 역시 문화심성의 발로인 것이다.

청결하여 알레르기가 생기고 병균에 대한 저항력이 약한 일본의 '무균 사회'와 분뇨와 친숙할 만큼 '불결'하여 불결도 적당히 괜찮다고 여기는 중국과 그 중간의 한국.

무균의 나라와 오줌을 마시는 나라, 그 문화적 우열을 가늠키란 쉬운 일이 아니다.

방귀와 일본인

방귀를 같이 먹는 친구

필자는 각 나라의 습속이나 기이한 문화현상에 대해 항상 호기심을 가지고 있기 때문에 관련된 책을 닥치는 대로 읽는 편이다. 전문서에서 부터 일반서, 포르노 잡지에 이르기까지 마구잡이로 읽기를 좋아한다.

여기서 나의 잡독 취미를 이야기하는 것은 독서력을 자랑하기 위해서가 아니라, 잡독을 하면서 나름대로 발견한 것이 있기 때문이다.

세심하기로 소문난 일본인들은 별의별 작은 소재까지도 깊이 있고 폭넓게 연구하고 그것을 책으로 간행한다. 이런 사실은 세계적으로도 드물 것이다.

양귀비의 겨드랑이에서 나는 액취(腋臭)가 무슨 냄새였을까를 연구하는 일에 일생을 건 학자가 있었는가 하면, 화장실 하나만을 전문으로 연구하거나 베개만을 연구한 괴인도 있었으며, 방귀[放氣]만을 연구하여 방대한 책을 쓴 사람도 한둘이 아니다.

그따위 잡동사니를 연구하다니, 웃기는 일이라고 비아냥거릴 사람도 있을 것이다. 실제로 이런 얘기를 한·중의 일반인에게 해본 적이 있었는데 "원 별 자질구레한 짓을……"하면서 일본인의 소심함을 비웃는 경우가 많았다.

나는 『벌거숭이 삼국지』에서 아무데서나 방귀를 잘 뀌는 중국인의 생리적인 문화현상을 이해해야 중국인을 이해할 수 있다고 주장한 적이 있지만, 잡독을 하다 보니 일본인들도 엄청난 '방귀 문화'를 소유하고 있다는 사실을 알게 되었다.

지극히 사소한 생리현상까지도 왕성하고 탐욕스런 탐구 자세로 놓치지 않는 일본인에게 있어서는 '방귀'도 역시 연구대상이며 그래서 '방귀학'이란 새로운 학문 분야까지 생겨났다.

일본인과 방귀를 살펴봄으로써 일본인의 방귀 문화를 엿볼 수 있을 뿐만 아니라, 나아가 일본인의 문화에 접근할 수 있는 하나의 큰 기회가 될 듯도 싶다.

우선 방귀에 관한 연구서, 일반서, 소설, 잡학서, 에세이 등의 리스트만 보아도 수백 종에 이른다.

『방비학개론(放庇學槪論)』, 『비(庇)』, 『비와 곤(庇と褌)』, 『방비수문기(放庇粹門記)』, 『신편훈향집(新編薰饗集)』, 『일발(一發)』, 『비사전(庇事典)』, 『비학입문(庇學入門)』, 『방비초(放庇抄)』, 『방비설법(放庇說法)』, 『방비선생(放庇先生)』, 『방비고(放庇考)』……

일단 일본의 방귀에 관한 명칭부터 보면 그 표현이 다른 나라에 비해서 아주 풍부하다는 사실을 알 수 있다.

방귀를 나라별로 보면 중국어는 피[庇], 한국어는 방귀[放氣], 영어는 fart, 프랑스어는 pet, 독일어는 blähung 또는 furz, 러시아어는 bèep, 라틴어는 pedo라고 한다.

p, f, b 계열의 발음은 세계적으로도 거의 같은 음으로 통한다. 아마 방귀가 부, 푸, 붕, 풍, 뿡……과 같은 소리를 내기 때문일 것이라고 생각한다.

일본어에서는 속칭으로 부(ブ), 푸(プ)라 하고 한자로는 비[庇, へ(おなら), ひ]라 하는데, 그것에 그치지 않고 여러 가지 속칭이나 표현이 많다. 이를테면 밑에서 나는 바람이라 하여 하풍(下風)이라고 하는 우아한 이름도 있다. 그리고 민간에서는 '오나라', '나라'라고 부르는데 그것은 '나라스[鳴らす]'로 울린다, 뀐다는 뜻에서 온 것이다. '나라'를 발음대로 하면, 한국어로는 국가라는 신성한 뜻인데 일본어로는 방귀라는 뜻이니, 한국의 나라가 일본의 방귀가 되어 버리고 말았다.

그리고 일명 전시기(轉矢氣)라고도 하며, 인간 악기, 후문의 피리소리라고도 한다. 비옥(庇玉)이라는 주옥(珠玉) 같은 말도 있으며, 죽마고우란 의미로 '방귀를 같이 먹는 친구'라는 표현까지 있다. 방귀까지 같이 먹으며 자랐으니 죽마고우 못지않으리라.

희귀한 것은 일본에는 방귀를 신으로 모시는 습속까지 있다는 점이다. 즉 변소를 관할하는 일종의 신으로 간주했다고 한다. 다이쇼[大正] 시대에 오카야마에 방귀신사[奈羅須神社]가 있었다고 전해지지만 확실한 근거는 없는 듯하다. 그러나 오카야마의 농민들이 모심기할 때 웃음을

준다는 '방귀궁[屁の宮]'은 실제 있었다고 한다. 방귀를 신으로 간주할 만큼 신이 많은 나라는 일본밖에 없는 것 같다.

불교까지 방귀로 비유하는 풍조도 일본에만 있었다. 유명한 고승 선애(仙厓)는 「비(屁), 방귀」라는 유명한 그림을 남겼다. 그림에는 엉덩이를 하늘 높이 치켜들고 방귀를 뀌는 남자의 모습이 그려져 있는데 그림 위에 크게 붓글씨가 쓰여 있다.

'방귀라고 하여 나쁜 것으로만 생각 말라. 부쓰란 자는 부쓰[佛]이노라.' 방귀의 소리 부쓰와 불교라는 불(佛)의 일본어 발음 부쓰를 빗대어 방귀를 부처라고 야유한 것이다.

일본 애니메이션에도 늘 등장하는 명승(名僧) 잇큐[一休]에게도 유사한 에피소드가 전해진다. 어느 날 한 사람이 잇큐를 찾아와서 어떻게 해야 부처님[佛]이 될 수 있느냐고 물었다. 잇큐는 당장에 "그거야 간단하지."하면서 문뜩 엉덩이를 내밀고 천둥 같은 방귀를 한방 쏘았다. 그리고 말했다.

"부쓰[佛]는 이렇게 된다."

방귀 소리 부쓰와 부처님이란 부쓰[佛]가 동음이기에 방귀 속에서부터 부처님을 찾은 것이다. 여기서 일본인의 신에 대한 경건한 마음과 함께 소탈하고 분방한, 일탈된 유머를 볼 수 있다. 중국과 한국 같으면 절대적인 존재로서의 지고무상 한 부처님을 방귀로 비유한다는 발상조차 하지 못했을 것이다. 절대적 이데올로기, 절대적 원리의 중국인과 한국인이기 때문이다.

방귀 한 방에 매화향기가 쓰러진다

옛날의 소화(笑話)나 민간 설화를 보면 한국·중국·일본에 방귀와 관련된 이야기가 무수히 등장하지만, 한 가지 특이한 것은 일본에서는 근대 신문에도 '방귀'가 사주 등장했다는 점이다. 방귀도 뉴스거리라는 것이다.

1897년 5월 18·19일자 오사카 『아사히신문』에 이런 뉴스가 실렸다. 가쓰지로란 청년이 유곽에서 친구들과 기생을 불렀는데 기생이 마음에 안 든다고 주인과 입씨름을 하다가 주인이 방귀를 뀌어 홧김에 칼로 그 주인을 죽였다고 한다. 1964년 4월 13일자 석간 『도쿄 신문』도 방귀가 도화선이 되어 동료를 칼로 찌른 사건을 다루고 있다. 1981년 3월 2일자 도쿄 『일일신문』에는 어떤 남자가 기생을 거느리고 마당에서 매화를 구경하다가 옆을 지나가던 남자가 지독한 악취의 방귀를 뀌었다고 시비를 건 일이 기사화 되었다. '방귀 한방에 매화 향기가 쓰러졌다'는 제목이었으니 우아한 제목에 구린 내용이 아닌가. 메이지 시대에 미야다케 가이고쓰[宮武外骨]라는 기골의 귀재가 있었는데 그는 '감옥은 방귀의 왕국이다.'라는 경구까지 남겼다. 수차 감옥살이를 한 그는 『오사카 신문』에 체험담을 연재하기도 했다. 이런 대목이 있다.

"감옥에서 먹는 음식은 주로 보리밥이어서 방귀가 자주 나왔다. 그래서 매일 감방에서 붕—, 붕— 했다. 간수도 그 소리와 냄새에는 이골이 났다."

이런 에피소드도 있다. 됴쿄의 어느 유명한 감옥에서 있었던 일이다. 당연히 감옥 안에서 사사로이 하는 말은 금물이었으나 방귀는 그래도 생리현상이니까 봐주었다고 한다. 어느 날, 어떤 감방에서 큰 방귀 소리가 울렸다. 그에 호응이라도 하듯 다른 감방에서 한방, 그러더니 여기서 한방 저기서 한방, 거의 같은 간격으로 구린 발사를 해대는데 멈출 줄을 몰랐다. 이에 간수와 수인 일동이 함께 떠나갈 듯 박장대소를 했다고 한다.

엄숙하고 살벌한 형무소에서도 이럴 때만은 귀천에 상관없이 인간 본능의 공명(共鳴)을 일으켰던 것이다. 그러고 보면 방귀는 인간관계의 윤활유와도 같다.

내가 일본에 살면서 또 한 가지 발견한 것이라면 방귀와 일본 문학은 인연이 깊다는 사실이다. 방귀가 일본 문학의 직접적인 소재이자 하나의 밑거름이 되고 있다고 해도 과언은 아니다.

일본 문학에는 예로부터 방귀를 소재로 다루는 향기로운 전통이 있었다. 고대의 와카[和歌]나 하이쿠[俳句], 교겐[狂言]에도 그리고 현대의 산문, 소설, 시에도 방귀는 늘 등장한다.

하이쿠의 대표자 다카하마 교시[高浜虛子]의 그 타이틀도 「방귀」라는 짧은 에세이가 있다. 방귀 열 방을 뀐 자초지종을 적은 향문(香文)이다. 전후 신생 일본의 기수로서 「일본문화사관」, 「추락론」 등의 명작으로 일세를 풍미했던 사카구치 안고[坂口安吾]에게는 「오나라사마(방귀 선생)」라는 명문이 있다. 주인공 스님이 방귀를 억지로 참다가 죽는 운명을 당하는, 무의미하게 보이는 세계 속에서 인간의 생사를 꿰

뚫어 본 사카구치의 플래프맨에 대한 동경이 깃들어 있다고 평론가들은 평하고 있다.

야스오카 쇼타로[安岡章太郞]는 현대 일본의 대표적 문인 중 한 사람으로, 유년 시절을 서울에서 지낸 경험이 있는데 그때 어떤 귀부인 앞에서 어린 자신이 방귀를 뀌어 실수를 했다는 에피소드를 담은 「방비초(放庇抄)」를 1977년에 발표했다.

소설가 다자이 오사무[太宰治]가 1939년 발표한 수필 「후지 백경[富岳百景]」에서 스승과 같이 후지산에 올라 방귀를 뀌었다는 구절은 유명하다. 이 작품 속에는 명구 '후지산에는 월견초가 제격이다.'라는 구절이 있는데 그것을 '후지산에는 방귀가 제격이다.'라고 해야 옳을 것 같다.

그 뒤 사제 간에 방귀를 뀌었다느니 안 뀌었다느니 논쟁이 붙었는데 방귀를 뀐 당사자는 사실 저자였다고 한다. 그러나 두 사람 모두 저 세상 사람이 되었으니 방귀 논쟁은 아마 영구한 '현안'으로서 일본 문학사에 기록될 것이다.

방귀로 국가를 연주하다

일본의 유명인과 방귀의 인연도 그 인물 못지않게 기발한 데가 있다. 야나기타 구니오[柳田国男]와 함께 일본 민속학의 양대 산맥을 이루고 있는 천재 미나카타 구마구스[南方熊楠]는 소년 시절에 '방귀에도 색깔이 있을까?'하는 연구 과제에 달라붙어 '목욕탕 안에서 뀐 방귀는 턱

밑으로 오른다.'는 따위의 실물을 채집하여 연구에 몰두했다고 한다. 결국 '식물(食物)에 따라 5색 방귀가 가능하지 않을까?'란 가설만 남겨 놓고 연구가 중단되었다고 한다.

유명한 야생조류 연구가이자 시인인 나카니시 고도[中西悟堂]가 일본 국가(國歌)를 방귀로 연주했다고 한다. 방귀로 가곡을 연주한다고 하는 일은 사실 어려운 일일 텐데 그것을 실행했다는 자체도 경탄할 기록이지만, 더러운 방귀로 성스러운 국가를 연주한다는 것은 이데올로기 사회의 중국이나 한국에서는 도저히 상상이 불가한 '대죄'가 된다. 누가 감히 방귀로 '애국가'를 연주한단 말인가.

5천 엔 지폐에 초상화가 올라 국제적으로도 유명해진 사상가 니토베 이나조[新渡戸稲造]는 친구들과 방귀 얘기를 자주 한 것으로 유명하다.

이번에는 필자가 직접 일본서 체험한 방귀 이야기를 하나 소개하겠다. 3년 전인가 히로시마의 어느 백화점에 구두를 사러 간 적이 있다. 구두 매장에서 두리번거리는데 예쁘장하게 생긴 여자 종업원이 "구두를 찾으십니까?"하면서 이건 어떤 특징이 있고 어떤 장점이 있으며 어느 나라 상품이라고 차근차근 가르쳐주었다.

내가 마음에 들어 하는 구두를 그녀가 창고에서 가져오더니 꿇어앉아서는 신어 보라고 했다. 신을 신으니 그녀는 거울을 가져다주며 여전히 꿇어앉아서 바짓가랑이 뒤의 뒤축을 보여주는 것이었다.

바로 이때 일이 생긴 것이다. 그날따라 아랫배 속이 좋지 않아 몇 번이나 참느라고 애썼지만, 그만 꾹 참던 방귀가 푹─ 하고 방출돼 버렸다. 원래 얌전한 고양이가 부뚜막에 올라 소리 없이 뀐 방귀가 지독하다고 그 냄새는 나 자신은 물론 주위 30미터 안팎의 사람들도 코를 막을 정도로 심했다. 그런데 여종업원은 바로 내 엉덩이 밑에 있었으니 당해도 되게 당했을 것이 뻔한데도 얼굴 하나 찡그리지 않고 여전히 생글생글 "이것으로 하시죠."하면서 내 대답을 기다리는 것이었다.

독가스를 먹으면서까지 웃는 얼굴로 서비스해 주는 일본 여종업원의 모습에 감동하지 않을 수 없었다. 한편 나는 하필이면 이때에 하고 쑥스럽기도 했다.

중국 여자 같으면 "손님 방귀가 너무 지독해요. 무슨 음식을 먹었기에."하면서 한마디 쏘아붙였을지도 모른다.

더욱 흥미로운 것은 일본의 어린이들은 방귀를 아무 구애 없이 시의 소재로 삼는다는 것이다.

1983년 7월 1일자 『요미우리신문』 '어린이의 시'란에 방귀의 박력을 읊은 시가 실렸다. 한번 옮겨 보자.

제목은 「뱃속」
딸꾹질은 뱃속의 지진이다.
열은 뱃속의 여름이다.
방귀는 뱃속의 폭발이다.
이와세 다이치(5세)

역시 1992년 4월 18일자에 방귀를 그림으로 표현한 제목의 동시가 한 수 실렸다.

소리 나지 않는 방귀가 나왔어요.
비밀 이야기 같은 방귀에요.
와키다니 나오히로(3세)

학생 작문집 『1학년 1반 선생님께』라는 책자에 재미난 어린이의
시가 실렸다.

「아빠」
아빠가 나한테 화를 내려 할 때
아빠가 방귀를 뀌어서
엄마가 아빠한테 화를 내었다.
모토오카 신야(초등학교 1학년)

읽고 나면 잔잔한 미소를 짓게 하는 어린 동심에 비친 방귀의 양상들
이다. 이렇게 방귀가 더럽고 하찮다고 금기시하지 않고 어릴 때부터 방
귀를 스스럼없이 읊을 수 있게 하는 그런 인간본능주의와, 그런 것들을
살릴 수 있는 여유가 있는 일본 문화의 풍토를 엿보게 해준다.
방귀까지도 기록하는 일본인의 기록 정신, 방귀를 금기시하지 않고
자유롭게 훈향을 풍길 수 있도록 하는 일본 문화의 경묘소탈의 일면을
읽을 수 있다.

제2장●

'되놈'들은
인습을 탈피하지 못한다

'불륜'의 삼국지

'불륜'도 문화다

"김 상, 아직도 사람들이 휴대폰 음성메일로 연애한다는 사실을 모르신다고요? 젊은 작가치고는 너무 유행에 뒤떨어졌네요."

친구의 소개로 알게 된 히로시마에 살고 있는 주부 모모코(30세)의 말이었다. 일본의 불륜 실태를 취재한다는 필자의 말에 선뜻 응한 모모코는 나를 만난 지 몇 분 되지도 않아 아주 자연스럽게 이런 화제를 꺼냈다.

일본의 국민적인 여배우 요시나가 사유리[吉永小百合]와 닮은 데가 있는 그녀는 그 어디를 뜯어보아도 정숙한 숙녀에 현모양처형의 전통적인 일본 여인이었다. '불륜(不倫)'이란 낱말과는 전혀 인연이 없을 것 같은 그녀가 믿어지지 않지만, 지금 자신은 불륜의 늪에 폭 빠져 있다고 했다.

"자, 김 상 재미있는 거 들려줄게요. 근데 김 상은 여기에 빠져들면 안 돼요."

모모코는 휴대폰을 몇 번 누르더니 내 앞으로 내밀었다.

"저는 어제 도쿄에서 히로시마에 왔는데요. 인물도 준수하고 성격도
활달해요. 나이는 21세. 같이 놀아줄 분을 기다리고 있습니다."

"가진 건 없지만, 그것만은 강해요. 같이 놀아주실 분, 곧 연락주세
요!"

"나이는 25세, 40대 가정주부를 좋아해요. 어디 드라이브라도 같이
가고 싶어요, 그럼……."

"전요, 예쁘고 귀여운 17세 고교생이랍니다. 왜 그 후카다 교코[深田
恭子] 아시죠. 그런 타입이에요……."

"……."

이러한 남녀의 메시지가 계속 흘러 나왔다. 그 절절한 '사랑(?)'의 호
수에 어쩌면 빠져 들어갈 만도 하다고 느껴졌다.

"자기가 마음에 드는 파트너를 선택할 수 있어요."하면서 모모코는
폰 메일의 조작 방법을 가르쳐주었다.

"김 상은 웃을지 모르지만 전엔 거의 날마다 한 시간쯤 들었어요. 듣
다 보면 재미있어서 외롭지 않았어요. 애들을 학교에 보내고 남편이 직
장에 나간 다음, 집안일을 하는 동안 메시지를 듣는 것이 일과였지요."

모모코는 이렇게 재미로 듣다가 결국에는 거기에 빠져들고 말았다는
것이다. 모모코의 파트너는 21살의 대학생이란다. '휴대폰 메일'을 통해

만나서 서로 전화번호를 알게 되었고 3일 후에 데이트를 했다. 그날로 식사를 하고 맥주 두서너 병을 비운 뒤 호텔로 직행하여 '금단의 사랑'을 만끽했다고 한다.

최근 들어 주부들의 휴대폰 불륜이 커다란 유행이라고 모모코가 토로했다.

모모코의 한 친구는 40대 가정주부인데 현재 동시에 두 남자와 휴대폰 열애(?)를 하고 있다고 한다. 남편의 나이는 47세, 이 나이를 기준으로 애인을 찾는다고 한다. 즉 하나는 남편보다 위인 50대 중반의 회사 간부. 다른 하나는 15살 연하인 젊은 고등학교 선생이란다. 50에 가까운 남편은 언제나 아침 일찍 나가 밤늦게 들어오며 회사 일 외에는 관심이 없다고 한다. 아내가 무슨 화장품을 쓰는지, 어떤 옷을 입는지 전혀 무관심하단다. 이런 남편에게 반발한 그녀는 20년 동안의 주부생활에 주름살만 는 자신의 얼굴을 거울로 보는 것마저 꺼렸다. 그러나 지금 사귀는 두 애인이 생긴 뒤로부터는 거울을 마주하고 있는 시간이 길어졌으며, 살맛을 느끼게 되었다고 한다. 주부가 아닌 여자의 본성을 되찾았다는 것이다.

'불륜'은 이미 남성의 전유물이 아니다. 10대 소녀의 원조교제에서부터 50, 60대 노주부들의 불륜에 이르기까지 일본, 한국, 중국의 여성들은 이미 '반란'의 기치를 들고 불륜 삼국지를 펼쳐 가고 있다.

여기에 흥미롭고 획기적인 사건이 있다. 1998년, 일본의 유명 탤런트 이시다 준이치[石田純一]는 젊은 탤런트와의 불륜 사실이 세상에 공개되자 텔레비전 매스컴에 대고 이렇게 공공연히 말했다.

"불륜도 문화다!"

이 말이 히로시마에 투하시킨 원자폭탄의 위력과도 같이 온 일본열도를 '불륜 문화' 붐으로 이끌어 갔다. 불륜도 문화라는 유행어가 생기고, 이로부터 불륜도 식사하는 식문화, 술을 마시는 음주문화와 같이 하나의 '문화'로 정착되었다. 그것을 기피하고 쉬쉬하던 시기로부터 긍정적인 태도로 인정해 주는 시대로 현대 일본사회가 변화하는 모습을 대변해주고 있었던 것이다.

'실락원' 의 폭발

이와 때를 같이하여 1997년, 일본 사회 흐름의 특색을 반영한 '실락원'이라는 단어가 유행하였다. 이 단어는 그 해 일본 역사상 최고의 베스트셀러가 된 불륜 소설 『실락원』에서 따온 단어다. 불륜 소설의 제1인자로 불리는 작가 와타나베 준이치[渡辺淳一]가 쓴 이 소설은 최대의 경제일간지 『니혼케이자이신문[日本経済新聞]』에 연재되다 단행본으로 출간, 발매 즉시 경이로운 판매량을 자랑하면서 폭발적인 인기를 모았다.

1998년 3월까지 300만 부를 돌파, 종합 베스트셀러 1위를 독점하였으며 『니혼케이자이신문』 비즈니스가 선정한 1997년 히트상품 3위에 랭크되기도 했다.

37세의 주인공 유부녀와 53세의 유부남 편집장과의 불륜을 다룬 이야기이다. 소설의 최후에 이 세상에서 사랑의 결실을 이루지 못한 이들은 신주[心中]란 일본인다운 죽음을 통해 저세상에서 사랑을 이루려 한다.

아주 흔한 소재의 불륜 소설이지만 불안한 중년의 마음을 잘 포착하였다. 일본인이 처한 1990년대 후반의 경제위기 상황에 대한 불안이 중년의 방황하는 심리와 잘 어우러져 대히트를 쳤던 것이다.

또한 『실락원』은 영화로도 제작되어 대성공을 거두었다. 그 해 총동원 관객이 200만 명을 넘는 성황을 이루었으며 텔레비전 드라마로도 방영이 되었는데 시청률 1위를 차지했다. 이에 힌트를 얻은 한 관광회사에서는 소설의 배경인 가마쿠라[鎌倉]를 투어로 돌아보는 '실락원 관광' 아이디어까지 고안하여 역시 거액의 수입을 올렸다고 한다.

특기할 만한 것은 실락원 붐은 일본에서 식기도 전에 인국(隣國)인 한국과 중국에까지 그 열기가 퍼져 역시 삼국에서 다 같이 히트를 쳤다는 점이다.

1998년 한국에서도 『실락원』은 시종 베스트셀러 순위에서 내려올 줄 몰랐으며, 성에 대해서는 근엄하다는 사회주의 국가 중국에서도 해적판이 끊이지 않을 정도로 화제가 되었다. 한때 중국인들은 서양의 그 『메디슨카운티의 다리』를 쑥스러운 표정으로 보았지만, 몇 년 후에는 이 동양의 불륜 소설을 아무 주저 없이 보면서 불륜과 혼외정사에 대해 침을 튀기며 열렬한 토론까지 벌였다. 불륜은 근엄한 사회주의 국민들에게도 엄연한 '문화'로 받아들여진 것이다.

이런 상황을 감안해 볼 때, 불륜이 한·중·일 삼국에서 자연스럽게 받아들여지고 있을 뿐만 아니라, 정도의 차이는 있지만 생활의 일부분이 되었다는 점을 가히 짐작할 수 있다.

'불륜 문화'의 역사적 흐름을 통해 우리는 성문화뿐만 아니라 그 배경에 있는 사회 문화의 변천까지도 알 수 있다. 일본의 불륜 문화를 중심으로 삼국의 불륜 문화의 내실을 알아보는 것은 아주 의미 있는 일이다.

지금 불륜 하면 한자로 '不倫'이라고 쓰는데 원래는 유교의 가르침에서 인간이 지켜야 할 윤리 도덕, 오륜의 하나인 정조를 지키지 못했을 때를 지적하는 단어다. 옛날에는 중국을 중심으로 한국, 그리고 일본의 사무라이 계층에도 처첩제도에 일부다처제가 있었는데 불륜이란 아내가 남편 아닌 다른 남자와 통정하는 일을 가리켰다. 일본에서도 메이지로부터 쇼와 시대에 이르기까지 간통죄라는 것이 있어 불륜을 법으로 단속했다. 한국에서도 1980년대까지는 간통죄를 중하게 다루었으며 중국에서의 사정은 더 엄중했다.

오늘날 일본에서는 한자어인 '不倫'이 일본식 가타카나인 '후린(フリン)'으로 표기될 만큼 일본적이고 또 일상적인 단어로 정착되어 버렸다.

이 '후린'이란 가나 문자가 가벼운 감각으로 아무런 죄의식도 없이 일상적으로 진행되는 혼외교섭을 표현하는 데 쓰이고 있다는 점은 일본이 불륜에 대해 그만큼 관용적이라는 사실을 말해 주는 것이다. 엄밀한 정의를 내린다면 불륜이란 육체관계에까지 이른 것을 가리킨다고 한다.

불륜에서 압도적으로 많은 패턴은 중년 남자와 20대 젊은 여자의 불륜이었지만 80년대에 들어서는 기혼 여성의 불륜, 가정주부의 불륜으로 발전하기에 이른다.

이런 상황은 정도의 차이는 있지만, 한국과 중국도 마찬가지다.

원래 불륜의 중심은 어느 정도 사회적 지위가 있거나 금전적으로 여유가 있는 중년 아저씨와 욕망에 솔직하고 상냥한 젊은 여성이었는데, 자기 아내를 에로티시즘의 대상으로 보지 않고 어머니의 대리로만 여기고 혼외정사를 즐기는, 즉 젊은 여성과의 교섭 속에서 성적 쾌락을 느끼는 것이 불륜 하는 남자의 최대 가치였다.

따라서 이런 패턴의 불륜은 변화가 지극히 풍부하여 가족에 권태를 느낀 남자들의 원동력이 되기도 했다. 이런 남편들이나 정조관념이 희박한 젊은 여자나 모두 죄의식은 별로 없다.

젊은 여자를 선호하는 것은 일본 남자뿐만 아니라 한국이나 중국의 남자들도 거의 차이가 없다. '좋은 여자' 선정의 3대 요소를 일본 남자들은 ① 소녀성, 즉 젊은 여자 ② 페미닝 ③ 몸이 건강한 것으로 꼽는다. 그 이유는 '딸로 삼고 싶다는 굴절된 감정에서 남성들은 소녀성을 요구하며, 커리어 지향의 무서운 여자나 가정에서 바가지 긁는 세찬 여자를 기피하기에 유순하고 자상한 여자, 즉 페미닝적인 여자를 추구하게 된다.'는 것이다.

그리고 기혼 남성의 불륜 파트너 중 흔히 젊은 기혼 여성이 많은 것은 그쪽이 타인의 아내가 되었기에 결혼하자고 조르는 일이 없으며, 좀 더 나이 든 여자라면 그쪽의 남편에게 발각되어도 남편이 크게 질투하지 않는 이점도 있기 때문이라고 한다. 또한 '젊다'는 특권을 잃어버린 기혼녀들은 흔히 겸허하고 남자를 공경하기 때문에 기혼녀를 선정한다는 것이다. 그러나 젊은 여자의 육체적 아름다움, 즉 젊고 탄력 있는 피부가 아닌 것이 유감이란다. 이런 경우에는 젊은 파트너를 통해서 만족을 얻는다고 한다.

동양 남성은 어머니가 셋이다

동양 남성들, 특히 한국과 일본의 남성들에게는 '어머니가 셋'이다. 낳아 준 어머니, 아내라는 어머니, 그리고 밖에서 만든 어머니. 유아기를 어머니란 보금자리에서 안일하게 자라다가 일단 독립하면 아내에게 모성을 요구하고, 가사·육아 등 모든 일을 떠맡긴다. 그리고 밖에서는 젊은 여자, 혹은 아내와는 색다른 매력의 여자를 통해 어머니의 정을 느낀다. 불륜이 생기는 심리적 토양이 바로 여기에 있다고 할 수 있다.

남성이 '전유물'로서 향유해 오던 불륜이 1980년대에 들어서서는 주부의 반란으로 그 기반이 깨지기 시작했다. 이것을 일본에서는 '1980년대의 여성 해방은 불륜이다.' 즉 아줌마들의 '반란'이라고 한다. 그것도 50대 아줌마들이 반기를 든 것이다. 주부들의 투고 잡지인 『와이프』에도 1985년에 처음으로 '불륜'의 내용이 등장한다. 불륜 체험담을 모집한 단행본 『성·아내들의 메시지』가 1984년 11월에 출간되어 큰 반향을 불러일으켰다. 40대 이상의 주부 23.3%가 혼외 성교 사실이 있다는 충격적인 앙케트 결과가 나왔다. 그리고 더욱 놀라운 것은 50대 주부의 불륜의 경우는 남자들, 즉 당사자의 남편들도 관용적이라는 사실이다. 애정 소설로 일본 독자를 매료시킨 여류 작가 모리 요코[森瑤子]

의 불륜 소설 『정사』를 비롯하여 아내들의 불륜을 묘사한 작품들이 1980년대 주부의 불륜 욕망을 전면적으로 인정했다. 모리 소설의 주인공들은 청춘의 탄력 있는 젊은 여자가 아니라 성숙한 여자들의 세계, 아내=어머니가 아니라, 아내=여자라는 삶을 즐기는 여자들의 사랑의 세계다.

『정사』에 등장하는 여주인공은 물질적으로 풍요로운 생활 속에서도 정신적·육체적인 기아를 느낀다.

"육체로부터 젊음이 조금씩 박탈되어 가는 것보다 나를 위협하는 것은 정신의 긴장감을 잃어 가는 것이었다. (중략) 젊음을 박탈당해 간다는 것이 느껴지자, 이번에는 성애에 대한 욕망과 굶주림이 강하게 용솟음쳤다. 섹스를 누렁물 토하도록 마음껏 하고 싶다."

1980년대부터 일본의 불륜 문화는 주부들의 반란에 의해 성큼 진보한다. 성적 욕망이 여성에게도 있다는 것을 전면적으로 긍정하여 여성주도형의 패턴이 많아졌다.

1970년대의 남성 주도형 불륜은, 참는 아내와 그늘에 가리운 애인이라는 어두운 측면이 눈에 띄어 전근대적인 일부다처제와 본질적으로 변함이 없었다. 이것을 뒤엎은 것이 여성 주도형이다. 그것은 애인이 그늘에 가려진 불운을 참는 것이 아니라 두 사람의 관계가 어느 단계에 도달하면 당당히 자신의 존재를 주위와 파트너의 아내에게도 알려, 항상 이쪽이나 저쪽이냐 저울질하고 방임하는 남자에게 아내와 자신의 겨룸에서 양자택일할 것을 재촉하게 했다. 이래서 1980년대부터 지금까지 여성 주도형 불륜 매뉴얼의 서적들이 홍수 같이 쏟아져 나왔다.

지금 여성들은 불륜을 별로 나쁘게 생각하지 않을 뿐만 아니라 불륜에 관한 서적도 불티나게 팔린다. 불륜을 하지 않는 여자들도 불륜 매너책을 잘 사서 본다고 한다. 한국이나 중국은 불륜을 성면으로 긍정하는 불륜의 예술, 기교를 알리는 책이 당당하게 나오지는 못하고 있으며, 나온다고 해도 아직 큰 반향을 일으키지는 못할 것이다.

1991년 9월에 『일경 Woman』 잡지에서 '결혼해도 연애는 하고 싶다.'는 특집을 묶었는데 평균 연령 32세, 결혼 햇수 7년의 직장 여성을 상대로 앙케트를 집계했다. '지금 남편 말고도 좋아하는 남성이 있나?'는 질문에 44%가 그렇다고 대답했고, '남편 말고도 다른 남자를 좋아한 적이 있나?'는 질문에는 68%의 여성이 그렇다고 대답했다. '남편을 좋아하지만 그것만으로는 재미없다.'는 여성도 꽤 많았다. '결혼해도 연애는 계속하고 싶다.' 이것이 1980년대부터 지금까지의 여성 주도형 불륜의 특징이 되고 있다.

일본의 불륜 역사

(1) 1950년대 후반 ~ 1960년대

미혼 남녀의 사내연애(社內戀愛), 사내결혼(社內結婚)의 전성기.

(2) 1970년대

뉴패밀리가 성립되는 시기. 회사와 가족의 구속에서 탈피하려는 데서 해질녘족이 출몰, 기혼남성과 미혼여성의 오피스 러브가 탄생. 남성 주도형 불륜이 주류로 불륜의 파트너인 여자는 그늘에 가린 존재다. 후반부터 성욕을 긍정하는 여성이 증가.

(3) 1980년대

뉴패밀리의 붕괴 시기. 미혼여성 주도형의 오피스러브 전성기, 성욕을 긍정하는 여자의 출현으로 불륜은 후린(フリン)의 밝은 이미지로 전환, 따라서 여자로서 살고자 하는 아내들이 많이 급증했고 아내들의 불륜 소망이 강해졌다.

(4) 1990년대

불륜은 다시금 아내들 속으로 돌아왔다. 기혼 여성의 사회 진출에 의해 기혼남녀끼리의 W불륜이 증가.

여기에 소녀+아저씨 형의 원조교제형 불륜이 가세.

(5) 2000년부터

지금까지의 불륜의 풍부한 변화는 정보사회의 첨단적인 통신수단인 컴퓨터, 인터넷, 휴대전화 등에 힘입어 보다 간편하고 보편화될 추세.

일본의 불륜 문화사를 통해 시간이나 정도의 차이는 있지만 역시 한국과 중국에서도 불륜 문화가 많은 공통점을 공유하면서 진행되어 왔다는 점을 어렵지 않게 짐작할 수 있다. 일본과는 또 다른 한국과 중국의 불륜 문화를 '문화적 마찰'이라는 시각에서 살펴보기로 하겠다. 물론 삼국인은 모두 같은 문화적 뿌리를 갖고 있으며 생김새도 비슷하고 불륜의 형태에도 특별히 다른 부분은 없다. 그러나 문화가 다르고 사고양식이나 습관이 다르기 때문에 삼국인 사이에 불륜이 이루어졌을 때, 불륜

당사자들의 행동양식이 다르다는 것을 알 수 있다.

사랑하면 책임져야 한다

내 일본 친구 중에 스즈키라는 30대 중반의 남자가 있다. 그는 비즈니스 관계로 한국에서 2년간 체류하면서 20대 중반의 C라는 한국 여자와 연애한 경험이 있는데, 그 체험을 나에게 들려주었다. 그는 "한국 여자는 무서워요!"하면서 지옥 같았다고 하는 불륜의 체험담을 들려주었다.

이미 일본에서 결혼하여 두 아이까지 둔 스즈키는 한국에 오랫동안 체류하는 고독한 단신생활 속에서 우연히 미인 아가씨를 만나게 됐다. 주말이면 같이 시장을 봐다 식사를 하기도 하고 영화를 보기도하는, 둘은 말 그대로 반 동거 상태의 애인관계였다. 물론 스즈키는 가정이 있다는 사실이며 아내와는 사이가 나쁘지 않다는 것까지 숨기지 않고 이야기했다. 그리고 달마다 용돈으로 50만 원에서 100만 원씩 C양에게 주었다. 그것은 C양에 대한 감사의 뜻에서였으며, 특히 IMF 중에 C양의 회사가 불황이어서 월급이 많이 잘린 형편도 고려해서였다.

그런데 뜻하지 않던 사건이 발생한 것은 C양이 스즈키가 한 달 후에 아주 귀국한다는 말을 들은 다음부터였다.

"그 날부터 갑자기 한 달 동안이나 공포의 나날이 펼쳐졌다."고 스즈키는 괴로운 표정으로 술회했다.

"이제 가면 다냐, 꼭 책임져라!"는 C양의 말이었다.

"결국 너는 한국에 있는 동안 잠시 나를 농락한 것이다. 그 대가에 대해 책임져라!"고 C양은 협박했다.

"사랑하면 책임지고, 그 사랑에 대해 표현하라."는 C양의 말에 스즈키는 처음엔 그 뜻을 몰랐다. '책임지라'는 말은 그나마 알겠으나 '표현하라'는 말은, 무슨 뜻인지 통 모르겠더라는 것이다.

그래서 엽서에 서툰 애정시도 써 보고, 전화로 "널 진짜 사랑해! 널 두고 떠나기 싫어."라는 말을 거듭하기도 했다. 그래도 C양은 표현이 모자라다는 것이었다.

결국 C양은 어느 날 느닷없이 찾아와서 "현금을 달라, 지금 좋은 다방 가게 자리가 한 곳 생겼는데 임대료가 8천만 원이니 그 돈을 내놓으라."는 것이었다. 사랑하면 이렇게 표현하라는 것이었다.

그제야 스즈키는 그 표현의 진의를 깨닫게 되었다. 때로는 밤 1시에도 전화를 걸어오고, 직장에까지 찾아와 "책임지라!"는 협박을 거듭했다.

스즈키는 신경쇠약에 걸려 전화벨 소리만 나면 가슴이 두근거렸다. 그리하여 몰래 서울을 빠져나와 일본에 도착한 뒤 그녀의 은행계좌에 현금을 넉넉히 입금시키고서야 이 지옥살이를 끝냈다는 것이다.

스즈키는 이 한국 아가씨와의 연애를 통해 한 · 일 불륜 문화의 차이를 깨달았다고 진술했다. 성에 대해, 불륜에 대해 퍽 관용적인 일본 여자에 비해, 한국 여자는 아직까지도 자신의 '정조'나 '정성'을 바치면 헌신적으로 남자에게 해준 것이라는 관념이 많아, 그 대가를 받으려 하는 심리가 강하다. 이것은 유교적인 여성의 정조관념과 관련되는 여성 약자 심리의 발로라는 것이다.

그러나 일본은 사정이 다르다. 남녀 모두가 성에 대해 자유분방했으며 특히 에도 시대는 임신 중절의 천국이었다. 메이지 시대에 이르러서야 중절금지, 혼욕금지령이 내려졌으며 이것을 서구를 따라 국민국가를 건설하는 수단으로 삼았다. 그러나 그 유풍이 지금도 잔존하며, 거기에 서양화가 가미되어 일본인은 정조관념이 희박하다. 따라서 여성이 기혼 남성과 불륜을 해도 헌신적인 봉사라는 관념은 없으며 거기에 대한 보상 관념도 희박하여 책임지라는 보상 요구는 하지 않는다. 기혼자가 이혼 시에 위자료를 받는 일은 있어도 불륜의 대가를 요구하는 경우는 지극히 드물다.

중국 여성과 일본 남성, 중국 여성과 한국 남성과의 불륜에도 이와 유사한 사건들이 빈발한다. 최근 일본의 비즈니스맨이나 한국의 회사 사장들이 장기간 중국에 체류하면서 현지처를 만들고 연애를 하는 경우가 증가했는데 귀국할 때 중국 여성들이 자살을 하겠다고 협박하는 일이 많은 등, 아무튼 불륜으로 인한 전쟁이 많이 발발한다고 한다. 실제로 한국 남성한테서 이런 체험담을 들은 적이 있다. 그 남자는 한국 여자도 여간 세지 않지만 중국 여자도 한국 여자 뺨칠 만큼 강하다! 고 술회하면서 고개를 절레절레 저었다.

이런 불륜의 삼국지 이야기를 살펴보면 불륜도 문화라는 말이 정말로 실감난다. 같은 불륜이라도 그 나라의 사회 배경, 문화 풍토, 사고방식에 따라 그에 대한 관념이나 태도가 같지 않기 때문이다. 이러나저러나 하나만은 분명하다. 그것은 그늘 속에서 암암리에 진행되던 불륜이 이제

§ 한·중·일 신(新) 문화 삼국지
91

는 햇빛 아래서 밝게, 그리고 죄의식이 희박하게 하나의 정당한 문화로 자리매김하고 있는 것이 오늘의 실정이라는 사실이다. 이제 당당하게 불륜을 이야기하자고.

얼굴, 가슴, 그리고 다리

여자는 얼굴이 예뻐야 한다

일본 사람들은 한국계 미인이 제일 예쁘다는 말을 입버릇처럼 한다. 얼굴은 여전히 한국 여성이 아름답다고 칭찬을 한다. 그러나 이것은 한국인을 추켜올리거나 듣기 좋으라고 하는 겉치레 말이 아니라 진심에서 나오는 말인 것 같다.

히로시마 대학에 구로세라는 음악 교수가 계신다. 우리 가족과는 친분이 두터워서 우리 세 식구를 불러 식사를 대접해주기도 하는 등 친절을 베풀어주곤 한다. 지금은 아내가 된 아가씨를 데리고 처음 인사를 하러 갔을 때 구로세 교수 부부가 칭찬하던 말이 지금도 기억 속에 선명하다.

"확실히 한국계 여성이 미인이에요!"

첫 대면에서 내 아내 될 여자를 두고 미인이라고 침이 마르도록 추켜주었다.

지금도 아들 철야를 데리고 세 식구가 같이 놀러 가면 그때마다 아내를 보고 미인이다, 출산한 몸인데도 여전히 고운 모습은 변함이 없다고 추켜세워 주는데 그러면 아내는 쑥스러워 한다. 그렇지만 나는 아내가 미인이라는 칭찬을 들으니 내심 흐뭇하다. 그렇다고 내색하기도 역시 쑥스러워 "미인은 무슨 미인이에요."하고 한마디 대꾸할 뿐이다(얼결에 마누라 자랑이 된 셈이지만).

일본 사람들에겐 보편적으로 한국 미인이 제일 예쁘다는 인식이 있다. 피부도 역시 한국계 여성이 동양뿐만 아니라 세계적으로도 제일 질이 좋다는 신화 아닌 신화가 일본 사회 속에 널리 퍼져 있다. 피부가 부드럽고 질이 좋다는 이야기에는 수긍이 가지만, 정말 한국 미인의 얼굴이 제일 예쁜 건지는 잘 모르겠다.

한국·중국·일본 이 동양 삼국의 미인을 한 무대에 올려놓고 비교를 해보아야 그 진실과 차이가 드러나 미인의 기준이 도드라지게 나타나지 않을까?

우선 나는 한국 여성이 예뻐 보이는 것은 미용에 그만큼 신경을 쓰고 얼굴 화장을 열심히 하기 때문이라고 생각한다.

일본의 전통 게이샤나 가부키 배우의 온통 회칠한 듯한 얼굴을 보고 일본 여성의 화장도 진할 것이라고 착각하는 경우가 많은데, 사실 일본 여성들은 진한 화장을 기피한다. 화장을 진하게 하는 건 오히려 한국 여성들이다. 한국 여성들이 화장에 열심인 것은 동양 삼국 가운데서도 으뜸이다. 내가 이날까지 보아 온 한국 여성, 이를테면 어린 소녀에서부터 60대 이상의 할머니에 이르기까지, 또는 가정주부에서부터 직장 여성에 이르기까지 많은 여성을 보아 왔지만 한결같이 화장을 잘하고 다닌다는 것이 최대의 특징이었다.

말하자면 한국 사회에는 미인, 즉 얼굴이 예쁜 것을 대단히 의식하고 그 미인을 하나의 가치로 높이 평가해주는 사회석 분위기가 있는 듯하다. 일본에도 그런 사회 분위기가 어느 정도 있긴 하지만 매우 미약하다.

한국에는 여자는 얼굴이 예뻐야 한다는 관념마저 있을 정도다. 그래서 한국에서는 여성이라면 모두 화장을 게을리 하지 않고 외모 가꾸기에도 특별히 정성을 들이는 것이다. 어떻게 해서든지 못난 부분을 숨기고 잘난 부분을 돋보이게 하려는 노력의 장치가 바로 진한 화장술이라고 할 수 있다. 나는 이것을 나름대로 농장형(濃粧型)이라고 이름하고 싶다.

이와 상대적으로 일본은 담장형(淡粧型)이 되겠다. 화장을 한 듯 만 듯 살짝 한다. 특별히 못생긴 부분을 화장으로 덮어 감추거나 또는 특별히 잘생긴 부분을 돋보이게 하려는 노력을 별로 하지 않는 것 같다.

한국 여자들은 용모에 대한 취약점을 감추지 못할 때는 곧 성형수술을 한다는 이야기까지 있다. 못난 여자는 예뻐 보이려고 성형수술을 하고 예쁜 여자는 좀 더 개성 있는 용모로 변신하기 위해 자기 얼굴을 서슴없이 성형외과 의사에게 맡기는 것이다.

미혼 시절에 나는 한국에서 일본으로 유학 온 여학생과 사귄 적이 있었는데, 여름방학 동안 집에 다니러 갔다 온 그녀를 공항으로 마중 나갔었다. 그런데 어쩐지 오랜만에 보는 느낌이 이상했다. 그제야 나는 그녀가 쌍꺼풀 수술을 했다는 사실을 발견했다. 사실 내가 볼 때는 쌍꺼풀이 아닌 생긴 그대로의 눈이 더 매력적이었는데도 말이다.

"베트남 전쟁에 참전하고 온 거 아니니?"하고 그녀의 흰 붕대를 붙인 왼쪽 눈을 보면서 악의 없이 비꼬았었다.

"다 자기한테 더 예뻐 보이기 위해서예요."

예뻐 보이기 위한 것이 그 깨끗했던 얼굴(눈)에 메스를 댄 이유의 전부였다. 한국에 머물 때마다 텔레비전 드라마나 영화에 등장하는 젊은 연기자들을 보면서 모두가 발군의 미인 일색이라 역시 한국 여성이 미인이고 섹시해 하고 속으로 감탄하곤 한다. 물론 거의 비슷한 화장을 해 그 얼굴이 그 얼굴처럼 보이기도 했지만, 한국 여성 즉 한국의 미인은 그 신경을 얼굴 화장에 둔다고 할 수 있다. 말하자면 한국 미인은 '얼굴 미인'인 셈이다.

와코루와 일본 여자의 가슴

한국 미인이 '얼굴 미인'이라면 일본의 사정은 이와 좀 다르다. 일본 미인은 얼굴보다도 오히려 가슴에 신경을 많이 쓴다. 앞서 언급했듯이 얼굴 화장에는 크게 신경을 쓰지 않고 가슴의 크기에 정성들여 몰두하는 것이 미인이 되고자 하는 일본 여성의 하나의 특징이리라.

일본에는 한국과 중국 같은 동양권 나라에 없는 흥미로운 현상이 하나 있다. 그것은 바로 '거유(巨乳) 미인'이란 것이다. 거유 미인이란 말 그대로 젖가슴이 풍만한 미인이다. 아니 풍만한 정도가 아니라 유방이 남달리 거대하다고 말하는 편이 더 적절할 것이다.

텔레비전이나 잡지, 신문, 소설에도 무수히 많은 '거유 미인'이 등장한다. 그리고 미유(美乳) 미인, 풍유(豊乳) 미인 등 가슴 미인이 일본에서는 제일 인기가 있고 또 사람들이 선호하는 편이다. 거유 미인은 A, B, C, D 사이즈로 등급까지 매긴다. 여성들은 못생긴 얼굴보다 작고 빈약한 젖가슴에 더 큰 콤플렉스를 느낀다고 한다.

실제로 여중생이나 여고생을 상대로 하는 고민상담실 같은 시설이 학교마다 있는데, 여학생들의 신체적 고민 항목 중 '젖가슴이 너무 작고 납작하여 부끄럽다.', '어떻게 하면 가슴을 풍만하게 만들 수 있을까?'하는 것들이 제일 많다는 통계숫자도 나와 있을 정도다.

일본 여자들의 이러한 현상은 속옷 패션에 대한 관심으로까지 발전하여, 브래지어 · 란제리 등의 브랜드에 대한 정열이 화장품에 대한 그것보다 더 뜨겁다고 한다. 초등학교 5학년이 되면 벌써 학교에서 학부모에게 자녀의 생리복을 준비하라는 통신문을 발송할 정도다. 이때 여자아이들이 부모에게 꼭 요구하는 것이 생리복 외에 브래지어라고 한다. 일본에는 세계적으로 유명한 브래지어 브랜드인 '와코루'가 있다.

일본 여자들 사이에서는 일찍부터 가슴을 의식하여 와코루 하나쯤은 가지고 있는 것이 유행을 넘어 상식이 되어 버렸다. 여자아이부터 할머니까지 와코루 브래지어를 하나쯤 갖추지 않은 여성이 없을 정도다. 덕분에 일본에서는 와코루가 브래지어 생산을 독점하게 됐으며 나아가서는 세계적인 브랜드 상품으로까지 부상하게 되었다.

한국이나 중국에서 여자들의 브래지어는 속옷의 일종에 지나지 않으며 입어보고 사는 경우는 매우 드물다. 그러나 일본에서는 여성들이 백화점에서 브래지어를 꼭 입어보고 사는 것이 상식처럼 되어 있다. 그래서 브래지어를 입어 보는 작은 칸막이 착용실이 속옷 코너에 한두 개씩 갖춰져 있다. 사이즈만 가지고는 부족하다. 같은 사이즈의 상품을 몇 벌 또는 십여 벌 골라 제일 적합한 사이즈로 구입한다.

중국 여자 유학생들이 일본에서 가장 이해하지 못할 진풍경으로 바로 이 브래지어까지 입어보고 사는 것을 들었다. 팬티 같은 속옷을 그것도 공공장소에서 입어 본다는 의식이 아직 없는 중국 여성이나 한국 여성들에게 그것은 감추고 싶은 부분일 것이다. 타인에게 가슴을 보여준다는 것은 한국 여성이나 중국 여성 모두에게 금기사항이 되어 있다.

일본 여성들은 얼굴엔 자신이 없더라도 가슴에만은 자신이 있는 편이다. 실제로 일본에서 한국이나 중국 같으면 가슴이 빈약할 나이인데도 나이와는 안 어울리게 젖가슴이 제법 풍만한 여자아이들을 많이 보아왔다. 물론 벗은 모습을 본 것은 아니지만 여름에 티셔츠나 얇은 옷을 입었을 때 한눈에 확인할 수 있다.

그래서 나는 중국 여자 유학생들로부터 '일본 여자아이들은 발육이 빠른지 젖가슴이 중국 아이들보다 크고 성숙해 보인다.'는 말을 자주 들었다. 처음엔 설마 그럴까 하고 반신반의했으나 나중에 자세히 관찰해 보니 과연 그러했다.

지금 문득 예전에 동창생이었던 일본 여대생 K양이 떠오른다. 그녀는 얼굴이 작고 피부가 고운 소안(小顔) 미인이었는데 젖가슴은 좀 빈약한 편이었다. 평상시에는 와코루 브래지어, 그것도 속에 철사가 내장되어 부풀림이 큰 모양의 것을 착용해서 눈가림을 할 수 있었다고 했다.

그러나 여름철 해수욕장이나 대중목욕탕에서는 숨길 수 없게 된다는 것이다. 언젠가 여럿이 해수욕을 같이 갔는데 속에 브래지어를 착용하지 못하는 비키니 상태여서 대단히 부끄러워하는 것이었다.

그래서 나만 바다에 뛰어들라 하고 자기는 해변에서 구경을 하겠다는 것이었다. 겨우 설득해서 바다에 끌고 들어갔으나 5분도 되지 않아서 나가 버렸다. 그것도 두 손으로 그 앙상한 가슴을 가리고 말이다. 가슴에 대한 집착이 얼마나 대단한가를 실감한 날이었다.

그 뒤 K양이 풍유(豊乳) 수술을 하여 가슴이 커졌다는 소문을 들었지만 실제로 확인해 볼 기회는 없었다.

한국 여성들이 얼굴 성형수술을 잘 한다면 일본 여성들은 젖가슴을 풍성케 하는 풍유수술을 잘 하는 편인데 이것 역시 젖가슴 미인을 추구하는 일본의 사회풍조 때문이다.

아무튼 풍유에 관한 약, 약재, 의료기 등은 일본 여성에게 제일 인기가 있다. 이런 것에 일본 여자는 약하다. 이 약점을 잡은 중국인 장사꾼들이 중국에서 가슴을 크게 하는 데 특효가 있다며 마시는 차를 거액으로 팔았는데, 사실 별 효과가 없다는 기사까지 실렸다.

'롱다리'를 지향하는 중국의 여자들

그럼 중국 여성들은 어떤 미인형일까? 중국 여성은 얼굴이나 가슴보다는 다리 관리에 더욱 신경을 쓰는 것이 특징이다. 예로부터 중국인들은 온돌이나 다다미가 아닌 의자나 침대에서 주로 생활을 해 왔기 때문에 동양 삼국 여성 중에서는 다리가 제일 길고 미끈한데 그것이 중국 미인을 창조시키는 데 한몫을 했던 것이다.

민족학적으로도 온돌이나 다다미 위에 앉아서 기거하는 생활양식과 의자에 앉아서 다리를 펴고 기거하는 생활양식은 신체 발달 상황에 결정적인 차이를 보인다고 한다.

서양 여성이 중국 여성처럼 하반신이 미끈하고 상반신이 상대적으로 짧은 것은 바로 의자 생활이 크게 작용했기 때문일 것이다.

중국 여성은 동양 삼국에서 다리가 제일 길고 체격이 미끈하다. 물론 지금 신세대들은 일본도, 한국도 거의 침대 생활을 하기 때문에 체격이 미끈해졌지만, 보편적 시각에서 볼 때 중국인의 미끈한 장족(長足) 체격과 스타일을 따르지는 못한다.

지금도 중국인은 아이를 업어 기르지 않는다. 한국과 일본 같이 어려서 업어 기르면 다리가 벌어지고 O형 다리가 된다며 중국인들은 안아서 기르는 습관이 있다.

심지어는 다리가 곧게 자라도록 하기 위해 천으로 갓난아기의 두 다리를 꼭 붙이고 매 놓기도 한다.

나의 첫 아들이 태어났을 때 재일 중국인 친구 내외가 문안을 왔다가, 그냥 그대로 재우는 모습을 보고 놀라면서 "왜 두 다리를 꼭 동여매 놓지 않느냐?"고 야단법석을 친 적이 있었다.

물론 나와 아내는 다리를 매 놓지는 않았지만, 중국인들은 어릴 때부터 벌써 다리 관리를 시작하는 것이다.

중국에 다녀온 일본 남자들과 한국 남자들이 이구동성으로 한결같이 찬탄하는 말이 있다.

"중국 미인은 정말 다리가 멋있어, 길고 날씬하니 말이야."

대신 한국 · 일본 여자는 다리가 짧아서 스타일이 별로 좋지 않다고 푸념한다. 그 말은 삼국 여성을 익히 비교해 보아 온 터라 나도 수긍이 간다.

사실 삼국 여성의 복장도 삼국 여성의 미의식과 절대 부관하지 않다고 본다.

한복은 폐쇄적이고 풍성하여 여성의 인체를 모두 가려 버리고 얼굴만 내놓게끔 한다. 목 아래서부터 발목까지, 발끝까지 모두 가리고 얼굴만 노출시켜 강조하는 복장이 치마저고리다. 그래서 체격이 뚱뚱하건 보기 싫건 그 폭넓은 치마와 저고리로 커버를 할 수 있다.

이에 반해 일본의 기모노는 허리에 띠(오비)를 힘껏 동여매고 다리는 발목까지 가리나 가슴은 그 허리춤의 오비에 의해 도드라지게 잘 구현시킬 수 있다.

중국의 민족 복장 치포우(차이나 드레스)는 말 그대로 다리를 자랑하기 위해서 만들어진 옷이다. 밀착된 옷이 원피스형으로 허리의 선으로부터 다리를 일직선으로 남김없이 표현시킨다. 게다가 다리를 더 강조하기 위해 허벅지까지 쭉 갈라놓아 다리의 아름다움을 과시한다. 요즘 말로 '롱다리'인 장족(長足) 미인을 위해 만들어졌다고 해도 과언은 아닐 것이다.

그뿐만이 아니라 옛날에 전족을 하여 발의 독특한 미학을 개발한 민족 역시 중국인 아닌가. 발에 신경을 안 쓰는 민족이었다면 고안해 낼 수 없는 엽기적인 미의식이다.

그만큼 중국 여성은 다리와 발에 신경을 많이 쓴다. 여러 가지 단련법과 미용법으로 다리 관리를 잘 하는 한편, 중국의 여성들은 발에 큰 애착을 갖고 있다.

다른 건 못 하더라도 신만은 좋은 걸로 잘 갖추어 신는 것이 중국인의 습관이다. 중국 여성이 얼굴 화장에 서툰 것도, 젖가슴에 신경을 안 쓰는 것도 그 신경이 다리에 집중되었기 때문이다.

얼굴 미인, 다리(발) 미인 그리고 가슴 미인, 이것이 동양 삼국 한·중·일 미인의 각기 다른 패턴이다.

동양 미인의 11가지 덕목

양귀비와 조비연의 비교 미학

요즘은 정말 '전성시대(轉性時代)'라는 말이 실감난다. 남성과 여성이 바뀐 시대라는 이 말은 남자는 점점 남자답지 않게 여성화가 되어 가며, 여자는 점점 여자답지 않게 남성화 되어 가는 현실을 잘 나타내고 있다.

여자가 강해지고 남자가 약해졌다는 세상의 아우성 속에서 시대의 맥박을 모르면 시대에 뒤떨어진 '골동 인간'이 되기 십상일 것이다. 유순하고 순종하고 공경하던 여자들의 전통 미덕은 갈수록 약화되어 가고, 치마보다는 바지를 즐겨 입고 머리스타일이 짧아지는 등 전통의 여성미가 점점 사라져 가고 있다.

나는 여권주의자도, 남존여비 사상의 동조자도 아니다. 단지 이 세상에 두 가지 성이 존재하고 있는 한, 어디까지나 자기의 성을 초월하기는 어렵다는 이야기를 하고 싶은 것일 뿐이다. 마치 열차의 레일 같이, 열차가 그 레일을 초월하여 궤도에서 이탈한다면 비행기가 아닌 이상 자멸의 길을 초래할 가능성이 지극히 크다는 것이다.

예로부터 동양 삼국에는 중국의 전통을 중심으로 내려오는 여성에 대한 가치 기준이 있었다. 우선 전통적인 동양 미인의 기준을 문헌을 통해 찾아보기로 하겠다. 여기에는 4가지 표준이 있는데 그것은 부덕(婦德), 부언(婦言), 부용(婦容), 부공(婦功)이다.

첫 번째의 부덕은 정조를 지키고 남편에게 순종하는 것을 의미한다. 따라서 이것은 가정 화목의 지침이 되기도 한다. 두 번째로 부언은 아름답고 바른 말씨를 써야 한다는 언어 교양의 지침이다. 세 번째의 부용은 의복의 단장을 이야기하는데 요즘의 의상디자인이야말로 외모 가꾸기의 첩경인 것이다. 네 번째로 부공이라 함은 수공 기술을 배워야 한다는 것인데 베 짜기, 재봉, 자수 등 섬세한 솜씨로 짜깁고 만들고 치장하는 가사 일을 통틀어 지침 하는 것이리라.

동양의 전통미인 타입을 크게 둘로 나눈다면 중국의 '양귀비 타입'과 '조비연 타입'이 있다. 양귀비 타입이란 몸집이 굵고 체격이 큰 미인이고, 조비연 타입이란 물 찬 제비 같이 날씬한 체격의 미인을 가리킨다.

양 타입 중 어느 쪽을 더 선호할지는 각자의 판단에 맡기겠지만 동양 미녀의 기준(외모를 11개 종목으로 나누었다.)이 있으니 그 조건이 대체 어떤 것인가 살펴보기로 하겠다.

(1) 오발선빈(烏髮蟬鬢)

여자의 머리카락은 칠흑같이 까맣고 구름 같이 숱지며 그 길이가 서서 땅에 닿을 정도로 길어야 한다. 그리고 광택이 돌고 코끝을 자극하는 향기가 있어야 한다.

(2) 운계무환(雲髻霧鬟)

구름이나 안개 같이 높고 짙은 상두를 뜻한다. 검고 숱진 머리를 틀어 올려 그윽한 향기를 뿜는다. 중국인 시조 선녀인 여와도 머리를 틀어 올렸고 조비연의 여동생이자 한나라 성제의 황후였던 조합덕도 목욕 후 향수를 뿌리고 머리를 높게 틀어 올렸다고 한다.

(3) 아미청대(蛾眉靑黛)

주나라 때부터 눈썹을 반반히 밀어 버리고 그 위에 먹물로 눈썹을 새겼다고 한다. 이것을 청대라 하는데 '대(黛)'는 눈썹대신 검게 물들인다는 뜻이다.

'아미(蛾眉)'란 말은 『시경』이나 『초사』에도 나타난다.

(4) 명목유면(明睦流眄)

중국 전통미인의 포인트는 아름다운 눈이다. '미녀의 얼굴은 미목 사이에 있다.'는 말까지 있지 않은가? 명목(明睦)이란 크고도 맑은 눈동자. 유면(流眄)이란 아름다운 눈이 생긋 웃는 모습. 미소를 머금은 눈동자로 남자의 마음을 사로잡는 매력이다.

(5) 주진호치(朱唇皓齒)

붉은 입술에 새하얀 치아. 속담에 '이목구비가 골고루 예뻐야 미인'이라는 말이 있듯이, 입술의 아름다움이 중국에서는 빨간 앵두, 꽃잎에 비유되고 하얀 이는 빨간 입술이 방긋할 때마다 청결함과 청초함의 아름다움을 발산한다. 이 양자는 불가분리의 존재일까?

(6) 옥지소완(玉指素腕)

중국인은 옛적부터 손끝을 아끼는 민족으로 옛날에는 손톱을 길러 가꾸었으며 '십지(十指)와 일생의 교졸(巧拙), 백세의 영고(榮枯)가 이어져 있다.'고 하여 인상학적으로도 하나의 커다란 아이템이었다. 손이 부드러운 사람은 총기가 있고 손바닥이 두꺼운 사람은 출세하고 길고 멋진 손가락의 소유자는 손재주가 있다고 했다. 옥지, 섬지라는 말도 있다.

(7) 세요설부(細腰雪膚)

날씬한 허리와 백설 같이 하얀 살갖. 이 조건을 구비하면 동양 미인이라고 할 수 있다. 양귀비의 육체미에 반해, 조비연은 날씬한 허리 미인이었는데 요컨대 중국인은 예나 지금이나 주로 허리가 날씬한 미인을 즐겼다고 한다.

『홍루몽』의 임대옥도 이 같은 날씬한 미인의 대표다. 피부가 흰 것은 여자라면 다 원하는 조건이니 굳이 설명할 필요가 없겠다.

(8) 연보소멸(蓮步小韈)

연보는 전족(纏足)이고 소멸은 그 신을 말한다. 귀여운 발에 귀여운 신을 신고 귀엽게 걸어가는 모습은 중국인에게 있어서는 특수한 미의식의 존재였다.

졸저 『중국의 에로스 문화』에서 이 점에 대해 자세하게 기술한 바 있다.

(9) 홍장분식(紅粧粉飾)

백분을 바르고 연지를 찍는 화장을 말한다.

학자들의 연구에 따르면 백분은 은나라 말기(기원전 7세기) 때부터 생겼고 홍연지는 춘추시대(기원전 5세기)부터 생겼다고 한다.

(10) 성엽아황(星靨鴉黃)

별 같은 보조개, 아황이라는 분을 미간에서 볼까지 바른다는 뜻.

보조개를 그리는 화장법은 삼국시대부터 시작됐다. 오나라의 손화는 등 부인의 미모에 반해 늘 자신의 무릎 위에 앉혔는데 손에 쥐고 있던 수정경이 부인의 볼에 상처를 냈다. 그런데 상처가 아물자 거기에 흉터 자국이 생겼다고 한다. 그러나 오히려 그것이 보조개가 되어 그녀의 애교를 더했다고 한다.

아황은 한나라 때부터 시작되어 육조, 수당을 거쳐 화장에 널리 쓰였다고 한다.

(11) 기향패훈(肌香佩薰)

살결에서 향기가 나고 그윽한 무드가 도는 것. '여자 냄새'로 향분을 바른 것이 아니라 피부에서 절로 나는 향기다.

춘추시대의 절세미인 서시는 살에서 향기가 풍겼는데 그녀가 목욕한 물은 향수샘이라고 불렸다. 궁인들이 그녀의 향수샘을 다투어 집 안에 뿌렸더니 온 방 안에 향기가 그윽했다고 한다.

한나라의 조비연 자매와 청나라의 향비도 향기 미인으로 유명하다.

치맛바람, 삼국의 엄마들

엄마의 치맛바람은 갈수록 거세진다
한때 세계적으로 이런 유행어가 널리 퍼진 적이 있었다.

'미국의 넓은 집에서 살고, 영국의 롤스로이스를 타고 다니며, 중국의 요리사를 고용하고, 일본 여자를 아내로 삼는다.'

아마 지금도 이것이 가장 이상적인 삶이라고 보는 사람도 있을 것이다. 일본 여자를 위시로 한 동양 여자들의 순종과 상냥함은 자타가 다 인정하는 사실이었지만, 지금은 상황이 많이 달라졌다.

일본 여자도 이제는 만만치 않게 강해졌다. 유교 속의 한국 여자도 그렇고 중국 여자는 더 말할 나위 없이 강하다. 어쩌면 여자가 점점 강해지고 남자가 약해지는 것이 세계적인 흐름일지도 모른다. 이것을 가족적 차원에서 말하면 동양에서 '엄부자모(嚴父慈母)'로 통하던 것이 이젠 '엄모자부'로 바뀌어 가고 있다고 할까. 아버지가 약해지는 대신 엄마들이 월등히 강해지고 있는 것이다. 아버지들의 바짓가랑이에서는 바람이 일지도 않는데 엄마들의 치맛바람은 날이 갈수록 더 거세지는 것은 어째서일까?

이제 삼국 어머니들의 치맛바람이 부는 현장으로 달려가 보자. 우선 중국 엄마들의 치맛바람이 얼마나 매섭게 부는지를 외부적으로나마 한번 들여다보자.

중국의 거리에는 일본에 없는 거리풍경이 있다. 그것은 바로 여인들의 싸움 풍경이다.

가령 중국의 초등학교 문 앞이라고 설정을 하자. 방과 후의 교문은 밀물 같이 밀려나오는 아이들과 그 아이들을 마중 나온 엄마·아빠들로 붐빈다.

같은 반에 다니는 A라는 아이가 B라는 아이를 때렸다. 그 이유는 B가 A의 발을 밟았기 때문이고 한다. B는 엉엉 울음보를 터뜨리면서 엄마에게 달려가 A를 가리키며 자기를 때렸다고 하소연한다.

B의 엄마가 삽시간에 얼굴이 벌겋게 달아올라 다짜고짜로 A 앞에 다가가서 "너 우리 애를 때렸지!"하고 화를 발끈 낸다.

이로부터 A를 마중 나온 A의 엄마와 B의 엄마의 접전이 시작된다.

"왜 갑자기 우래 애 보고 야단이야?"

A의 엄마가 반발하고 나선다.

"야, 네 새끼가 우리 애를 쳤지 않아. 교육을 좀 단단히 하고 다니란 말이야! 남의 귀한 자식을 왜 치게 만들어!"

"야, 네 새끼만 귀하냐? 우리도 하나밖에 없는 귀동자야!"

싸움은 서로 발을 통통 구르고 침을 튀면서 지속되더니 드디어 입씨름이 손찌검으로 급변해 버린다.

서로 머리채를 잡아 뜯고 얼굴에 침을 뱉으며 결전이 벌어졌다. 땅에서 서로 붙잡고 뒹굴며 몇 미터씩 이리저리 이동하는 모습이 소림사 스님들의 싸움을 방불케 한다.

머리카락이 흐트러져 까치둥지 같이 되어도, 치맛자락이 찢어져도, 얼굴 여기저기에 시퍼런 멍 자국이 나도 아랑곳하지 않는다. 학교에서 교장선생님과 여타 선생님들이 달려 나온 뒤에야 겨우 끝이 났다.

자기 아이를 위해서라면 목숨 건 혈투까지도 마다하지 않는 것이 중국의 강한 엄마들이다. 원래 중국의 아줌마들은 기가 세서 거리에서든 어디서든 싸움판을 잘 벌이는데, 아이를 보호하는 일이라면 더 말할 나위도 없는 것이다.

여우같은 여자와는 결혼시킬 수 없다

이번에는 한국 엄마들의 강한 치맛바람 풍경을 보기로 하자.

어느 날, 밤 11시경에 느닷없이 서울에 있는 H양으로부터 전화가 걸려 왔다. H양은 4년째 한국의 대학에서 유학을 하고 있는 30대 초반의 일본 여성인데 나의 팬이다. 그녀가 2년 전에 나에게 보낸 편지를 계기로 서로 알게 되었는데 우리는 상대방에게 자신의 프라이버시나 속내를 털어놓을 수 있는 사이가 되었다.

"김 선생님, 한국 엄마들은 다 이런가요? 전 너무 분해서 못 견디겠어요."

전화로 들려오는 H양의 목소리는 대단히 흥분되어 있었다. '한국 엄마'란 말에 나는 속으로 어느 정도 내용을 짐작할 수 있었다. 그녀가 같은 대학의 다섯 살 연하인 한국인 남학생과 사귄 지 몇 년 됐다는 사실도 나는 잘 알고 있었다.

H양은 그날 저녁 벌어진 사태에 대해서 이야기를 했다. 내 짐작대로 역시 그가 사귀는 남학생의 엄마가 그녀의 자취방에 불쑥 나타났다는 것이다. 이때 H양은 그 남학생과 함께 저녁 식사를 하는 중이었다.

방에 들어선 엄마는 그녀에게 다짜고짜로 욕설을 퍼부었다.

"야, 네가 ○○코라는 여자 맞지? 야, 이년아, 네가 여태껏 어린 우리 아들을 꼬드겨서 빼앗아 가려 했구나."

H는 너무나도 갑작스러운 뜻밖의 사태에 아연해졌다. 그런 외중에 아들이 "엄마, 나 이 여자와 함께 결혼해서 살래요. 너무 이러지 마세요." 하고 대꾸했다.

그러자 엄마는 펄펄 뛰었다.

"야, 이놈새끼야. 너 제정신으로 하는 말이니? 이 늙은 여우같은 여자랑 결혼을 해? 그것도 말이라고 하니? 안 돼! 안 된다면 안 되는 줄 알아!"

아들이 사랑한다고 비는데도 엄마는 들을 생각도 않고 계속 펄펄 뛰더란다.

"내 새끼는 내가 건사해야지. 네가 이 여우 같은 여자한테 홀려서 정신 나갔구나……, 이년이, 왜 우리 귀한 아들을 밍치려는 거나?"

이번에는 H양의 빰을 멋지게 후려갈겼다. H양의 왼쪽 볼에는 남학생 엄마의 손가락 자국이 선명하게 새겨졌다.

"가자, 어서 가자!"

엄마는 아들을 억지로 끌고 문을 꽝 차고 나갔다.

H양은 너무 분하고 견딜 수 없어 홀로 반나절을 울다가 나에게 전화를 건 것이라고 했다. 자기 아들을 무섭게 지배하는 한국 엄마의 모습이 잘 드러난 활극이었다.

단순히 H양이 일본 여자라서 그랬다고는 할 수 없다. 한국 어머니들의, 아이가 다 컸어도 언제나 "내 자식이 제일이야."하는 식의 자식 사랑은 그런 대로 봐줄 만하지만 일방적으로 자식 편만 들고 자식을 지배하려는 욕망으로 가득 차 있는 것은 문제가 아닐 수 없다.

한국에서는 시어머니가 며느리와 아들 사이에 끼어들어 늘 아들 편만 들기 때문에 고부관계가 악화되는 상황을 자주 보았다. 심지어 해외에서 태어나시고 사시는 우리 어머니도 언제나 아들 제일이란 절대적 가치 아래 아들을 두둔하고 며느리는 핀잔주기가 일쑤다.

중국의 여자, 특히 어머니가 강한 것은 세계적으로 잘 알려진 편이지만 한국 여자, 어머니들도 사실은 중국 여인들 못지않게 억세고 지배적이다.

앞에서 본 중국 엄마와 한국 엄마의 강한 모습과 같은 풍경을 일본에서는 눈을 씻고 봐도 찾아볼 수가 없다. 한국의 한복이나 중국의 차이나 드레스는 치맛바람을 일으킬 수 있지만, 몸에 밀착된 기모노는 치맛바람을 일으키기 어렵기 때문일까? 결정적인 차이는 그 나라마다 민족성과 문화 풍토가 다르기 때문일 것이다.

세계적인 흐름과 함께 삼국 모두가 저출산 시대에 들어섰으며 따라서 부모들의 자식에 대한 교육 의식도 날로 상승하고 있는 추세다. 그러나 자식들에 대한 엄마들의 교육태도, 아이에 대한 기대에는 약간 차이가 있다.

중국과 한국의 엄마들은 아이의 공부, 학력에 대한 집착도가 상당히 높으며 언제나 어디서나 '일등'을 해야 하고 남에게 뒤떨어져서는 안 된다는 제일주의, 절대적 기대가 강하다. 반면 일본의 엄마들은 학력이나 공부보다도 일상생활의 습관, 특히 공중도덕, 예의범절, 독립능력 배양에 힘을 기울인다고 할 수 있다.

꼭 일등이나 남보다 뛰어나기보다는 보통 인간으로 남과 어울려서 협동하고 집단에 잘 적응하는 사람이 되기를 일본 엄마들은 자식들에게 바라고 있다.

중국에서는 특히 1970년대 말기부터 '하나만 낳는' 정책을 실시한 이래 하나밖에 없는 아이를 에워싸고 가정에서는 아이가 '작은 태양', '작은 황제'로 떠받들리게 되었다.

급속한 경제성장과 더불어 가족의 과보호 속에서 금이야 옥이야 자라온 아이들은 지대한 자기중심에 도취되어 버린다. 현재 많은 가정에서는 두 살짜리 아이의 간식, 이를테면 사탕, 과자, 과일 따위에 소비하는 돈만 해도 어른 한 사람의 소비와 맞먹는다는 조사결과까지 나왔다. 말 그대로 "하늘의 별을 따 줄 수 없는 것 하나만 빼놓고는 다 만족시켜 줄 수 있다."는 식이다.

중국에서는 숙제를 대신 안 해줬다고 엄마를 때리는 아이도 적지 않다고 한다. 한국의 마마보이가 엄마에게 절대로 순종하는 '순종형'이라면 중국은 '순종'을 초월한 '지배형'이라고 할 수 있겠다. 그래서 초등학교 5학년 아이가 삶은 계란을 도시락으로 싸 주었더니 그 껍질을 깔 줄 몰라서 그대로 가져오는 일도 일상다반사라고 한다.

90% 이상의 엄마들이 하나밖에 없는 보배가 장래 '높은 지위', '이름난 스타', '사장'이 되기를 기대하고 있다.

한국에서도 이 정도까지는 아니지만 교실 청소를 엄마가 해주는 것을 종종 볼 수 있다고 한다. 반드시 학생 자신이 해야 할 일을 엄마가 맡아서 해준다.

그리고 일본이나 중국에는 없는 풍경인데, 한국에서는 담임이 바뀌거나 신학기 때가 되면 엄마들이 교실에 놓을 화분이나 선생님 책상을 덮는 커버 따위를 마련해 준다고 한다. 이런 것들은 학교에서 할 일이지 엄마들이 할 일이 아닌데도 그것이 어머니들의 당연한 의무가 되어 버렸다.

중국과 한국에서는 여전히 '우리 아이를 더 잘 보살펴 주십시오.'하는 소망에서 선생님들에게 '촌지'를 드리는 일이 끊이지 않고 있다. 학부형들이 선생님께 식사 대접을 하고 물건이나 선물을 선사하는 일 역시 비일비재하다.

일본에는 이런 습관이 없다. 아이가 학교에서 공정하게 경쟁을 하고 있는데 엄마가 개입하는 것은 못마땅한 것으로 간주된다.

금년 6월에 내가 중국에 갔다 왔다가 장남 철야가 다니고 있는 모토마치 보육원 선생님께 중국의 우롱차를 고맙다는 표시로 한 통 선물했더니, 그 선생님이 나를 원장 선생님께 데리고 가서 "긴테쓰야[김철야]의 아버지께서 여러 선생님들과 같이 드시라고 중국 우롱차를 주셨습니다."하고 보고한 후 다 같이 잘 먹겠다고 했다.

그런데 내가 후회하게 된 것은 일본에서는 이 같은 부모들의 선물을 받지 않는 것이 통례인데, 단지 내가 외국인이기에 예의상 받아 주었다는 것을 안 후였다.

일본에서는 학부모들이 '우리 아이를 특별히 돌봐 달라'는 뜻의 선물을 하지 않는다. 일본 학부모들이 선생님을 불러 식사를 대접하는 것은 졸업식 때나 사은회 때뿐이다.

1960~1970년대에 한창 배울 나이에 있었던 중국 어머니들은 그때가 마침 문화혁명 기간이었기 때문에 대학 교육을 제대로 받지 못했다. 그리고 농촌인구가 60%로 많은 것도 중국 어머니들의 학력 저하에 한몫했다. 1960~1970년대 하면 일본은 경제 고도 성장기에 접어들어 있었기 때문에 대학을 갈 기회가 많았다. 그때는 술집 여자도 대학에 갈 수 있는 시기였다. 한국은 중국과 일본의 사이에 있는 것이 특징이다.

삼국 어머니들의 교육 수준이 그대로 아이에 대한 교육 태도로 나타나는 것 같다.

"일본의 치맛바람은 '기술적'이고, 한국의 치맛바람은 '예술적'이며, 중국의 치맛바람은 '생활적'이다."

여자를 가까이 했던 삼국의 문인들

희세의 탕아, 나가이 가후

도시나 지방의 구석구석마다 호화롭진 않지만 문인의 동상이나 문학 비석이 서 있는 모습은 어느 정치인의 동상이 서 있는 것보다도 좋아 보인다. '문장대국'이라 떵떵 소리쳐 온 중국에는 오히려 문장가의 비석이나 동상 따위가 슬플 만큼 적다. 한국에도 영웅호걸의 동상은 꽤 있지만 문학비석은 그리 많지 않은 것 같다. 일본은 문학 비석이 많다.

일본의 문학비 중에서 제일 인상이 깊은 것은 도쿄의 정한사(淨閑寺) 안에 있는 나가이 가후[永井荷風]의 시비(詩碑)다. 나가이 가후는 일본 근대의 작가인데 평생 풍류와 벗 삼은 소탈한 문인으로 널리 알려져 있다. 가후의 멋스러운 풍류인생을 통해 나는 동양의 문인과 여인에 대한 명제를 떠올렸으며, 삼국의 문인과 풍류의 발자취를 더듬으면 역시 그대로 생동감 넘치는 비교문화의 좋은 소재가 되지 않을까 하고 쾌재를 불렀다.

문학의 종국적인 영원한 명제로서의 사랑, 남녀 간의 애정을 외면할 수 없는 그런 문학을 창조하는 문인들과 여인들 간의 애틋한 정, 화류음사(花柳陰事)는 문화를 엿볼 수 있는 소재임에 틀림없다.

『묵동기담(濹東綺譚)』(우리나라에서는 2010년에 처음으로 번역·출간되었다. 문예춘추 발행)으로 일본인을 매료시켰던 가후는 어떤 인물이었을까?

가후는 1897년에 에도(도쿄의 옛 이름)에 살던 일본 내무성 장관의 장남으로 태어났다. 어렸을 때부터 문학을 사랑하는 문학 소년이었는데 중학교 졸업 때 벌써 요시와라[吉原]라는 에도의 사창가에 출입할 정도로 성에 일찍 눈을 떴다. 병약한 그는 건장한 아버지와 서로 기질이 맞지 않아 외국어 학교에 입학했지만 공부보다도 소설습작에 더욱 적극적이었다. 미국과 프랑스에서 수년간 유학을 경험한 그는 외국생활을 통해 문학인으로서 성장한다. 귀국 후 게이오 대학 문학과 교수로 임직했으며 많은 여성관계, 유곽 출입 그리고 두 번에 걸친 결혼과 이혼을 경험한다. 연애소설과 시를 발표하는 한편 부모로부터 양도받은 집을 팔아 딴 곳으로 거처를 옮겨 은거생활을 시작했다. 그때 그의 나이 41세의 장년이었다.

친척·친구는 물론 문단과 신문사·잡지사와도 거의 교제를 끊고 살았다. 이런 인간기피 벽에 걸린 그였지만 게이샤나 사창가의 출입은 잦았으며 애첩을 둘러싼 가후의 기인설(奇人說)이 항간에 숱한 소문으로 돌았다.

『묵동기담』은 가후가 유곽에 출입하면서 정을 나누던 기생과의 생활을 문인의 섬세한 필치로 묘사한 수필 같은 서정소설이다.

일본 패전 후 그의 작품들이 일거에 발표되면서 호평을 얻음과 동시에 일본 사회에 가후 붐을 일으켰다. 전쟁 시기에 쓴 작품이지만 전쟁과는 무관하게 서정문학의 향기가 풍겼기 때문에 패전 후 일거에 폭발적인 인기를 얻게 된 것이라고 한다.

중국의 문호 노신의 친동생이자 저명한 수필가인 주작인(周作人)도 일본 작가 중에서 가후를 가장 좋아했는데 그의 작품 속에서 늘 가후의 작품들을 인용하곤 했다.

근대 일본문학사에서 가후만큼 자유분방하고 멋있게 살다가 고독하게 사라진 인생도 드물 것이다.

도쿄에는 지금도 수많은 에도 시대의 유적이 보존되어 있지만 유일하게 복귀 불가한 것이 유곽, 즉 기생집이라고 한다. 에도 시대 1657년에 설치된 유곽 신요시와라[新吉原]는 정부가 공인한 유일한 유곽이었는데 제일 번성기에는 유녀가 3천 명이 넘었다고 전해진다.

이 유곽 근처의 정한사에 바로 에도 시대의 유녀, 기생이 2만 명이나 묻혀 있다고 한다. 그 묘지는 별로 크지 않으나 사방에 초목이 무성하여 옛날의 영화를 암시해 주고 있는 듯했다. 그 묘지 복판에 '고생스런 이 세상에서 살다가 정한사에서 죽었네.'라는, 기생들을 추도한 비문이 있다.

그 비석 맞은편에 가후의 시비와 필총(筆塚)이 서 있다. 생전에 유녀를 각별히 좋아했던 가후는 이 정한사를 찾아 죽은 유녀들을 추모하기를 즐겼다고 전해진다. 그리고 시비까지 썼다고 한다.

희세의 탕아(蕩兒)라고 해야 할까, 아니면 남자의 근성 또는 문인의 속성이라 해야 할까, 가후가 생전에 자기가 이날까지(57세) 시귄 여자를 손꼽아 본 에피소드가 있다.

당시 집에서 고용한 여자 하인이 갑자기 도망쳤는데 이 여자에게도 손을 댄 모양인 가후가 "그렇지! 지금까지 내가 친하게 지냈던 여자를 한번 열거해 봐야지."하면서 메모지 위에 쓰기 시작했다.

물장사를 하는 여자만 해도 13명이나 되었다. 그리고 '아차 그만 깜빡했네.'하면서 추가한 것이 또 3명. "이외에 임시적인 건 여기에 넣지 않을 거야." 가후는 이 많은 애인 일람표 가운데서도 우타[歌]라는 여성을 제일 사랑했다는 전설이 있다.

1952년에는 "우아한 시정과 고매한 문명 비평과 투철한 현실 관찰이 관통된 우수한 창작품을 냈을 뿐만 아니라 에도 문학 연구, 외국 문학의 이식에서도 업적을 쌓아 일본의 근대 문학사상 독자적인 발자취를 찍었다."는 이유로 문화훈장을 수여받았다.

늘 허름한 양복에 광주리를 들고 나막신 차림으로 야채를 사러 다니던 가후도 그날만은 정장차림으로 수상식에 참석했다고 한다. 그 수상이 신문에 보도된 뒤 전시(戰時)에 사랑하다 헤어진 한 유곽의 게이샤가 신문에서 사진을 보고 가후를 찾아왔다는 로맨틱한 에피소드도 수상 사실만큼이나 유명하다.

가후는 이미 저 세상에 간 지 오래지만 오늘도 일본 독자들 사이에서는 그에 관한 풍류 전설이 전해오고 있다. 죽어서도 행복한 문인이다.

방랑벽이 심했던 김동인의 사랑 역정

한국 문인 중에도 먼 옛적부터 풍류 문인들이 적지 않게 실존하여 한국 문화사를 화려하게 장식해 오지 않았던가?

황진이의 무덤에 술산을 권하며 시를 읊어 기생의 묘 앞에서 사대부의 체통을 여지없이 구겨 버렸다는 이유로 벼슬까지 박탈당한 조선의 풍류남아 임백호, 조선 팔도강산을 방랑하면서 풍류의 전설을 날린 시인 김삿갓…….

이런 옛날의 풍류 문인은 잠깐 접어 두고 역시 근대 문학으로 시선을 옮겨 보자. 가후와 견주어볼 만한 한국의 문인은 아무래도 금동 김동인(琴童 金東仁)이 아닐까 한다. 김동인(1900~1951)은, 한국 최초의 동인지 『창조』를 사재로 발행하여 문학의 틀을 만들었으며, 한국 사실주의 문학의 시조이자 문체 면에서도 혁신적인 공로를 세운 문인이다.

내가 십 년 전에 읽은 명작 「감자」의 평안도 방언은 아직도 기억에 생생하며 주인공 복녀의 비극은 지금까지도 잊을 수가 없다.

김동인의 작품 세계에서 여인은 빼놓을 수 없는 존재다. 그는 한국 문인 중 그 누구보다도 여인을 가까이 했고 사랑했던 것으로 알려져 있다.

그리고 더욱 흥미로운 것은, 작품 속에서 자신의 여성편력을 숨김없이 적나라하게 고백하고 표현했다는 점이다. 혼외정사, 지금 말로 하면 불륜을 솔직하게 묘사한 「여인」이 바로 그 자신의 경력이다.

김동인은 이성에 대해 꽤 조숙한 편이었다. 그의 나이 15세, 도쿄 유학 시절에 하숙집 옆집의 혼혈 소녀 메리를 만나 곧 열렬한 연모의 정에 빠진다.

금발의 미소녀 메리가 그의 첫사랑의 여인인 것이다. 그러나 메리가 그의 연정을 알아채기도 전에 이사해 버렸기에 그만 첫사랑은 황홀한 물거품 같이 사라져 버리고 만다.

그 뒤 친구의 소개로 만난 일본 소녀 나카지마 요시에와의 사이에 애틋한 연정이 싹튼다. 그러나 역시 이듬해인 1916년 여름 귀국으로 끝내 사랑의 열매를 거두지 못한 채 가슴속에 나카지마 요시에의 애틋한 눈동자만 아로새긴다.

김동인은 생애 두 번 결혼을 하지만 그의 여성편력은 가족에 구애됨이 없이 점차 화려해져만 간다.

1918년에 첫 번째 부인 김혜인(18세 동갑나기로 학교에 다닌 적이 없는 규방규수였다.)과 결혼한다. 그러나 결혼 후 1년도 안 되어 계속 서울, 도쿄 그리고 만주대륙으로 방랑을 거듭하면서 수많은 여인과 만났다.

1921년 명월관 기생 김옥엽과 사랑을 나눈 뒤부터 그의 방탕한 생활에 박차를 가하게 되었다고 전해진다. 『한국 근대소설고』에 의하면 김동인은 "……정오쯤 요릿집에 출근하여 1차, 2차, 3차, 어떤 때는 4차까지 한 뒤에 새벽 4시쯤 돌아와서 한잠 자고는 정오쯤 다시 요리 집으로 출근했다."고 한다. 부인이 참다못해 일본으로 가출하고 가정이 깨어져 버리는 지경에 이르고야 말았다.

두 번째 결혼으로 1930년 김경애와 평양에서 결혼식을 올렸다. 동인보다 11세 연하의 처녀였다. 1931년 서울로 이사하여 행촌동에서 살았다고 한다.

이제 다시 첫 번째 결혼 후 그의 화려한 여성편력을 더듬어 보자.

1918년 첫 결혼 후 다시 일본으로 건너간 그는 일본 여자 아키코를 어느 화백의 화실에서 만나게 된다. 1918년 가을부터 1919년 2월 사이 아키코와의 접촉이 잦았으나 육체적 갈등과 민족적 감정의 갈등을 맛보게 된다. 그래서 그는 아키코와의 육체적 관계는 없었다고 한다.

앞에서 기술한 명월관 기생 김옥엽과의 만남에서 그는 육체적 사랑의 늪으로 깊숙이 빠지게 된다. 그가 깊이 사랑을 나눈 여자로는 김옥엽, 황경옥, 노산홍 등이 있는데 그 중에서도 김옥엽과의 관계는 특별한 사이였다고 한다.

바로 김옥엽을 통해서 흔히들 말하는 사랑의 불륜을 알게 되었고 여성의 육체에 깊이 매료되기 시작했다. 그러다가 김옥엽과의 동거생활에서 헤어 나온 김동인은 황경옥이라는 기생과 만나 패밀리 호텔에서 잠시 동거하였다.

그 뒤 다시 김옥엽을 만나 사랑에 빠졌다가 일본인 기녀 세미마루를 알게 돼, 수개월 동안 사랑하다 헤어진다.

여인과 많이 만나기는 했지만 사랑의 시간이 길지 않았던 것은 아마도 김동인의 방랑벽 때문일 것이다. 그 뒤에도 김산월, 김연화 등 기생과 방탕히 지내다가 노산홍이라는 기생을 만나 깊은 육체관계의 탐닉에 빠진다. 그는 1930년 재혼할 때까지만 해도 김백옥이란 기생과 친하게 지냈다고 한다. 아마 재혼을 계기로 그의 화려했던 기생 놀이와 여성편력은 막을 내렸을 것이다.

생각하면 한국 현대 문단에서 김동인만큼 소탈하고 분방하게 산 문인도 흔치 않을 것이다. 그의 여성관이 또한 흥미롭다. 자기는 남자로서 화려한 여성관계를 즐겼으며 여기저기 종횡무진으로 방랑하면서 살았지만, 아내에게만은 전통적인 부덕을 지키게 했고 순종과 가정에 충실한 보수적인 윤리관으로 여성을 구속하려 했다. 이것이 김동인의 남녀관계에 있어서의 기본적인 태도였을 것이며 출발점이었을지도 모른다. 남자는 방탕해도 괜찮지만 여자는 현숙해야 한다는 것이었다.

동양 삼국 중에서도 유교의 윤리 도덕에 도취된 한국 남자 문인의 특기할 만한 특징이기도 하다. 적어도 중국 문인이라면, 나가서는 바람을 피우더라도 집에서는 그런 만큼 아내나 가족에게 더욱 잘해 줄 것이다.

군자와 탕아의 혼합, 호적 박사

중국은 문인과 기생이 많은 것으로 알려져 있다.

근대 중국 문단사만 보더라도 세상에 알려진 거물 문인들로 이를테면 노신(魯迅), 곽말약(郭沫若), 호적(胡適), 임어당(林語堂) 등이 있는데 여러 가지 염문과 스캔들로 세상을 떠들썩하게 한 것이 또한 이런 문인들의 이야기가 아닌가?

중화민국사에는 7대 기설(奇說)이 있는데 그 중 하나가 바로 유명한 '호적 현상'이다. '호적 현상'은 무엇을 말하는 것일까?

바로 이제 살펴볼 것은 호적(1891~1962), 그 유명한 박사 호적이 중국 토박이 전족 쪽발 부인과 결혼했다는 사실이다. 호적이 1950년대 쪽발 부인 강동수(江冬秀)를 거느리고 미국에 갔을 때 미국의 현지인들과 중국계 미국인들이 그 '쪽발' 구경을 하려고 늘 호적의 집을 찾았다는 일화는 너무나 흥미롭다.

호적의 '양박사+쪽발노친'의 결합을 두고 그가 세상을 뜬 뒤 장개석까지도 그 혼인에 찬사를 보냈다.

'신문화 중 구도덕의 모범'
'옛 윤리 중 신사상의 스승'

그러나 바로 신문화에 옛 윤리를 접목시킨 결합으로 찬사를 모은 호적 박사는 그 생애를 통해서 혼외정사와 애인이 끊이지 않았다.

호적이 젊었을 때 기생집을 자주 출입했다는 얘기는 아주 유명하다. 백화문 제창으로 북경대학 인텔리들의 '신문화 운동'의 주장이 된 뒤에도 타지에 강연을 나가면 늘 기생집 출입을 끊지 않았다.

그리고 더욱이 이 같은 풍류일사를 애인이었던 여류 문인 진형철에게 흥미진진하게 자랑하다가 된통 욕을 먹기도 했다.

군자와 탕아의 혼합, 양복과 중국복의 동재, 쪽발노친과 한 이불 속에 살면서 밖에서는 여러 애인을 가까이 했던 호적.

그의 혼인과 여성 편력은 복잡하면서도 기이하고 너무 전설적인 색채가 농후하다.

1904년 호적이 13세의 나이로 고향을 떠나기 전에 과부로 호적을 키워 온 어머니가 그를 이웃마을의 강동수란 14세 소녀와 약혼을 시켰다. 14년 후 미국 유학길에서 돌아온 호적은 강동수와 결혼을 하게 된다.

전족을 한 쪽발 여인, 이름 석 자도 쓸 줄 모르는 무식한 농촌여성과 미국유학에서 박사과정을 마치고 돌아온 호적 사이의 갭은 미국과 중국의 거리만큼이나 컸다.

아마 이와 같은 천양지차의 갭 때문에 호적은 혼인과 동시에 비극을 맞이했으며, 또한 호적이 혼외 사랑의 길에서 여성과의 편력을 다채롭게 전개시키는 데도 한몫을 했을 것이다.

1908년 호적을 경제적으로 지원해 주던 다른 형제의 파산으로 인해 그는 계속 공부할 것인가, 집에 돌아가 강동수와 결혼할 것인가 하는 인생의 갈림길에 놓이게 되었다.

이때 약혼녀 강동수와 결혼하기 싫었던 호적은 매일 동급생들과 함께 기생집에 출입하면서 허송세월을 보냈다. 당시의 호적의 일기를 보면 약 두 달 사이에 마작 15차례, 음주 17차례, 기생집을 수십 차례나 출입했다고 한다. 이렇게 2년 동안이나 가난한 호적은 상해의 기원(妓院)에 묻혀 기생을 안았으며 늙은 기생까지도 마다하지 않았다고 한다.

1916년 8월 국비 유학 시험에 합격하여 미국에 유학하게 된 호적은 미술을 전공한 아리따운 미국 여성 에렌을 만나 연모의 정에 빠지게 된다.

쪽발의 강동수에 비하면 금발의 현대 여성 에렌은 구름 위에 뜬 선녀와도 같았다. 그러나 그의 연정도 에렌의 어머니의 반대로 무정하게 짓밟히고 말았다.

그 동안 집에서는 귀국하여 꼭 결혼식을 올리라고 수차 편지를 보내왔지만 호적은 학업 완성을 이유로 그때마다 완곡히 거절하고 미국에서 동서 문화 연구에 몰두했다.

호적이 에렌과 사랑에 빠졌을 무렵 중국에서 유학 온 재원 진형철이 호적의 생활에 뛰어 들었다. 물론 그때는 진 씨의 짝사랑이었다. 진형철은 그 뒤 북경대학 교수로 활약한 중국 문단의 여류 문인으로 성장한다. 그 뒤 호적도 그녀를 좋아하게 되지만 친구 임숙영이 역시 진 씨를 추구하는 것을 보고 호적은 삼각관계에서 빠져 나온다.

1917년 진독수가 발행하는 『신청년』 잡지에 호적이 「문학개량 추이」란 유명한 논설문을 발표하여 문학 혁명의 깃발을 들었다. 이로부터 해외에 있던 호적이 중국 문단에서 폭발적인 인기를 모으게 되었다.

1917년 호적은 박사 논문을 제출하고 북경대학으로 와서 교수로 임직하면서 백화문 운동을 일으켜 일약 국제적 명성을 얻게 된다. 그해 12월, 호적은 끝내 이전까지 얼굴 한 번 본 적이 없었던 강동수와 결혼식을 올린다. 물론 밀월이 달콤할 리 없었다. 미국의 현대 여인 에렌과 재원 진형철에 비해 쪽발 여인 강동수는 얼마나 초라하고 촌스러웠겠는가.

1919년 '5 · 4운동'이 발발하여 연애자유, 혼인자유, 개성해방의 풍조가 강해지자 중국의 인텔리, 문인들은 '가정혁명'을 시작했다. 곽말약, 서지마, 진독수, 욱달부……, 그리고 노신까지도 조강지처를 버리고 젊은 미모의 지식인 여성을 찾았다.

진독수가 책상을 치면서 호적에게 이혼을 권했다. 그러니 호적은 체면 때문에 이혼을 할 수 없었다.

그러던 호적이 '연애 혁명'을 시작했다. 1921년에 10세 연하인 항극 사범학교의 여학생 조패성과 깊은 연애에 빠지게 된 것이다.

이때 그는 일기에 이렇게 적었다. "……나는 스스로 호색하고 도박을 해도 상관없다고 여기며 방종할 수도 있다. 나는 정중한 일, 예를 들면 책 쓰고 시 짓는 일에도 도취될 수 있다. 아마 나는 뭐든지 쉽게 빠져드는 약점이 있는 듯하다. 나는 이 약점을 나의 장점이라 생각한다. 내가 제일 꺼리는 것은 평범하고 중용(中庸)하는 것이다."

1923년부터 아름다운 항주의 서호에서 조패성과 동거를 시작, 밀월 같은 생활을 수개월 즐긴다. 조패성이 임신했다가 유산을 하는 해프닝도 발생했다. 그 뒤 북경에 왔다가 아내 강동수에게 들키자 호적이 이혼을 제기했다. 크게 화가 난 강동수가 주방에서 중국식 칼을 들고 나와 두 아들을 안고 "당신이 이혼하건 말건 상관은 없지만 우리 모자 세 사람은 이제 당장 칼로 죽겠다."고 위협하였다.

그 뒤로 호적은 이혼을 입 밖에 내지 못하게 되었다. 조패성이 유산한 것과 같이 호적의 '가정 혁명'도 유산하고 말았다. 이로부터 조패성의 비극이 시작된다. 1962년 대만에서 호적이 뇌출혈로 죽을 때까지 조패성은 중국에서 독신으로 줄곧 호적을 기다렸다.

억세고 무식한 쪽발노친 강동수의 우락부락한 성격에 호적은 '공처가'를 가장하여 그녀의 비위를 맞춰 주었다. 그래서 호적을 두고 후세 사람들은 문인으로서, 학자로서 '풍류는 했지만 소탈하지는 못했다.'고 평한다.

어쩌면 가후나 김동인과 비교해 볼 때 호적의 여성편력엔 어딘가 아쉬움을 주는 비극의 요소가 없지 않은 듯하다. 또한 바로 그러했기에 중국 근대사의 '7대 불가사의'의 하나로 새겨져 있는 건 아닐지. 가후의 사랑은 너무 방탕하고 무진하고 소탈했다. 그러나 그는 너무 고독했다. 김동인의 사랑은 너무 방종하고 순간적이었으며 그에게는 방랑벽이 있었다. 그러나 그는 고독하지는 않았다. 호적의 사랑은 사랑하지 않는 사람을 사랑하는 체 결혼생활을 유지하느라 지겹고 진이 빠지는 것이었다. 로맨틱하지만 결국 비극일 수밖에 없었다. 그러나 그는 고독하지는 않았을 것이다. 어쩌면 호적의 불륜이 더 스릴감이 있었을지도 모른다.

동양 삼국의 문인과 여성관계에는 괄목할 만한 공통점이 있다. 그것은 바로 동양식 '재자가인(才子佳人)'의 패턴이다. 재주 있는 문인과 미인·가인의 사랑이다. 이는 서양과는 다르다. 서양은 어딘가 '영웅미인형'이 많다. 옛날부터 동양, 한국·중국·일본의 문인들과 여인들의 사이는 불가분리의 친밀한 관계를 맺으며 이어져 왔다.

문인은 여인, 특히 기녀(妓女), 미녀(美女)의 지기였다. 여인은 문인의 재주를 흠모했고 문인은 여인의 아름다움을 사랑했다. 아름다움이란 미색과 마음일 것이다.

여인과 술이 문인의 기본 생활방식 중 하나인 이상, 문인과 여인의 이야기는 영원히 끝나지 않을 것이 아닌가. 중국 『전당시(全唐詩)』에 모두 5만여 수의 시작이 수록되어 있는데 그 가운데서도 기녀를 읊은 시가 2천여 수가 넘는 것은 우연한 일이 아니다. 동양의 '재자가인'식의 문인과 연인의 전통은 오늘도 변함없이 이어지고 있다.

§ '되놈'들은 인습을 탈피하지 못한다

설탕이냐 소금이냐

융합 · 조화와 금상첨화

어느 날, 일본인 친구의 초대로 그의 집을 방문하게 되었을 때의 일이었다. 친구는 냉장고에서 수박을 꺼내서 먹자고 했다. 때는 무더운 여름날이었고 수박은 역시 내가 매우 좋아하는 음식이었기에 나는 그 자리에서 수박 한 조각을 들어 한입 크게 베어 먹었다.

그런데 어쩐지 단맛에 짠맛이 혼합된 요상한 맛으로 전에는 맛보지 못했던 수박의 맛이었다.

"김 상, 이 수박 맛 좋지?"하고 말하면서 친구는 맛있게 두 조각을 게 눈 감추듯 먹어 치웠다. 그렇게 맛있을 수가 없는 모양이었다.

나는 그가 수박을 쪼개어 그 위에다 당연히 설탕을 뿌린 줄로만 알았는데 먹고 보니 소금을 뿌린 것이었다.

"아니, 수박에 웬 소금이지? 일본에서는 다 이래?"

내가 이상하다는 투로 묻자 친구는 오히려 더 이상하다는 표정을 지었다.

"김 상은 일본에서 수박에 소금을 뿌려 먹는다는 걸 몰랐어? 그럼 중국에선 뭘 뿌려 먹지?"

"응, 중국에선 설탕을 뿌려 먹어! 소금을 뿌려 먹는 법은 절대 없지."

토마토에도 설탕을 뿌려 먹으면 그 국물이 토마토 주스보다 월등 맛있다고 하자, 친구는 일본에서는 토마토에도 소금을 뿌려서 먹는다는 것이었다.

여기서 이야기하고 싶은 것은 설탕이냐 소금이냐에 따라 어느 쪽이 더 맛있을까 하는 것이 아니라, 그것은 하나의 식생활에 대한 미각(味覺)의 기호일 뿐이라는 사실이다. 중국인은 기름기를 좋아하고 일본인은 생선회를 좋아하는 것의 차이와 유사하다고나 할까.

한국에서는 흔히 수박을 쪼개어 자연 그대로의 맛을 살려서 먹지만, 맛이 덜 할 때는 설탕을 뿌려 먹을 때도 있다. 그러나 소금은 절대 뿌리지 않는다.

그날 나와 일본인 친구는 설탕이냐 소금이냐의 문제를 두고 한참 논쟁을 벌였다. 논쟁이라기보다는 서로 그 이유를 확인하여 미각 문화에 대해 이해하려 했던 노력의 과정이라고 해야 옳을 것이다.

내가 수박이란 본래 단맛이 나며, 그 단맛을 즐기기 위해 먹는 것인데 소금을 뿌리면 단맛이 없어지지 않느냐고 하자 친구는 너무 달면 상큼하지 않기 때문에 소금을 뿌려 짠맛을 첨가함으로써 그 전체적인 맛을 배가시키는 것이라고 했다.

그러면서 이번에는 친구가 본래 단 수박에 설탕을 뿌리면 더 달아져 과일 본연의 향긋한 맛이 없어지게 되지 않느냐고 반문을 했다.

달아도 더 단 것을 좋아하는 중국인이라고 내가 이야기하자 친구는 그제야 고개를 끄덕이며 납득이 간다는 표정을 짓는 것이었다.

수박에 설탕을 뿌리는 것과 소금을 뿌리는 것, 이렇게 지극히 일상적이고 무의식적인 습관행위에도 삼국의 문화 차이를 상징적으로 보여주는 부분이 있다.

일본식이 맛을 중화시키는 '융합조화(融合調和)'의 미학(美學)이라고 한다면 중국식은 '금상첨화(錦上添花)'의 미학이라고 할 수 있다. 한국에서도 금상첨화라는 한자숙어를 그대로 쓰고 있는 것처럼 중국과 닮은 데가 있다.

이와 같은 특징은 삼국인의 민족 기질에서도 잘 표현된다. 일본인은 톡톡 튀는 과격한 성격이나 개성보다는 자기를 적당히 억제하고 상대에게 동조하고 협력하는 융합적 기질이 강한데 비해서 중국인과 한국인은 과격한 성격으로 톡톡 튀는 개성을 표현하고 자기 억제를 않는 기질이 강하다.

이래서 일본인은 극단적인 성향을 기피하는 반면, 한국·중국인은 극단적인 성향을 그대로 드러낸다.

중국에는 노신이 표현한 것과 같이 물에 빠진 개라도 호되게 질타하는 성향이 있어서 수천 년 전에 죽은 사람까지도 공격하고 비판하며, 이유만 닿으면 무덤을 파서라도 시체를 훼손하는 극단적인 행동까지 마다하지 않는다.

그러나 일본에 이런 성향은 없다. 생전에 아무리 나쁜 사람이었더라도 죽으면 호토케[佛], 즉 부처님이 된다는 사고가 있다. 죽은 사람의 시체에까지 채찍질하는 극단적인 사고는 중국과 한국에만 있는 성향이다.

중국·한국인이 '절대적 사고'를 가지고 있다면 일본인은 '상대적 사고'가 발달되어 있다.

식당에서 흔히 이런 풍경을 볼 수 있다. 음식 주문을 할 때 "육식으로 할까요, 생선으로 할까요?"하면 중국인이나 한국인은 서슴없이 육식 아니면 생선을 택하지만 일본인은 "다 괜찮다."고 말한다. 그러나 다 괜찮다고 하지만 주문을 받는 사람은 괜찮지가 않다. 도대체 어느 쪽인지 확정이 안 되었기 때문이다. 흔히 일본인은 같이 온 사람이 어떤 음식을 시키면 "나도 그걸로 주세요."하면서 동조하기 일쑤다.

예, 아니오가 확실하지 않은 일본인의 애매한 성격을 보여주는 일상적인 경우다. 아무 쪽이나 상관없다는 것은 어느 한쪽만 된다는 절대적인 성향과 반대되는 상대적인 성향이다. 빨간 것도 괜찮고 파란 것도 괜찮다. 어느 쪽으로 절대적으로 기울어지지 않고 상대적으로 융합과 조화를 이루려고 하는 것이 일본인의 발상이다.

이데올로기의 가치

필자는 다른 저서에서 중국인과 한국인은 '원리원칙'의 선이 없고 감정적, 인정적이어서 일상 행동에서 격정적이고 질서를 지키는 데 약하며 약속을 잘 안 지킨다고 이야기를 한 적이 있다. 반면 일본인은 언제나 '원리원칙주의'여서 중국·한국인과 반대로 룰을 잘 지키고 늘 삼가는 태도에 약속을 잘 지킨다고 강조한 적이 있다.

그러나 이런 일상적인 차이와는 달리, 사실상 중국·한국에는 가치를 판단하는 굵직한 관념적 원리가 있다. 그것은 바로 온 사회를 관통하고 있는 절대적 이데올로기다. 하지만 일본에는 절대적인 이데올로기가 없다. 그만큼 유연성을 띤다는 말이다.

중국과 한국은 이와 같이 절대적인 이데올로기가 지배하는 이데올로기의 사회이다. 옛날부터 유교나 혈연주의에 의해 사회가 형성되었고 오랜 세월에 걸쳐서 그것이 하나의 불변의 전통이 되어 버렸다.

일본은 이처럼 절대적 사상이나 관념 체계에 의한 사회가 만들어지지도 않았으며 그러한 전통도 없다. 꼭 이것만은 고집하겠다는 그런 이데올로기가 예전부터 없었던 것이다.

지금도 절대적 사회주의 이데올로기의 사회인 중국에는 사회주의 기본원칙이라는 것이 존재한다. 최근 개혁·개방하여 서양문명의 우수한 요소들을 도입했다고는 하지만 여전히 절대적 원칙인 '사회주의식' 근대화라는 것을 고집하고 있지 않은가?

한국도 민주요, 자유요 하는 자본주의 캐치프레이즈를 내걸고 있지만 그 내실은 유교의 전통의식에서 완전히 이탈하지 못한 점들이 많다. 그만큼 그 절대적 이데올로기가 작용을 하고 있기 때문이다.

외래 문명의 수용 양상을 보면 이러한 차이점이 너무 잘 나타난다. 일본은 이건 되고 저건 안 된다는 이데올로기적 절대 이념이 없었기에 아무 저항감 없이 원활하게 서양문명을 탐욕스럽다 싶을 정도로 수입하여 소화시킬 수 있었다.

그렇지만 중국은 반드시 중국이라는 절대적 이데올로기에 맞는가 안 맞는가를 먼저 잣대질해 보았는데, 중국이라는 문명의 절대적 우월성이라는 것이 너무 컸고 역사적 전통이 너무 무거웠기에 일본 같이 외래문명을 흡수할 수가 없었다. 한국에도 절대적 관념이 있었기에 상황은 중국과 별로 차이가 없었다.

소금이냐 설탕이냐, 여기서 나타나는 '융합 · 조화'의 미학과 '금상첨화'의 미학은 삼국의 사회문화를 이해하는 또 하나의 돌파구가 될 것 같다.

석가로부터 시작된 '이쑤시개' 이야기

환경의 여유가 문화를 꽃피운다

삼국인의 식사풍경 가운데 한 가지 같은 모습이 있다.

그것은 바로 이쑤시개를 사용한다는 점이다. 식사 내용이나 그릇이나 도구에는 이런저런 차이가 있지만 이쑤시개는 식사 후 다 똑같이 사용한다.

특히 이쑤시개가 중년 이상의 남자들에게 널리 보급되고 정착되어 있다는 점도 삼국의 공통현상이다. 그런데 같으면서도 같지 않은 점이 발견되기도 한다.

이를테면 일본인들은 식사 후 이쑤시개로 파낸 음식물을 다시 입 속에서 녹차와 함께 삼킨다. 그런데 중국이나 한국인들은 그 후벼 낸 것을 휴지나 밥그릇 따위에다 처리해 버리는 경우가 더 많다. 이런 현상을 굳이 문화적으로 일일이 해석하려는 것은 억지고 무리이기에, 또 나는 아직 그런 현상의 배후에 숨겨진 문화를 캘 재간이 없기에, 이런 흥미로운 현상의 차이만을 우선 밝혀 두고 싶다.

언젠가 일본에서 비교 생활문화에 관한 강연을 가진 적이 있었다. 강연 후 질문 시간에 한 사람이 "중국에서도 이쑤시개를 씁니까?"라고 질문하여 청중들의 미소를 자아냈다. 아마도 일본인들은 이쑤시개가 와리바시(나무젓가락)와 함께 순 일본의 문화라고 착각하고 있는 모양이었다. 그러나 이쑤시개는 동양은 물론 서양에서도 널리 쓰이고 있다. 서양에서는 옛날부터 다양하게 이용되어 왔다. 우리의 주위를 보아도 칵테일의 올리브를 끼울 때도, 서양식 요리(물론 동양식 요리에도) 위에 장식되어 있는 귀여운 양산이나 각국의 국기들에도, 파티나 호텔의 요리, 술집의 술안주로 나오는 과일 위에도 모두 이쑤시개가 등장하지 않는가?

물론 이를 청결하게 하는 도구로 쓰이는 것이 이쑤시개다. 한국에서는 아마 예로부터 이쑤시개로밖에 쓰이지 않았기에 그것을 직접 이쑤시개라고 부르게 되었던 것이리라. 위에서 예를 든 것처럼 이쑤시개가 다른 용도로 쓰이기 시작한 것은 아마 서양 문명이 밀려온 뒤였을 것이다.

일본에서는 요오지[楊枝]라고 하는데, 그 명칭에서는 어쩐지 격조가 느껴진다. 중국에서 전파되어 온 명칭인데 옛날 중국에서는 양지(楊枝), 치목(齒木)이라 불렀다는 문헌의 기재가 있다. 그런데 요즘은 중국에서도 한국 같이 직접 '이쑤시개[牙筌]'라고 부른다.

지금 흔히 사용되는 대나무나 나무 이쑤시개는 한 번 쓰고 버리는 것이 상식이지만 옛날 유럽과 중국에서는 그 재료로 나무뿐만 아니라 금, 은, 청동, 상아, 귀갑, 수골, 각질 등을 이용했으며 귀중한 만년필이나 화장도구처럼 장신구로도 사용되었다고 한다. 이쑤시개＋귀이개가 세트로 된 장신구가 적지 않았다. 이와 귀의 청소를 같은 차원에서 생각했기 때문이다. 아주 당연한 발상이다.

얼마 전, 일본 오사카에 '이쑤시개 자료실'이 설립되어 세간의 화제가 된 적이 있었다. 오사카 시내에서 전차로 약 30분 걸리는 거리에 위치한 이 자료실은 세계적으로도 전무후무한 이쑤시개 박물관인 셈이다.

이 이야기를 언젠가 중국인 친구에게 들려주었더니 그 친구는 웃으면서 "역시 일본인적인 발상이야. 일본인만이 가능한 일이지. 중국인 같으면 그런 이쑤시개 같은 사소한 일에 관심을 쓸 겨를이 어디 있겠어, 문화란 어쩌면 환경의 여유 속에서 생기는 것일지도 모르지."

그 역사학을 전공한 친구의 말에 많이 동감이 갔다.

이 말은 잠깐 여기서 접어 두고 그 박물관 이야기를 계속하기로 하자. 그곳을 호기심에 못 이겨 다녀왔다. 세계 동서고금의 별의별 이쑤시개가 다 전시되어 있었다. '이쑤시개 문화'라는 말이 새어 나왔다. 이 정도면 인류가 창조한 '이쑤시개 문화'도 역시 화려한 패션 문화나 음식문화에 뒤지지 않을 것이다.

17세기경 유럽에서는 귀족들 사이에 귀금속제 이쑤시개를 목걸이로 목에 걸고 다니는 것이 일대 유행했었는데 상아, 귀갑제의 이쑤시개를 고급 케이스에 넣어 다니는 것을 자랑으로 삼았다고 한다. 신사, 숙녀들은 이런 것들을 부와 지위의 상징물이기라도 하듯 당당히 장신구로 삼았다.

제일 눈길을 끈 것은 상아로 만든 케이스였는데 덮개 표면에는 금테를 했고 그 속에 진주가 장식되어 있었다. 진품이었다.

청나라의 서태후가 썼을지도 모를 호화로운 이쑤시개도 있었다. 금제 이쑤시개에 진주와 비취까지 장식되어 있는 것이었다. 말 그대로 하나의 예술품이었다.

이런 정교한 일품을 이쑤시개로 쓴 사람은 또 얼마나 사치스러운 것을 먹었을까?

나무를 신목(神木)으로 기린다

중국에는 옛날부터 금속, 상아, 귀갑제나 대나무, 나무로 만든 이쑤시개가 있었다. 한국에는 중국에서 수입한 여러 가지가 있었으며 은이나 금, 상아로 만든 이쑤시개도 있었다고 한다. 일본에서는 옛날부터 대나무와 나무가 주종이었으며 그 외로 어민들 속에서는 생선뼈로 만든 것도 보급되었다고 한다.

왜 이런 차이가 나타났을까? 이 역시 그 나라의 음식문화나 환경과 직접적인 관계가 있다. 중국에서는 옛적부터 채식과 함께 육식을 많이 했기 때문에 금속이나 질긴 재료로 잇새의 고기찌꺼기를 제거해야 했던 것이다. 한국의 사정도 이와 비슷했다. 그리고 중국 대륙에서 이런 것들은 비교적 흔히 볼 수 있는 소재였다.

그러나 일본은 예로부터 육식을 하지 않았다. 육식을 한 건 최근 메이지 유신 이후의 1세기에 지나지 않는다. 그러므로 금속이나 동물 골각 같은 질긴 이쑤시개는 필요 없었던 것이다.

그래서 발달된 것이 목제 이쑤시개다. 일본은 흔히 나무 문화의 나라라고 한다. 한국은 흙 문화, 중국은 돌 문화의 나라다. 일본은 예로부터 일반 가옥도 나무, 미닫이도 나무, 젓가락도 나무, 밥그릇도 나무로 만든 것을 써 왔다. 사찰이나 신사(神社)의 신구(神具), 불구(佛具)도 모두 나무로 만들어졌다. 일본인은 고목에는 신이 있다고 믿었으며 그래서 신목(神木)을 기리는 신앙을 가지고 있다.

　지금 목제나 죽제의 이쑤시개가 한국, 중국은 물론 아시아 그리고 구미의 세계로 널리 보급된 것은 와리바시와 같이 일본식 이쑤시개의 수출에 크게 힘입은 것이다.

　사실 이쑤시개는 불교문화에서 기인됐다고 한다. 기원전 500년 석가가 나무로 칫솔질을 했다고 전해지는데 그의 제자들에게도 나무로 이를 닦으라고 권했다고 한다.

　중국에서 불경을 수용하면서 이것을 치목(齒木), 양지(楊枝)라고 번역했던 것이다. 석가가 쓴 나무의 종류가 없어서 버드나무[楊]의 가지[枝]를 썼다. 이로부터 양지라는 단어가 생기게 되었고 그것이 한국을 거쳐 일본으로 전파되어 지금까지 요오지로 불리게 된 것이라고 한다. 불교 승려들의 규율이었던 이쑤시개가 점차 생활위생으로써 정착되었으며 따라서 속세의 귀족에게도 쓰이게 되었고 점차 민간에도 퍼지게 된 것이다.

　매일 같이 무의식중에 쓰는 이쑤시개, 이 작디작은 물건에도 동아시아 문화의 흐름이 스며 있는 것이다.

고추장, 짜차이, 우메보시

매운맛의 문화

외국이나 타고장에 오랫동안 나가 있을 때 제일 생각나는 음식은 무엇일까? 이것을 나라 별로 질문한다면 한국인은 '고추장', 일본인은 '우메보시', 중국인은 '짜차이'라고 대답할 것이다.

한국인이 외국을 여행할 때나 외국에서 거주할 때 잠시도 못 잊는 것에는 김치와 불고기도 있으나 제일 대중적이고 심플한 한식의 대표는 고추장이라고 한다.

그래서 며칠 출장을 가는 샐러리맨들의 가방이나 수학여행을 떠나는 학생들의 짐 속에는 언제나 고추장이 들어 있다. 맨밥에 그 진붉은 고추장을 비벼 먹으면 한식에 대한 노스탤지어(향수)가 일어난다.

일본식의 대표적이고 심플한 음식물은 무엇일까? 물론 사시미, 스시, 우동도 있겠지만 제일 대표 중의 대표는 누가 뭐래도 우메보시[梅干,

うめぼし, 식초에 담근 일본식 매실장아찌]다. 일본인들은 외국 여행을 가도, 국내 출장을 가도 일식에 대한 향수는 우메보시에 밥을 먹는 것이라 한다.

그렇다면 중국은 무엇일까? 땅이 넓고 다양한 종족이 살고 있는 중국에서 꼭 하나를 꼽으라면 나는 굳이 '짜차이[搾菜, 소금에 절인 채소류]'를 들고 싶다. 역시 맨밥에다 반찬으로 먹는 것인데 대륙적인 중화요리의 진수를 느낄 수 있기 때문이다. 이 세 음식은 공통적으로 제일 서민적이고, 양념으로도 식품으로도 쓰일 수 있으며, 저장이 편리하고 또한 휴대하기가 간편하다는 점에서 가장 대중적인 민족 음식이다.

한국인에게 있어서 고추장은 도저히 떼려야 뗄 수 없는 식생활의 기본이다. 그것은 최저선의 부식품이며 한국인의 식생활에서 중핵적인 역할을 한다. 그래서 이사를 가도 버리지 못하는 것이 고추장 독이다.

내가 중국에서 살 때 고향을 떠난 지 수십 년이 된 조선족 동포들을 보아도 밥상에는 물론 학생의 도시락에, 출장길에 언제나 빠뜨리지 않는 것이 이 붉은 고추장이었다. 내가 조선족으로서의 동질감을 느낄 수 있었던 것도 바로 어렸을 때부터 먹어 온 붉은 색깔의 고추장이 있었기 때문일 것이다. 고추장은 매운 것이 특징이다. 일본인이 담담한 맛을 미국인이 단맛을, 유럽인이 치즈 맛을 좋아한다면 한국인은 절대적으로 매운맛을 좋아한다.

유럽이 치즈 같은 '구린 맛의 문화'이고 미국이 초콜릿 같은 '단맛의 문화'라면 한국은 영락없이 '매운맛의 문화'다.

고추장은 살균작용을 하며 위를 자극해 식욕을 돋우고 건강에 절대적으로 좋다고 한다. 그것은 부식품으로써, 양념으로써, 저장식품으로써 아주 다양하게 한국인의 식문화를 장식해 왔다. 그러니 고추장을 빼고 한국의 식문화를 이야기할 수 있겠는가? 그것은 시간, 장소, 인물, 지위를 따지지 않는, 지극히 보편적이고 한국적인 것이다. 고급 회식에도 나오고 서민들의 밥상에도 빠지지 않는다.

매운 고추장이 한국인을 직설적이고, 격정적이고, 정열적인 성격으로 만들었다고 볼 수 있지 않을까?

일식의 최고의 맛은 '신맛'이다

일본인에겐 국민적인 히노마루벤토[日の丸弁当]가 있다. 그것은 맨밥에 빨간 우메보시 한 알을 놓은 것인데, 마치 일장기처럼 보인다고 하여 비롯된 이름이다.

일본의 구두쇠가 밥값을 절약하기 위해 고안해 낸 방법이 하나 있다. 천장에다 우메보시 한 알을 실로 매달아 놓은 뒤 먹지는 않고 그것만 바라보는 것인데 반사적으로 흘러나온 군침과 함께 밥을 먹게 된다는 것이다. 물론 이것은 일개 우스갯소리에 불과하지만 일본인과 우메보시의 친밀한 관계를 짐작할 수 있지 않는가?

한국이 매운맛의 문화라면 일본은 신맛의 문화라 해야 할 것이다. 일본의 식탁에서는 달거나 매운 것, 짠 것보다 신맛을 최고급으로 쳐준다는 말이 있다. 원래 우메보시는 중국에서 건너온 것인데 중국에서는 이미 자취를 감추었고 일본에서 일본인의 성미에 맞게 철저히 개발, 정착되었다. 일본인은 우메보시를 일본도와 함께 일본인의 독창성을 자랑하는 문화로 여기고 있으며 거기에 긍지를 갖고 있다.

일본의 지명한 문명사학자 히구치 기요유키[樋口清之]는 일본인의 지혜와 독창의 역사를 다룬 자신의 책 『우메보시와 일본도[梅干と日本刀]』에서 모든 일본의 문화가 모방에서 비롯된 것은 아니며 옛날부터 일본인 나름대로의 지혜와 독창성도 가지고 있었다고 주장했다.

일본의 '우메보시 문화'를 보면 나 역시도 위의 설에 수긍이 간다. 우메보시의 신맛이야말로 일본인의 성격을 극명히 드러내 놓는 것이다. '시다'는 의미에는 명랑한 것과 대조적인 침울하고 내성적이며 때로는 음흉하다는 부정적인 이미지가 짙다. 내성적이고 자기 속을 직설적으로 드러내 놓지 않는 일본인에게는 딱 알맞는 맛 아닌가?

'짠맛'은 중화되기 쉽다

이번에는 중국대륙의 '짜차이'를 보기로 하자.

짜차이[搾菜]란 무엇인가? 그것은 무와 비슷한 식물을 소금물에 절였다가 김치나, 단무지처럼 만든 부식품이다.

실제로 일본에 살고 있는 중국인 유학생들을 인터뷰한 적이 있다. "제일 그리운 중국음식은 무엇인가?"라고 물었다, 물론 일본의 우메보시, 한국의 고추장에 대한 설명도 하면서. 이에 해당하는 중국 음식물은 무엇인가란 물음에 다소 차이는 있었지만 '짜차이'라고 대답한 사람이 가장 많았다. 나 역시 중국에 살 때, 고추장과 짜차이를 같은 밥상에 올려놓고 먹으면서 자랐던 기억이 있다.

요즘에는 사천성에서 나는 짜차이가 깡통이나 유리병에 포장되어 한국의 고추장이나 김치 같이 일본의 슈퍼에서도 잘 팔리고 있다. 한국의 김치와 같이 일본인들은 '짜차이'에 대해서도 잘 알고 있다.

대학 입시 준비 때, 중국인 학부형이 나에게 짜차이가 영양식품으로 뇌에 좋다고 극구 선전을 하여 근 1년 동안 김치를 안 먹고 짜차이만 먹은 적이 있었다. 나는 짜차이가 왜 한국의 고추장, 일본의 우메보시 같이 중국 대륙에서 가장 널리 즐겨 먹는 대표적 식품이 되었는지 이해가 간다.

짜차이는 고추장 같이 맵지도 않고 우메보시 같이 시지도 않다. 그것은 짜다. 한국이 매운맛의 문화이고 일본이 신맛의 문화라면 중국은 짠맛의 문화라고 할까.

짠맛은 중화되기 쉬운 맛이라고 한다. 아무리 지독하게 짠 것이라도 물에 불려 놓으면 그 맛이 약해져, 설탕 같은 단맛으로 중화시키기가 쉬워진다. 실제로 짜차이가 너무 짤 때는 물에 하루 동안 담가 짠맛이 빠지길 기다렸다가 그 위에 단맛, 신맛을 가미하여 먹는다.

일견 단조로워 보이고 절대적으로 보이는 중국인의 성격에는 또한 중화되기 쉽고 받아들이기도 잘하는 다양성이 숨어 있다. 중국의 다양한 문화, 이원론적인 사고가 이 짜차이 속에 배어 있는 듯하다.

일본의 우메보시는 신맛뿐이지 다른 맛을 받아들이긴 어렵다. 한국의 고추장에 맵다고 물을 타면 뭐가 될까? 장도 아니고 물도 아닌, 한국인이 꺼리는 맛으로 변질되고 말 것이다.

고추장의 한국인! 우메보시의 일본인! 짜차이의 중국인!

우리는 이런 간단한 식품을 통해서도 그 민족의 문화를 읽을 수 있다.

'가위바위보'와 한·중·일 삼국

수공예 문화를 낳은 '짱껜뽀'

지금 내가 살고 있는 히로시마 시내의 모토마치[基町]란 고층 아파트 단지는 국제적인 동네다. 일본인을 비롯해서 한국인도 있으며 중국인 세대 그리고 유럽, 미국인 등이 어우러져 함께 살고 있다. 모토마치에 처음 이사 왔을 때 제일 이색적인 모습이 상점가 거리에 나란히 걸려 있는 만국기 풍경이었다.

아파트 단지의 광장에서는 언제나 각 나라에서 온 아이들이 어울려서 재미나게 노는 모습이 두 눈에 즐겁게 다가온다.

어느 날, 광장에서 놀고 있는 아이들의 모습이 눈에 들어왔는데 나는 발걸음을 멈추고 아이들을 유심히 바라보지 않을 수 없었다. 내가 잘 알고 있는 중국아이, 한국아이, 일본아이와 또 다른 아이들 네댓 명이 함께 모여서 '짱껜뽀'라는 놀이를 하고 있었다. 한국식으로 하면 '가위바위보'다.

§ '되놈'들은 인습을 탈피하지 못한다

148

아직은 서로의 언어와 습관이 어색하게 느껴진다 할지라도 이 '가위바위보' 놀이에는 언어와 문화의 장벽을 뛰어넘는 공통분모가 있는 것이 분명했다.

일순 표현할 수 없는 어떤 기묘한 느낌을 받은 것은 어째서일까? 내 눈에는 그것이 단지 천진한 애들의 놀이로만 보이지 않았다. 나는 '가위바위보' 속에서 한 · 중 · 일 동아시아 삼국의 역학관계를 보는 듯했다. 사실 이 아이들의 흔한 놀이 속에는 동양인의 놀이에 대한 지혜가 숨어 있었던 것이다.

누구나 어린 시절에 헤아릴 수도 없이 경험했을 이 놀이는, 너무 흔해서 이에 대해 미처 깊은 생각을 하지 않게 될 수도 있다. 그래서 누구나 그저 단순한 놀이로만 흘려보내는 것이 어쩌면 당연한 일일지도 모른다.

그러나 기실 이것이야말로 동양의 놀이 문화를 이해하는 데 없어서는 안 될 중요한 요인이며 동양인의 공통적 구심점을 찾는 지극히 중대한 키워드라 할 수 있다.

가위바위보 놀이는 한 · 중 · 일 삼국에 다 같이 존재하는 아이들의 가장 대중적인 유희 중 하나다. 중국에서도 그대로 '석두철자포(石頭銕子布)'라 하는데 직역하면 가위바위보다.

서양의 한 동양사가가 일본 어린이들이 이 '짱껜뽀'를 하는 광경을 보고 동양인의 민첩한 손재주에 경탄했다고 한다. 그것은 기술사 수준의 민첩함과 장인과도 같은 숙련된 솜씨가 아니고선 불가능한 일이라고 했다. 역시 삼국에서 공통적으로 즐기는 '공기놀이'에도 손재주가 필수조건이다.

나는 포크를 쓰는 서양인에게서 가위바위보 같은 손가락 승부의 게임이 발달하지 못한 이유를 알 듯하다. 대조적으로 동양인이 젓가락 문화를 소유하게 된 데는 역시 가위바위보에서 볼 수 있는 손재주가 바탕에 깔려 있기 때문이 아닐까 한다. 그렇기 때문에 동양에서 수공예문화가 발달한 것이다.

이렇듯 가위바위보는 어쩌면 동양인의 재주의 상징물이기도 하다. 동양 삼국 문명의 발상지가 흔히 중국대륙이듯이 이 가위바위보도 원래는 중국에서 시작된 것이다. 예로부터 중국에는 술좌석에서의 주흥을 돋우기 위해 서로가 마주보고 소리를 질러가면서 손과 손가락의 변화로 승부를 겨루는 놀이가 있었다. 거기서 진 사람이 술을 마신다. 지금도 중국에 가면 서민들이 술좌석에서 이 게임을 벌이며 떠들썩하게 즐기는 모습을 자주 볼 수 있는데 중국 술좌석의 명물이라고 할 수 있다. 이 게임을 중국에서는 화첸[划拳] 또는 차이첸[猜拳]이라고 부른다. 손을 긋고, 주먹 자세를 취한다는 뜻이 있다.

'3극 논리'의 묘미

중국에는 옛날에 개구리, 뱀, 달팽이[활유(蛞蝓)] 세 종류 동물의 원리, 즉 개구리는 뱀을 무서워하고 뱀은 달팽이를 무서워하며, 달팽이는 오히려 뱀에게 지는 개구리를 두려워한다는 데서 비롯된 놀이가 있었다. 그것이 손 게임 놀이인 충권(虫拳)이 되었고, 충권이 다시 가위바위보로 변형되어 오늘까지 전해 내려온 것이다.

이 놀이의 가장 큰 특징은 삼각형의 역학, 즉 3극 논리(三極論理)에 있다고 할 수 있다. 알다시피 가위는 바위한테는 지지만 보한테는 이기며, 바위는 가위한테는 이기지만 보한테는 지고, 보는 바위한테는 이기지만 가위한테는 진다.

여기에는 절대적인 강자가 존재하지 않는다. 이 3자 가운데서 누가 제일 강하다는 것도 있을 수 없다. 절대적인 강자, 절대적인 지배, 절대적인 권위에 대한 거부의 정신이 숨어 있다.

1 : 1의 대결 속에서 양자의 대립 균형을 지탱해 주는 또 하나의 존재의 가치를 알게 된다. 이 3자가 각기 대립하면서 때로는 객관적으로 협력해 주기도 하고 때로는 균형을 잡아 주기도 한다. 3자 정립의 사상은 균형, 협력, 화(和)의 사상과도 통하는 동양의 지혜다. 나는 이 동양 3국의 관계는 이 가위바위보의 '3각 역학형'과 같은 것이라고 생각한다. 역사적으로, 특수한 지리환경 때문에 마치 한손 안에 붙은 손가락과도 같이 문화를 공유해 오면서 밀접한 관계 속에서 지금까지 지내오지 않았는가?

이 3자는 때로는 라이벌로, 때로는 협력자로 때로는 무시로, 때로는 친교로 경쟁과 적대와 협조를 거듭하면서 '동양 삼국지'를 써내려 왔다.

오늘도 이 삼국 논리의 관계는 조금도 변함없이 존재하고 있다. 선진국, 개발도상국, 후진국 하는 식으로 서양의 잣대로 분류를 하지만 사실 내실을 보면 이 삼국 가운데 절대적인 강자는 없다. 가령 일본이

가위가 되면 보인 한국을 이긴다고 하자. 그러나 큰 대륙의 중국이란 바위가 있다.

특히 국제화 시대의 오늘날, 절대적 우세, 절대적 약세, 절대적 지배자, 절대적 피지배자라는 것은 삼국에서는 통하지 않는다. 가령 일본의 가장 큰 약점이 한국에서는 장점이 될 수도 있으며, 양자의 관계를 중국이 제3자의 각도에서 조정을 해줄 수도 있다. 삼국의 상호대결, 경쟁도 필요하지만, 그보다 더 중요한 것은 삼국의 밸런스, 평형감각 그리고 협력이다.

가위바위보에서도 늘 비기는 무승부가 나타난다. 한·중·일 삼국도 '동양 삼국지'를 펼쳐 나가는 과정에 무승부, 즉 협력과 이해가 있어야만 삼국 정립의 평화로운 세계를 확립할 수 있을 것이다.

유치한 환상일지도 모르겠지만 삼국인이 저마다 이런 국제 협력의 비전을 위해 상대방의 문화를 이해하고 알려고 애쓰고 서로를 포용하고 허용하려는 마음가짐부터 가졌으면 한다. 21세기는 부디 이랬으면 하고 기대한다.

제3장 ●

'왜놈'들은
매사가 쩨쩨하다

남북이냐, 동서냐

생활양식이 얼굴을 바꾼다

2000년 6월 13일, 평양에서 행해진 김대중 대통령과 김정일 위원장의 악수는 '세기적인 악수'라는 평과 함께 20세기 말 최대의 뉴스로 지구촌을 감동시켰다. 50여 년 동안 금세기 최대의 현안이라고 불리던 남북 분단의 역사가 서서히 종말을 맞을 것이라는 선고와 다름없는 것이었다. 동아시아의 최대 관심사로 세인들은 곧 남북통일이 올 것이라는 성급한 감격에 빠져 눈물을 흘리기도 했다.

그러나 그로부터 겨우 한 달이 지났을 때 그 '세기적인 악수'의 열광의 무드도 식어 버렸고, 다시금 냉철하게 '남북통일'을 심사숙고하지 않으면 안 될 실정에 직면하게 됐다.

지금 당장 통일은 무리고 적어도 20~30년은 더 기다려야 한다고, 김대중 대통령이 일본의 텔레비전 방송과의 인터뷰에서 말했다. 그 이유는 자타가 주지하는 너무나도 두터운 장벽이 서로를 가로막고 있기 때문이다. 그 장벽으로는 반세기 동안 바뀌지 않은 정치체제와 이데올로기 속에서 산출된 민족의 이질감, 경제수준의 커다란 격차 등을 꼽을 수 있다. 그런 주요한 원인들도 있겠지만 나는 50여 년 동안 키워 온 남북 간의 문화적 이질감, 기질의 차이도 아주 큰 요인이라고 생각한다.

돌이켜보면 이 지구상의 '남북'문제는 『성경』에 등장하는 이스라엘의 '남북분단'에서부터 시작하여 미국의 남북전쟁, 베트남 남북의 경제 차이, 캐나다의 남북문제, 중국의 남북의 차이에 이르기까지 수도 없이 많았으며 어쩌면 21세기에 가서 해결해야 할 중대한 인류의 과제일지도 모른다. 분단된 남북의 문제는 더 이상 언급할 필요도 없고, 통일된 국토 안에도 부수한 남북의 차이가 실존한다는 것은 누구나 다 알고 있는 사실이다.

나는 그것을 하나의 문화 차이라고 이름하고 싶다. 그래서 한 나라의 문화를 이해함에 있어서 그 나라 속의 차이를 이해하는 것은 보다 구체적이고 세밀하게 그 나라의 국민성과 문화를 이해하는 지름길이라고 생각한다.

방언 하나만 보더라도 평안도, 함경도의 북부 방언을 제외하고도 중부 방언, 남부 방언(전라도, 경상도)과 제주도 방언이란 다양한 방언대가 형성되어 있다. 실지로 서울 사람이 제주도 말을 못 알아듣는 경우도 있다.

의식주에서도 '팔도의 맛'이라는 표현처럼 각 도마다 특산물과 요리가 있는데 그 내용을 보면 궁중요리의 호화로움에서부터 서민요리의 흔한 조식(粗食)에 이르기까지 차이가 크다.

한국 팔도의 성격을 그 지리적 자연환경과 결부하여 비유한 표현이 아직까지도 한국인들 속에 뿌리 깊게 남아 있다.

함경도는 '이전투구(泥田鬪狗)', 평안도는 '맹호출림(猛虎出林)'
황해도는 '석전경우(石田耕牛)', 강원도는 '암하고불(巖下古佛)'
경기도는 '경중미인(鏡中美人)', 충청도는 '청풍명월(淸風明月)'
경상도는 '태산북두(泰山北斗)', 전라도는 '세류춘풍(細柳春風)'

북방의 함경도 · 평안도 사람은 성질이 강경하고 용맹하여 군인에 적합하며, 전라도 사람은 예술에 능하여 미술이나 공예를 하는 데 적합하고, 충청도 · 경기도 사람은 모략과 웅변의 재주가 있어 정치에 적합하며, 경상도 · 강원도 사람은 순박하고 듬직하여 문학의 재능이 있으며, 황해도 사람은 재물을 잘 다루어 상업에 적합하다고 한다.

또한 내륙부와 해안지역의 생태적인 차이로 내륙 부는 농업 문화이고 해안지역은 어로 문화다. 그리고 서울과 지방 사이에는 시대감각의 차이, 경제의 격차가 크며 정치적 관심도도 지방으로 갈수록 떨어진다.

옛날부터 '남남북녀(南男北女)'라는 말이 있었는데, 남쪽의 남자가 남자답고 미남형이 많은 반면, 북쪽의 여자가 여자답고 미인형이 많다는 말이다.

그러나 해방 후 경제나 문화생활 수준의 현저한 차이가 발생하여 '남남북녀'라는 말이 꼭 맞는다고는 할 수 없게 되었다. 지금은 남한 사람들이 영양을 더 잘 섭취하고 또 서양화가 가속됨에 따라서 스타일이 좋아져 미인을 더 많이 양산하고 있다. 이 시대의 미적 기준으로 보자면 남한 여자가 더 섹시하고 세련됐으며 더 미인이다. 북쪽 여자는 이에 비해 세련됨이나 섹시함이 결여되어 있지만 순수해 보이고 자연적인 미가 넘치는 듯하다. 그러고 보면 생활양식이나 문화가 얼굴을 바꾼다고 해도 과언은 아니겠다.

남방에서는 문인이 나고 북방에서는 황제가 난다

그럼 다음으로 중국의 남북 차이를 보기로 하자.

한반도의 팔도강산에 사는 주민들의 성격도 남북 별로, 그것도 도민 별로 다양한 차이를 보이는데, 한반도의 50배가 넘는 대륙의 지방 차이는 또 얼마나 크겠는가. 중국을 찾은 한국과 일본의 관광객들은 무한히 넓은 국토와 많은 인구, 다양한 언어, 다양한 습관에 한결같이 놀라움을 금치 못한다. 그래서 '중국은 이렇다.'고 말하기가 어렵다고 한다.

나는 솔직히 고백하여 지금까지 단 한 번도 중국을 다 안다고 자신 있게 말한 적이 없었다. 삼국의 비교 소재를 찾을 때도 일본이나 한국의 단일적인 특징물에 중국의 대조물을 찾아 비교하려 해도 너무 다양하고 다채로워서 꼭 이거다 하는 것을 지목하기 어려웠던 적이 한두 번이 아니었다.

방언 하나만 놓고 보더라도, 하도 갈래가 많아서 표준어인 북경어를 통하지 않고는 외국어 같아서 알아듣지 못하는 경우가 매우 많다. 게다가 56개 민족이 각기 기이한 습속과 언어를 가지고 섞여 살기에 한 지역이 곧 하나의 국가와도 같다.

남문북무(南文北武)라는 표현이 있다. 예로부터 남방에서는 문인이 나고 북방에서는 황제가 배출된다는 말이 있었다. 역사상 유명한 작가, 시인, 배우나 문화인들은 남방에서 나왔다. 옛날의 굴원으로부터 근대의 노신, 곽말약 같은 문호도 거의 남방 출신이다. 대조적으로 북방은 영웅호걸의 산지다. 진시황제로부터 만주국 최후의 황제인 부의에 이르기까지 거의가 북방출신이다.

그래서 무의 북방은 외래의 습격을 막은 만리장성이 그들의 자랑이었고, 문의 남방은 유유히 흐르는 장강이 그들의 긍지였다. 만리장성의 위엄 있는 모습은 북방인의 호방한 성격의 심벌이고, 장강의 흐름은 물결같이 부드러운 남방인의 성격의 상징이기도 했다.

남선북마(南船北馬)라는 말이 생긴 이유도 그 지리적 특징에서 온 것이다. 북은 산(山), 남은 수(水)로, 북방에는 산이 많고 평원이 넓으며, 남방에는 호수와 강이 많기 때문에 교통수단도 자연히 북쪽은 말이고 남쪽은 배였다. 공자는 '인자요산, 지자요수(仁者樂山, 知者樂水)'라 했다. 너그러운 군자는 산을 즐기고 지혜로운 군자는 강을 즐긴다는 중국인의 두 가지 패턴을 이야기한 것이다.

임어당(林語堂)은 일찍이 그의 명저 『나의 국토 나의 국민』에서 남북인의 차이를 이렇게 기술했다.

'북방 중국인은 간단하고 질박한 생각과 곤궁한 생활에 적응되어 있고 몸집이 크고 건장하며 성격은 열정적이고 해학적이다. 그들은 또 파를 잘 먹으며 우스갯소리도 잘한다. 그들은 천성이 아이들처럼 순진하다. 여러 측면에서 보면 몽골 사람과 유사하며 상해나 절강 지역의 사람들에 비해 더 보수적이고 자기네들의 민족적 활력을 상실하지 않았다. 해서 중국 땅에다 많은 할거(割據) 왕국을 만들어 왔다.

강남의 사람들은 이와 퍽 다른 양상을 보여 주고 있다. 남방 사람들은 보통 안일한 관습에 젖어 있으나 정신적인 면이 발달돼 있으며 세상 처세술에 능하다. 두뇌는 발달되었으나 몸은 퇴화되었다. 그들은 시를 즐기고 안락함을 즐긴다. 남자들은 곱상하지만 발육이 건전하지 않고 여자들은 날씬하나 신경질적이다. 그들은 연와탕(燕窩湯)을 먹고 연근(蓮根)을 먹는다. 장사에 능하고 걸출한 문인은 많지만 전쟁터에서는 겁쟁이들이다.'

적절한 지적이다. 일반적으로 북방인은 흉금이 넓고 통이 크고 솔직하고 자신만만해 있으며 그 속에 또한 호방하고 야성적인 기질이 있다. 어쩌면 한반도 북방의 맹호출림의 성격과 비슷할 것이다. 그리고 중국 남방인은 마음이 유연하여 연약하면서도 과감한 데가 있고 겁쟁이면서도 돌발적으로 혁신을 좋아하지만 호방한 기질은 없다. 한반도 남부의 충청도나 호남지방의 성격과 유사하다고 할까.

좀 더 구체적으로 캐 본다면 그 모습을 이렇게 세분해 볼 수 있다.

동북 사람들은 호랑이 성격 같이 급하고 의리를 중히 여기며 친구를 위해 죽음도 불사한다. 60도의 강한 술도 바닥내 버리는 호방한 그들이지만 장사 수완이 부족하고 자질구레한 일을 따지지 않는다.

북경사람들은 다 웅변가들이어서 달변이고 의논하기를 좋아하며 정치의 중심이라는 긍지에서 지방 사람을 얕잡아 보는 성향이 있다.

상해는 옛날부터 국제적인 대도시였고 상업도시였기 때문에 그곳 사람들은 계산이 빠르며 가난뱅이를 얕잡아 보고 신사를 존대한다. 상업적인 이기심이 강하고 경제적 감각도 발달되었다. 그래서 '외국인이 상해 사람의 호주머니에서 돈을 빼 가기는 힘들다.'고 한다.

복건은 예로부터 화교의 산지로 그곳 사람들은 해외로 나가려는 해외 동경심이 강하며 타산적이어서 비올 때는 우산을 두 개씩이나 들고 다니는 성미다. 왜냐하면 하나는 자기가 쓰고 또 하나는 팔아먹기 위해서다.

사천성 사람은 외향적이어서 정치가나 문인이 많이 나지만 무역이나 재산 관리 솜씨는 약하다.

광동성 사람은 미식가(美食家)이고 머리가 잘 돌아 장사 수단이 뛰어나기 때문에 중국의 유태인이라고 불린다.

중국 여자의 성격과 풍채를 엿보기로 하자.

동북 여자는 남방 미인보다 키가 크고 날씬하며 또한 성격도 대범하여 술도 잘 마신다. 쩨쩨한 광동 남자와 절강 남자를 제일 얕잡아 본다.

북경 여자는 구변이 좋으며 끈질기고 결혼에 있어서 경제 타산보다 진정한 사랑의 결합을 추구하며 야하고 경박한 행동을 삼간다.

상해 여자는 부드럽고 여자다운 멋이 있다. 그들은 어릴 때부터 남자를 사로잡는 테크닉을 터득하며 상당히 계산적이다. 그러나 남편은 알뜰히 잘 보살핀다.

광동 여자는 작고 귀엽다. 그녀들은 결혼 상대를 구할 때 박사보다도 경제력을 따지며 홍콩의 현대적 여성과 유사한 데가 있다. 따라서 '북방인'을 촌뜨기라고 경멸한다.

사천 여자는 술과도 같아 매력적이다. 애증이 뚜렷하고 성격이 정열적이다. 현모양처형이 많아서 사천 남자들은 복이 있다고 한다.

한마디로 북방 여자는 술 같이 강렬하고 정열적인 호방한 성격이며 남방 여자는 물 같이 부드럽고 온순한 성격이다.

'도자이[東西]' 의 나라

반도의 이야기가 끝나고 대륙의 사정도 엿보았으니 섬나라로 가 보기로 하자.

섬나라 일본의 국내 차이는 어떨까? 그 전에 한 가지 짚고 넘어가야 할 것은, 일본에서는 '남북(南北)'이란 표현을 쓰지 않고 '동서(東西)'라는 표현을 쓴다는 점이다.

그것은 일본의 지형이 전체적으로 동서 방향으로 길쭉하게, 마치 새우나 말 같이 뻗어 있기 때문이다. 물론 위도로 보아 북쪽의 홋카이도에서부터 남쪽의 오키나와까지 남북이란 표현을 써도 괜찮겠지만 전통적으로 동서란 표현이 관용구처럼 쓰여 왔다.

일본을 크게 동일본, 서일본으로 나눠 이야기하는 경우가 많다. 북일본, 남일본이란 말은 없다. 동서란 말을 일본어로는 '도자이'라고 한다. 스모[相撲]에서도 보면 집행자가 '니시[西]', '히가시[東]'하고 동서 양군의 스모꾼 이름을 부른다.

가부키[歌舞伎]의 세계, 민요 속에도 '도자이'란 말이 무수히 많이 등장한다. 그럼 왜 '남북'이란 말은 없을까? 고대 중국 사상에 '천자는 남을 바라고 있다.'는 말이 있듯이 스모, 예능, 전통극 등은 모두 남쪽을 피해 북쪽을 향해 진행되었다고 한다. 무대에서 객석을 향해 좌측, 즉 가미테[上手]가 서(西)였고, 오른쪽 즉 시모테[下手]가 동(東)이었다. 스모 역시 씨름판인 도효[土俵, 밀집으로 만든 높은 경기장]가 북을 향하고 있는데 그것을 정면이라 하고 반대 측을 뒤쪽 정면, 또는 맞은편 정면이라 하며, 도효에서 정면의 객석을 향해 오른쪽이 히가시[東], 왼쪽이 니시[西]가 된다.

이렇듯 일본에서는 동·서로 일본을 양분하는 발상이 생겼으며 이 두 지역이 서로 대립, 협조, 침투, 견인하면서 대조적인 성격을 유지해 왔다고 한다.

그래서 동·서 일본에 대한 역사나 문화의 연구 서적도 무수히 많이 발표되었는데 『일본사의 동과 서』, 『동서대결의 일본사』, 『일본 문화의 동과 서』 등을 위시로 『관서와 관동』, 『에도학』, 『오사카학』, 『현민성』, 『관동인과 관서인』 등이 쏟아져 나오고 있는 실정이다.

나고야를 경계로 한 일본인의 동서 일본 의식, 대결의식은 지금도 일본인의 의식 속에 깊이 남아 있으며 실제로 텔레비전에서는 동서의 요리 비교, 스포츠 대항전, 도쿄 대학과 교토 대학의 비교 등 동서 일본의 대결·비교를 여러 분야에서 다채롭게 진행하고 있다.

일본의 동서 차이를 극명하게 나타낸, 작가 시바 료타로의 기술 대목이 있다.

'장거리 트럭 운전사가 늘 외우는 이야기라고 한다. 즉 규슈를 지나 시모노세키를 넘어 산요도[山陽道] 고속도로를 달려 고베를 지나 오사카에 들어서면 안도의 숨을 쉰다고 한다. 서일본의 상징이기도 한 오사카에는 체질적으로 룰에 대한 질서의식이 희박하다는 것이다. 그래서 맥놓고 안심하다가 사고를 일으키기를 잘 한다.

오사카를 지나 교토에 들어섰다가 구사쓰에서 도카이도[東海道]로 들어서면 자연 기분이 긴장된다. 나고야를 넘으면 본격적인 동일본이다. 시즈오카를 넘어서 도쿄에 들어설 것을 생각하면 너무 긴장이 된다고 한다. 도쿄에는 언제나 긴장하게 만드는 뭔가가 있다. 그것은 룰에 대한 엄격함 같은, 에도 시대 때부터 계승되어 온 긴장감이 매우 농후하여 그렇다는 것이다. 오사카에서는 처음부터 잠을 자도 괜찮다 싶은 해방감이 있었지만.'

도쿄와 오사카는 동·서 일본의 대표적 도시인데 자연풍토는 물론 의식주의 차이도 크다. 서일본에서는 우동이라고 하지만 동일본에서는 소바라고 한다. 다다미마저도 동·서의 사이즈나 재료가 틀렸다. 그러나 동·서가 서로 분단되거나 반목함 없이 경쟁하면서 살아온 것이 일본의 특징이다.

문화적으로는 관서가 관동보다 발달됐었으나 수도가 도쿄로 옮겨가면서부터 관동이 더 발전하게 되었다. 동·서로 길쭉하게 뻗은 일본의 서쪽은 아열대권, 동쪽은 아한대권에 속하기 때문에 다양한 경관을 보이며 성격도 다양하게 육성되었다.

대충 말하여 동일본 사람은 침착하고 내향적이나 둔중하다. 서일본 사람은 외향적이고 밝으나 경박한 데가 있는 것 같다. 여기에는 서일본의 남방기후, 동일본의 북방기후가 대조적으로 나타나 있다.

일본의 저명한 문명학자 히구치 기요유키[樋口清之]는 『관동인과 관서인』이란 책에서 일본인의 성격을 13개 타입으로 귀납, 정리했는데 그것을 몇 가지만 골라 보기로 하자.

해양형(海洋型)

후쿠오카의 일부와 나가사키, 구마모토 지역인데 원양어로업에 종사하는 해양형 인간이 많고 기질은 개방적이고 진취적이며 체격은 작지만 근육질이다.

내해형(內海型)

세토 내해 연안은 외래문화의 창구로 한국계 혈통이 많은데 감정 기복이 심하고 사교적이기 때문에 상인에 적합하여 무역업자가 많다.

산음형(山陰型)

야마구치, 시마네, 돗토리, 교토 북부인데, 조선의 영향과 내해형의 음울한 기질이 겹쳐 폐쇄적이고 이기적이다.

기내형(畿内型)

주로 오사카, 교토의 일부와 오사카에서 가나자와까지의 지역인데, 일본의 중심이며 문화적으로 개화된 지역이어서 개방적이고 사교적이다. 상업 감각이 뛰어나다.

동해형(東海型)

아이치, 시즈오카, 가나가와, 지바 일대. 산업기풍은 농후하나 오사카 상인 같이 개방적이지 못하여 대성공자는 많지 않다.

관동형(關東型)

도쿄 외 관동의 다수 지방. 성격도 급하고 자기주장이 강하며 여자들은 생계관리를 잘한다.

동북형(東北型)

광대한 동북지구. 인내력이 강하고 자폐성도 있으며 소박하고 노력형이 많다.

북해도형(北海道型)

북해도 지구. 메이지 시대에 와서 개척한 땅이어서 개척 정신이 강하고 성격이 양극적이다.

도쿄와 오사카 사람의 금전감각을 드러낸 에피소드를 하나 들어보기로 하자.

도쿄, 오사카, 나고야 사람이 한곳에서 식사를 했다. 식사가 끝날 무렵이 되면 도쿄 사람은 안절부절 못한다. 이 3인분의 돈을 어떻게 오사카, 나고야 사람이 모르게 지불할까를 궁리하기 때문이다. 오사카 사람은 이 식사가 일인당 얼마나 될까? 도쿄 사람과 나고야 사람이 먹은 돈을 금방 계산하여 자기 몫만 준비한다. 그러면 나고야 사람은 무얼 하느냐, 아무튼 두 사람이 내줄 거니까 고맙단 말을 어떻게 할지를 궁리한다.

그렇다면 일본 여성은 어떠한가? 미인의 산지로는 일본의 동북 지방이 유명하다. 아키타 미인, 니가타 미인, 쓰가루 미인이란 말과 같이 동북 지역에서는 미인이 많이 난다. 그리고 교토의 미인이란 말도 있다.

일본 미인에는 얼굴이 동그랗고 피하 지방이 두꺼운 아키타의 동북 미인과 날씬하고 저혈압인 조선형 미인, 즉 교토 미인 두 가지 패턴이 있다.

어떤 나라의 문화를 이해할 때 그 나라 내부의 차이, 삼국에서는 남북과 동서의 서로 다른 양상과 발상을 통해서 볼 수 있었듯이, 국내적 차이를 모르면 그 나라 문화에의 접근은 '수박겉핥기'가 되기 십상이다.

온돌 · 다다미 · 의자의 비교문화론

자연환경이 문화를 지배한다

일본에서 태어나서 자라, 다다미 생활이 전부인 나의 장남 철야를 데리고 한국에 갈 때마다 큰 걱정거리가 하나 있다. 그것은 철야가 한국의 온돌에 적응하지 못해 괴로워하는 것이다.

지난해 설날, 첫돌을 지낸 그 애를 외할머니, 외할아버지께 인사시키려고 우리 세 식구가 한국의 처가에 갔을 때였다. 아이가 뜨끈한 온돌이 너무 더워서 땀을 흘리며 울고 보채는 것이었다. 그래서 장모님이 두꺼운 이불을 두 개나 깔아 그 열기를 차단시켜도 보았지만, 결국은 그것도 안 되어 온돌방 보일러를 꺼 버렸다.

이미 선선한 다다미 생활에 익숙해진 철야가 따끈한 온돌에 거부반응을 보이는 모습에서 나는 인간이 환경, 특히 매일 생활하는 주거 환경에 얼마나 영향을 받는가를 새삼스럽게 깨달았다. 그 나라의 환경, 지리와 기후, 풍토들이 그 나라 사람들에게 미치는 영향이 또 얼마나 큰지를 다시 한 번 생각해 보았다.

이러한 지리, 기후, 풍토의 환경이 그 나라와 민족의 문화를 창출했다고 해도 과언은 아니다.

사실 유년시절부터 중국에서 살면서 온돌과 의자생활을 다 병행했던 체험이 있는데도 불구하고 나 역시 일본에서 오래 살다 보니 다다미에 익숙해지고 적응이 돼서 오히려 온돌이 생소하고 너무 뜨겁게 느껴진다. 자연환경이 인간의 성격과 문화의 지배자라고 해야 더 적절하지 않을까.

다다미야말로 일본 문화를 이해하는 하나의 커다란 키워드란 생각이 든다. 사시미(생선회)나 기모노(일본의 전통 의상)를 제외한다면 다다미만큼 일본적인 것이 또 어디 있으랴.

일본의 독자적인 문화는 바로 다름 아닌 이 다다미가 깔린 화실(和室)에서 산출되지 않았는가? 다도(茶道), 꽃꽂이, 샤미센[三味線, 세 줄의 현악기], 게이샤[芸者] 등, 이 모든 것들을 낳은 산실이 다다미방이다.

삭풍이 제법 기세 사납게 휘몰아치는 신년 초나 구정 같은 날 우리 세 식구가 다다미 위에서 두 다리를 고다쓰(일본식 화로) 속에 들이밀고 식사를 하면서 생맥주를 마시는 것도 이국땅인 일본 생활에서 빼놓을 수 없는 낙이 되어 버렸다.

이럴 때마다 나는 자연히 그 옛날 중국의 시골에서 유년 시절에 뒹굴던 따뜻한 온돌방을 떠올려 본다. '아마 지금쯤이면 한국과 중국 동북지역의 고향에서는 온돌방에 몸을 달구고 소주잔을 기울이며 웃음꽃을 피우고 있겠지. 어린이들은 온돌방에 엎드려 재미난 텔레비전 프로그램을

보느라 여념이 없겠지.'

'온돌방' 의 향수

한국에서는 고층 아파트에도 현대식 온돌방을 장치하여 따끈한 온돌에 몸을 기대며 산다. 해외로 이민 간 동포들도 늘 침대나 의자 생활 속에서도 온돌을 못 잊어, 추운 겨울이면 다리를 포개고 앉아 찬 몸을 지질 수 있는 온돌방의 향수에 젖어 마냥 온돌방 타령이다.

일본의 다다미가 지극히 일본적이라면 온돌방은 지극히 한국적이다. 이 양자의 결정적인 차이는, 온돌이 따가운 열을 인체에 전해주지만, 다다미는 그런 열을 제공해 주지 못한다는 점이다. 뜨거운 것과 선선한 것, 이 차이가 이 둘의 극명적인 성격이라고 할 수 있다.

나는 늘 일본의 가옥에도 얼마든지 온돌 같은 난방을 설치할 수 있었을 텐데 그것만은 왜 하지 않았을까 하고 불가사의하게 생각하곤 했다. 북방을 통해 수입된 조선반도의 온돌을 수용하지 않은 이유는 무엇일까?

삼한사온이라는 기후권에 속한 한국, 한겨울 엄동설한의 맹추위 속에서는 반드시 따끈한 온돌난방이 필요하다.

그런데 일본의 겨울 날씨는 영도 이하로 내려가는 날이 드물어 엄한을 체험하기가 어렵다. 교토에서 몇 년 간 살았지만 쌀쌀할 만큼 춥긴해도 못 견딜 만큼 춥지는 않다. 그래서 굳이 온돌 같은 고정된 난방이 필요하다고는 느끼지 않았던 것이리라.

그리고 나는 다다미를 통해서 일본의 문화 수용방식을 발견할 수 있었다. 한국 같으면 다다미를 몽땅 걷어 내고 온돌이나 다른 전열방식을 택했을 법도 한데 일본인은 그렇게 하지 않았다. 방 전체를 덥히는 것보다도 그때그때 상황에 따라서 처리를 했다. 손이 차면 난로, 발이 차면 고타쓰, 허리가 차면 가이로(작은 화로), 배가 차면 하라마키, 지금 현대에 와서는 온 방 안을 데울 수 있는 난방장치까지.

일본인들은 이날까지 이런 방식으로 생활해 왔으며, 문화 수용에서도 메이지 유신까지는 중국문화와 조선의 문물을, 그것도 필요한 것만 따오다가 메이지 유신 이후부터는 유럽, 그리고 미국의 문화를 도입하지 않았던가.

이에 반해서 한국은 절대적 가치관의 대륙적인 것이 월등히 많다. 방 전체를 온돌로 데운다는 발상은 묵직하나 어딘가 둔중하고, 스케일이 커 보인다. 방 전부를 데워야 직성이 풀리는 절대적 가치관이 있는 반면, 유연성이 결핍되어 있고 기능주의가 결여되어 있다. 더울 땐 왕창 달아오르다가도 식으면 그대로 차가워져 버린다. 그래서 극단적이다. 한국인의 성격도 양극으로 치닫는 경우가 일본인보다 많다. 외래문화를 수입함에 있어서도 유연성 없이 대륙문화만을 거의 그대로 절대시하여 수용했다. 여기에는 유연성이라는 기능주의가 탈락되어 있다.

다다미는 그 질 자체가 식물을 건조한 것이어서 말랑말랑한데다, 닳거나 썩은 것은 수시로 그 부분만을 제거하고 새로 바꿀 수 있다. 그러나 온돌은 유연한 기능성이 약하다. 전체가 돌처럼 굳어 단단하여 어디가 고장 나면 그 온돌장판을 들어내고 파헤치지 않으면 안 되는 폐단도 없지 않아 있다.

훈도시가 정좌의 방법을 바꿨다

프랑스어에서는 '일본화'란 말을 다다미제(tatamisé)라고 한다. 다다미 자체가 일본문화의 심벌이 된 것은 중국이나 한반도의 문화를 수용하여 그것을 일본화로 소화시키는 과정이 일본의 가옥 안에 고정되어온 다다미와 시기를 같이 했기 때문이다.

중국에선 고대로부터 마룻바닥에 석(席)을 깔고 일본인처럼 무릎을 꿇고 앉았다는 민속학자들의 연구가 정설로 받아들여지고 있다. 그것이 지금의 방석, 일본식의 자부통[座布団]에 해당되는데 아주 얇았다고 한다. 중국인도 일본인처럼 무릎을 꿇고 앉았는데, 책상다리를 하지 않은 이유는 복장에 있었다. 그때 중국인이 입은 것은 오늘날의 일본식 의복인 기모노와 같은 양식이었는데, 속옷이 없었기 때문에 다리를 벌리고 앉는 것을 삼갔다. 기모노가 당나라 때의 복장 형태를 그대로 도입한 것이라는 점은 누구나 다 아는 사실이다.

송나라 때에 가서야 의자에 앉는 생활양식이 보편화되었는데 의자는 사실 중국 한족 고유의 것이 아니라 서방의 이란 등의 나라에서 수입된 것이다. 의자에 앉는 것을 그때는 거(据)라 했고, 좌(座)라는 것은 정좌를 가리켰다고 한다. 나중에 거나 좌나 모두 앉는다는 의미에서 좌로 통일되기에 이른다.

일본에서는 그 '석'을 발달시켜 다다미로 만들었고 중국은 석을 버리고 의자를 택했기에 오늘날 일·중 양국의 다다미 문화와 의자 문화가 형성된 것이다.

한·중 양국 사람들이 보면 죄지은 듯 꿇어앉는 일본인들의 정좌 자세는 그 '석' 문화가 다다미 문화로 넘어오면서 습관화된 것이다. 지금 정좌와 함께 일본 남성들이 책상다리를 하고 앉는 것은 훈도시와 같은 속옷이 생긴 다음에야 비로소 생겨난 생활양식이다.

따지고 보면 일본의 독창적인 다다미 문화도 그 원류는 대륙에 있으며 한국의 온돌 문화도 사실 뿌리는 대륙이다. 중국의 북방지역에는 아직까지도 한국에서와 같은 온돌방이 보편화되어 있다. 물론 한족보다도 만주족을 위시로 한 동북 소수민족의 영향으로 한족 가정에까지 전파되었던 것이다. 그래서 온돌 문화는 중국의 한족 문화이기보다는 소수민족의 문화라고 해야 더 적합할 것 같다.

다다미와 온돌을 비교해 보면 가장 커다란 차이는 다다미가 온냉의 차가 따로 없는 항온인 데 비해서 온돌은 뜨거웠다 식었다 한다는 물리적 차이에 있다. 두 나라 민족의 성격도 일본인이 조용하고 비교적 내성적인 데 비해서 한국인은 격정적인 성격으로 정서적 파동이 심하다. 같은 온돌을 갖고 있는 중국 북방 소수민족의 성격에도 이 같은 한국인과 비슷한 다혈질 성분이 많이 내재되어 있다.

나는 아무래도 일본의 다다미 문화, 한국의 온돌 문화에 대치될 수 있는 것은 한족의 의자문화라고 보고 싶다.

의자 문화의 중국인들은 어떨까? 온도 차원을 초월하여 아주 다기능적이라는 것을 알 수 있다. 고정시켜서 앉을 수도 있고, 또 수시로 의자를 자기 뜻대로 옮겨서 사용할 수도 있다. 온돌을 옮긴다거나 다다미를 옮긴다는 것은 상상도 못할 일 아닌가. 또 의자를 여러 개 병합시키면 잠잘 수 있는 침상이 된다. 그래서 낮에는 의자, 밤에는 침대가 되었다. 이렇듯 중국인의 성격은 어딘가 극단적이기보다, 예로부터 존중해 왔던 중용(中庸)의 성격이다. 여기와 저기, 좌와 우, 상과 하로 밸런스 감각을 존중하는 이원론적인 성격이 느긋하고 철학적인 중국인을 만들었다. 오히려 일본인보다 더 속내를 알 수 없는 것이 중국인이다. 성미가 직설적이고 급한 한국인이 삼국인 중 스파이 역에는 제일 적합하지 않다는 정평까지 있지 않은가?

의자 생활은 사실 기본적으로는 서양식 생활문화로, 그것은 수직적인 자세의 문화다. 앉았다고 해도 엉덩이를 지면에 붙이는 것이 아니라 반은 공중에 떠 있고 다리를 그대로 수직으로 드린다.

이에 반해서 다다미와 온돌은 수직의 자세가 아니라 수평의 자세로 허리 이하는 다 수평의 자세가 된다. 중국인이 다리가 길고 스타일이 좋은 것은 의자문화의 소산이며, 반대로 한국인과 일본인이 다리가 짧은 이유는 온돌과 다다미의 탓이다.

한국인과 일본인은 앉았다 섰다 매일 허리 운동을 하기에 유도나 역도 같은 운동에 뛰어난 재질을 보인다고 한다. 중국은 그 대신 다리를 이용한 수직적인 조약 운동, 이를테면 농구·배구를 잘 한다. 그리고 허리운동을 잘 하기에 일본인과 한국인은 늘 허리를 굽혀 깍듯이 인사하는 예의가 발달됐고 중국인은 꼿꼿이 수직으로 서서 손만 내미는 예의가 발달됐다.

　다다미, 온돌 그리고 의자의 생활양식에도 민족의 문화와 습관이 그대로 살아 있는 것이다.

'선물'의 철학

몸에 배인 선물 문화

선물은 인간관계를 원활하게 하는 윤활유로써, 인류사회의 보편적인 문화 현상이다. 한·중·일 동양 삼국에서도 선물을 주고받는 선물 문화를 흔히 볼 수 있지만 그 내실을 들여다보면 서로가 같지만은 않다.

삼국 가운데서는 일본이 제일 선물을 즐기는 편이다. 일본인의 생활은 선물을 떠나서 생각할 수 없을 정도로 선물을 잘 주고받는다.

일본에 온 중국인과 한국인이 늘 경탄하는 것이 바로 일본은 증답천국(贈答天國)이라는 사실이다. 실지로 선물을 주고받는 것이 번거로워서 일본을 떠난 서양인까지 있었다는 일본 체험기가 나올 정도다. 새해 벽두의 오토시다마[お年玉, おとしだま, 세뱃돈]로부터 시작하여 입학, 졸업, 취직, 퇴직, 주겐[中元, ちゅうげん, 백중날의 선물], 세이보[歲暮, せいぼ, 연말 선물], 결혼, 생일, 출산, 병문안, 이사 등등 연중 사시사철 선물을 주고받는다. 특히 무더운 삼복의 주겐과 세이보 시즌이

되면 백화점이란 백화점은 선물 코너를 특설하여 우편으로 선물을 배달한다.

한국인도 동방예의지국의 국민으로 선물을 자주 하는 편이지만 일본인만큼은 아니다. 위에서 본 각종 축의금이나 축하는 기본으로 하지만 선물 습관이 일본인처럼 몸에 배지는 않았다.

중국에서도 옛날부터 예의의 대국답게 선물 문화가 발달돼 왔지만 역시 일본만큼은 아니며 '선물 철학'이 일본과는 어딘가 이질적이다.

삼국의 선물이란 단어의 어원도 각기 다르다. 일본어의 선물인 '오미야게[お土産]'는 각 지방의 특산물이라는 의미다. 한국은 '선물'하면 '膳物'이란 한자와 같이 주로 먹는 식품, 음식류를 가리켰다. 중국은 '禮品', '禮物'이란 단어와 같이 예의적으로 드리는 물품이라는 이미지가 강하다. 그래서 일본에서는 여행을 갔다 오는 길에, 심지어 학생들까지도 수학여행을 다녀오는 길에는, 꼭 그 지방의 오미야게를 사 들고 오는 것이 일종의 철칙처럼 이행되고 있다.

그것은 일본인의 어떤 공유의식을 말해주고 있는 것 같다. 한 사람이 타지방에 가서 새로운 체험을 해보고 그것을 가족이나 자기가 소속된 단체에 선물하는 것을 통해 자기의 체험을 공유하고 싶다는 의식이 있기 때문이다. 선물을 통해 다 같이 타지방에서의 견문이나 체험을 즐기는 것이 일본식의 특유한 선물문화다.

한국의 선물을 보면 술, 과자, 과일 등 말 그대로 먹는 것이 주종을 이룬다. 물론 중국도 술, 담배가 주류지만 한국과 유사하면서도 다른 데가 있다.

한국과 중국에도 여행길에 선물을 사오는 문화가 없는 것은 아니지만 일본인은 여행지에서 본국의 친지들에게 엽서를 보내는 버릇이 있는데 그것은 현지의 여행 체험을 국내의 친지들과 공유하고자 하는 선물의 변이된 형태라고 말할 수 있다.

일본인의 선물 감각을 보면 내용은 작고 귀엽고 깜찍한 것을 택한다. 이래서 일본인의 선물에는 내용물 자체보다 포장이 더 중요하다. 이 외부 포장이야말로 선물의 심벌이다. 좀 더 말해서 내용은 아무리 허술해도 상관없다는 것이다.

이와 대조적인 것이 중국인의 선물 감각이다. 중국인은 선물의 포장이나 겉치레보다도 어디까지나 선물 자체의 내용을 더 절대시한다. 선불의 의미는 그 내용에 따라 정비례가 된다. 즉 크고 어마어마한 선물일수록 마음을 담았다는 진정도(眞情度)가 커지는 법이다. 무엇이나 큰 것을 우선시하는 중국인은 선물도 큰 것을 하는 것에 의미가 있다고 생각한다.

한국인도 중국인 다음으로 큰 것을 선호하는 성격이어서 중국인만큼 스케일이 크지는 않지만 일본보다는 내용 자체를 중시하는 경향이 많다.

중국인의 선물이 수박만큼 크다면 한국인은 사과 정도가 될 것이고 일본인은 앵두 알이 될 것이다. 그런데 지금은 한국에서도 포장을 중요시하는 추세여서 포장과 내용물을 다 선불리 하지 않는 경향을 볼 수 있다.

선물에 대한 감각의 차이 때문에 국제적인 트러블도 빈번히 발생한다.

최근에는 이런 일이 있었다. 일본인 사장 N씨가 중국인 사장 B씨와 함께 비즈니스 상담 후 식사를 같이 했다. 식사를 마친 뒤, 일본인 사장이 중국인 사장 B에게 "변변치 않은 물건입니다만 드리겠습니다."하면서 선물을 줬다. 호텔에 돌아간 B가 그 찢어 버리기 아까울 정도로 멋있는 포장을 조심조심 뜯어보니 그 호화로운 겉포장과는 달리 타월 하나가 달랑 들어 있었다.

"제기랄, 이건 뭐 사람을 놀리는 건가! 쩨쩨한 사람 같으니라고."하며 이런 스케일이 작은 사람을 어떻게 무역파트너로 삼을 수 있을까 하고 걱정했다. 통역을 통해 이 사실을 안 일본의 N사장은 B의 행동이 불가사의하게 여겨졌다.

"그럼 선물을 어떤 것으로 해야 되지? 처음 만나자마자 황금제 롤렉스를 해야 되는 건가?"

결국 이 에피소드는 서로가 상대방의 선물 감각을 모르고 모두 자기 나라 식으로 이해했기 때문에 생긴 '선물 철학의 충돌'이다. 일본인의 선물은 형식과 상징적인 의미가 크지만 중국인들은 신뢰에다 중점을 둔다. 따라서 상대방의 존경도는 이 선물의 내용과 정비례한다.

나라마다 다른 선물 문화의 차이에서 오는 해프닝은 국제적 마찰을 일으키기 십상이다.

한국의 교수님이 중국에 객원교수로 반년 동안 있다가 귀국하는 길에 친하게 사귀던 존경하는 중국의 연로한 교수님께 선물을 하나 드렸다.

그가 선물로 드린 것은 작은 탁상시계였다. 그러나 이것이 문제였다. 중국에서는 이런 시계를 종(鍾)이라고 하며 종을 드리는 것은 쏭중[送

鍾]이라고 한다. 이 쏭중은 '임종을 보낸다.'와 똑같은 발음으로 중국인의 습관으로는 불길한 물건이다. 특히 노인에게 쏭중을 선물하는 것은 더욱 실례가 아닌가? 나중에 이 내막을 안 교수는 딴 선물을 마련했다고 한다.

이렇게 나라마다 선물 내용에 있어서 금기시하는 것이 있다. 일본에서는 과일 중 배를 잘 선물하지 않는다. 왜냐하면 '나시[なし, 배]'라는 발음이 '없다[無し]'는 뜻의 발음과 동음이기 때문이다. 중국에서도 역시 배를 결혼식 선물로 하지 않는다. 배라는 뜻의 '리[梨, 배]'라는 발음이 갈라진다는 '리(離)'와 동음이기 때문이다. 그리고 부채[扇]나 우산[傘]을 선물하지 않는 것도 둘 다 '싼'이라는 발음인데 역시 흩어진다는 '싼[散]'과 동음인 탓이다. 한국과 중국, 일본 모두 숫자 '4'는 죽을 '사(死)' 자와 같은 발음이기에 잘 쓰지 않는다. 일본에서는 호텔과 병원의 방 번호에 4자를 피하는 경우가 종종 있다.

숫자 이야기가 나왔으니 한마디 더 하면, 일본과 한국에서는 3, 5, 7 같은 홀수를 좋아하며 선물도 1, 3, 5, 7의 홀수로 하는 것이 기본이나 중국은 선물에 있어서 홀수는 금물이다. 예로부터 음양, 상하, 좌우, 남녀 하는 식의 대(對)를 좋아했던 중국 문화 속에는 짝수를 기본으로 하는 사상이 있다. 그래서 선물도 술 두 병, 과자 두 통 하는 식으로 짝수를 맞추어 하는 것이 철칙이다.

요컨대 일본인의 선물 철학은 타산적이거나 목적을 위한 것보다는 예의로 답례를 하는 형식에 불과한 데 비해 중국인은 어딘가 선물의 내용물과 마음의 뜻을 정비례시키는 타산적인 이미지가 있는 듯하다. 그래서 선물은 크면 클수록 좋고, 포장은 무시해 버린다. 한국도 중국과 유사한 경향이지만 내용과 함께 포장도 다 고려하는 편이다.

그리고 한·일은 홀수 문화이고 중국은 짝수 문화라는 것이 또한 대조적이다.

손에 손잡고……

두 사람 혹시 호모가 아닐까

1988년 서울 올림픽 경기장에서 독일 출신의 한국인 교포 4남매가 부른 「손에 손잡고」라는 노래가 전 세계에 울려 퍼져 세계적인 '손에 손잡고' 붐이 일었다. 그때 중국 대학의 강사로 있었던 20대의 나는 '손에 손잡고'를 따라 부르며 한국민족의 후예로서의 긍지를 느꼈던 기억이 오늘도 선명하다.

그런데 그 열광적인 파워를 과시한 손에 손잡고의 또 다른 장면이 내 머릿속에 남아 있다.

1996년 8월, 장소는 서울 지방 재판소. 당시 김영삼 대통령의 새로운 정책 아래 쿠데타와 그에 관련된 광주사건, 군사반란, 내란죄 등으로 전 대통령 전두환 씨와 노태우 씨에게 각각 사형과 무기징역의 판결이 내려졌다. 한 나라 최고 권력의 자리에 있던 두 명의 인물에게 한꺼번에 중형을 내린 사례에 대해 일본은 물론 중국에서도 경악을 금하지 못했다. '불가사의한 한국인'이라는 것이다. 그런데 그보다 일본인을 더욱 놀라게 한 것은, 다름 아닌 재판석에 선 두 전 대통령이 서로 손을 잡고 있던 장면이라고 한다.

이 두 사람이 손을 잡은 장면은 1988년 2월 노태우 대통령 취임식 때도 있었다는 사실을 꼼꼼한 일본인들은 잊지 않고 있을 것이다.

그날 서울 국회의사당 정원에서 거행된 취임식에서 있었던 일이다. 식이 끝나고 노 대통령과 퇴임한 전 대통령이 함께 일어서서 퇴장을 했는데 이때 두 사람은 서로의 손을 꼭 쥐고 있었다. 아이러니컬한 것은 이렇게 손에 손잡고 취임으로 시작된 것이 결국에는 손에 손잡고 재판을 받게 됐다는 점이다.

"왜 남자끼리 손을 잡는 거지?"

일본인들에게는 남자끼리, 그것도 나라의 대통령들이 손을 잡고 있는 모습은 도저히 이해할 수 없는 장면이었다. 텔레비전 화면으로 두 사람이 손을 쥐고 판결을 받는 모습을 보고 내 옆에 있던 일본인 친구들이 "저 두 사람들 혹시 호모가 아닐까요? 왜 남자끼리 저렇게 다정하게 손을 잡고 야단이죠?"했다. 너무 재미난 물음이어서 나는 박장대소하고야 말았다.

확실히 일본인에게는 기이한 모습으로 보였을 법하다. 가령 일본의 수상 취임식에서 오부치 게이조[小淵惠三] 총리가 전임 총리와 손을 잡았다면 온 일본 열도가 난리가 났을 것이다. 아니 아예 그런 일은 일어날 가능성이 눈곱만큼도 없다. 왜냐하면 일본에는 동성끼리, 특히 남자끼리 손을 잡는 일은 백퍼센트 없기 때문이다. 있다면 호모들뿐이다.

일본에서는 여자아이들끼리 손을 잡고 다니는 모습도 흔치 않다. 나는 근 10년을 일본에서 살면서 20대 여자들이 거리에서 손잡은 모습을 딱 두 번 구경할 수 있었는데 새삼스럽게 두 번 다 놀랐다.

'저 애들 일본 여자 맞아? 혹시 한국이나 중국 유학생 아냐?'하고 속으로 궁금해지곤 했다. 그러나 가까이에서 들은 일본어로 판단해 99% 일본 여자들이었다.

사실 한국에서는 여자들끼리 손을 잡고 거리를 활보하는 모습을 어디서나 쉽게 볼 수 있다. 대학 캠퍼스 안에서는 여대생은 물론 남자 대학생끼리도 손을 잡고 걸어가는 모습을 자주 볼 수 있다.

집안 식구끼리 손잡고 가는 일도 아주 흔하다. 일본인들은 한국의 아줌마가 고등학교에 다니는 아들의 손을 잡은 모습을 보고 혹시 부유한 아줌마와 젊은 제비가 아닌가 하고 의심했다는 체험담을 발표하기도 한다. 사실 일본에서는 그 정도로 큰 아들이 엄마와 손을 잡고 다니는 일은 거의라고 해도 좋을 만큼 없기 때문이다.

중국의 사정도 한국과 유사하다고 본다. 여자 친구끼리 손을 잡고 다니는 모습은 역시 한국과 마찬가지로 도시의 거리나 캠퍼스에서 볼 수 있는 풍경 중 하나다. 남자 친구들끼리도 친한 사이면 손을 잡거나 어깨동무를 하는 모습을 한국보다 정도는 약하지만 어디서든 볼 수 있다.

북경대학의 캠퍼스에서 손을 잡고 다니는 남학생들을 본 영국의 유학생이 "중국은 아직 개발도상국임에도 불구하고 대학교에 호모가 제법 있는 것 같군요. 깜짝 놀랐습니다."라고 텔레비전 취재 기자에게 고백해

기자가 크게 웃었다고 한다.

그 나라 사람들의 몸짓에 표현된 문화를 외국인들이 미처 이해하지 못했기 때문에 벌어진 우스운 해프닝들이다.

같은 동양문화권의 사람이라 하지만 일본인들은 아직 한국인의 '인정문화'에 대해 잘 모르고 있다.

한국인들은 친구 사이나 친숙한 관계라면 무분별 상태에 이른다. 내 것 네 것 없는 심리상의 지근거리와 함께 물리적으로도 그 친근한 심리를 표현하지 않고서는 못 견디는 민족이다.

그래서 서로 언제나 친하다. 친중무별(親中無別)의 거리감각을 표현하는 행위로 서로 손을 잡거나 어깨동무를 하는 것이다. 한국인의 친숙도를 가늠하는 가장 큰 가치행위 중 하나로, 친구 집에 갔을 때 거실 안은 물론, 주방에까지 가서 냉장고에 무엇이 있는지 열어볼 수 있으며, 시원한 콜라 같은 것을 친구 허락 없이 직접 꺼내 먹기도 한다는 점을 들 수 있을 것이다.

친한 친구끼리는 '내가 남이냐?'하는 식으로 예의를 따지지 않으며, 서로 마시던 라면 국물도 같이 먹고, 돈도 내 것 네 것 할 것 없이 쓴다.

서로가 다른 인정 문화의 패턴

한국인이 '친중무별(親中無別)'이라면 이에 비해서 일본인은 '친중유별(親中有別)'이다. 아무리 친한 친구 사이라도 서로 거리감을 두고 예의를 지킨다. 말하자면 언제나 물리적인 거리감을 두고 사는 것이다. 친구 간에는 물론 부모와 자식 간에도 "고맙습니다."를 연발하며, 친할수록 긴장이라는 공통분모가 친숙함 속에서 더욱 크게 작용하여 서로 흐트러진 모습을 보이거나 한국인 같은 친밀함의 표현은 삼가는 것이 일본인이다. 그러니까 당연히 일본인들은 동성끼리의 친숙함에 대한 물리적 표현으로 손을 잡거나 어깨동무를 하는 일이 있을 수 없는 것이다. 특히 남성들끼리 손을 잡는 일은 그들에게 있어서는 우스꽝스러운 모습으로 다가올 수밖에 없다.

중국인들도 한국인의 인정 세계와 아주 가까운 데가 많아서, 그 외부적 표현 방식으로 여전히 한국적인 '손에 손잡고'의 모습을 자주 볼 수 있다.

인정 문화 패턴이 서로 다른 데서 이런저런 문제들이 수수께끼 같이 늘 튀어나오는 것은 당연한 일 아니겠는가? 문제는 다른 문화의 이해에 있어서, 그 차이점을 자기 문화의 잣대로 재서 판단하기보다 있는 그대로 받아들이는 아량이 있어야 한다는 점이다. 그런 바람직한 자세가 절실히 필요하다.

동아시아 삼국인 가운데는 일본인의 신발 벗는 모습을 이해하지 못하는 사람도 있다. 일본인들은 방으로 들어갈 때 신발을 벗고 바로 방으로 들어가는 것이 아니라 몸을 돌려 신발 앞이 바깥 쪽, 즉 문 쪽으로 향하도록 돌려놓고 들어가는 습관이 있다.

중국이나 한국에서 온 유학생, 직장인, 주재기자들 사이에서는 이것이 일본인의 특이한 모습 중 하나라며 자주 거론이 되곤 한다.

한국이나 중국 같이 들어갈 때 벗어 놓은 대로 그냥 두면 편할 텐데 굳이 등을 돌려서 매번 신을 문 쪽으로 돌려놓는 이유를 모르겠다고, 번거롭지도 않냐고 하는 의견이 분분하다.

서로 다른 문화가 손에 손잡고 화합의 길로 나아가는 그런 진정한 글로벌의 세계는 역시 서로간의 몸짓을 포함한 다른 문화를 이해하고 포용하는 데서 시작되는 것이다.

토끼와 거북이와 원숭이

너무나 소극적이었던 거북이걸음의 중국인

토끼와 거북이의 우화를 모르는 사람은 없을 것이다. 민속학자들의 비교연구에 따르면 이 설화는 동서양을 막론하고 어디에나 광범위하게 전파되어 있는 이야기라고 한다.

현실에서는 있을 수 없는 이 설화를 상기할 때마다 나는 동양 삼국의 현실을 비유한 것이 아닐까 하고 느끼곤 한다. 그것은 다름 아닌 중국과 일본의 모습이 그 속에서 보이기 때문이다. 그리고 그 사이로 한국의 모습도 보이는 것 또한 언급할 나위도 없다.

토끼와 거북이의 설화에 등장하는 빠른 토끼의 모습에서 나는 일본의 모습을 느꼈으며 느린 거북이의 모습에서는 중국의 느긋한 모습을 읽을 수 있었다. 어쩐지 이 유명한 설화의 무대를 동아시아로 옮긴다면 토끼는 일본의 상징이고, 거북이는 중국의 상징이 될 것 같다는 생각이 든다.

일찍이 동아시아의 토끼와 거북이로 일본과 중국의 차이를 상징적으로 갈파한 서양의 석학이 있다. 그가 비로 역사학자 도인비 박사다.

'일본과 중국이라는 두 극동의 사회가 과거 4세기 동안 보인 근대 서구에 대한 반응을 그래프로 표시한다면, 일본의 곡선은 중국의 곡선보다 월등히 급속한 각도의 커브를 나타낼 것이다.

16세기부터 17세기의 전환기에 아직 완전한 정치적 통일이 성립되지 않았던 일본은 해외에서 오는 무자비한 이국의 정복자들로부터 정치적 통일을 강요받는 위험에 처해 있었다. 1565년부터 1571년까지의 스페인의 필리핀 정복, 1624년의 네덜란드의 대만 정복 등은 얼마 후 일본에도 닥칠 일을 미리 예고한 것이나 다를 바 없는 셈이다.

이와 반대로 광대한 아시아 대륙에 자리한 중국은 당시 서구 해적의 침략을 크게 두려워할 필요성을 느끼지 못했다. 당시의 지나(支那) 제국이 진짜 우려하지 않으면 안 되었던 위험은, 육로를 거쳐 유라시아의 스텝으로부터 오는 침략의 위험성이었지만, 그 대륙 내부로부터의 침략도 17세기 명나라가, 기력이 왕성하고 반 야만적인 만주에 의해 대체된 뒤 200년 동안은 다시 일어나지 않았다.

페리 제독의 함대가 일본 영해 위에 나타났을 때부터 15년이 안 되는 동안 일본인들은 난국에 대처할 수 없었던 도쿠가와[德川] 정부를 타도했을 뿐만 아니라, 그것을 대체하여 전국적인 서구화 운동을 위에서부터 아래로 수행할 실력을 갖춘 새 정치 체제를 수립하는 아주 어려운 일을 해냈다. 중국인은 이런 일에 소극적이었으며 118년이나 걸렸다.'

행인지 불행인지 일본이 중국이나 한국보다 서구 문물을 먼저 수용하고 먼저 서구화를 실현할 수 있었던 이유는 지형적인 영향이 크게 작용했기 때문이다.

대륙, 반도, 섬의 제일 큰 차이는 바다에 있다. 대륙은 한 면만이 바다이며 반도는 섬나라보다 하나 적은 3면이 바다인 데 비해 섬나라는 사면, 팔방이 모두 바다뿐이다. 이 지형의 차이가 문화의 차이를 만든다는 것은 새삼스럽게 언급할 일이 아니다.

섬나라 일본은 사면, 팔방에서 달려드는 외래의 침략을 달갑든 달갑지 않든, 적극적이든 소극적이든 받아들일 수밖에 없었다.

한반도는 남쪽과 동쪽은 일본에 둘러싸여 있으며 북쪽과 서쪽은 광대한 중국대륙이란 장벽에 막혀 있기에 그것을 거치지 않고서는 서구 문명을 수용할 방법이 없었다. 만약 조선이 일본보다 빨리 서구 문명을 받아들이고 서구화를 했다면 일본에 의해 합병당하는 식민지의 운명은 없었을 것이며 동양 근대사도 전혀 다른 양상으로 전개되었을 것이다. 대륙에서 형성된 문화는 타문화 수용이 느리고 자기중심적인 문화라는 점은 너무나도 잘 알려진 사실이다. 대륙형 문화와 해양형 문화 그리고 반도형 문화의 결정적인 차이를 극명하게 보여주는 역사적 사실이 있다.

1592년 도요토미 히데요시[豊臣秀吉]는 제1차 조선 침공 때, 조선을 지원한 명나라 군대와 싸웠다. 그런데 결국 강대하다고 소문난 명나라 군대는 일본군의 화총에 여지없이 패배를 하고 말았다. 그 결정적 요소는 바로 근대화된 서양 화총의 위력 때문이었다.

일본이 처음 화총을 접한 시기는 1542년이었다. 당시 다네가 섬에서 포르투갈의 여행가 핀트가 일본인에게 화총을 가르쳤다. 일본 내에서 처음 화총전이 벌어진 것이 1575년이니까, 다네가 섬에 화총이 들어온 지 33년 후가 된다. 1578년에는 오사카에 벌써 화총이 8천 자루나 있었으며 40년 후에는 화총이 보편적으로 보급되어 있었다.

어전에서 발포하는 것은 도리가 아니다

중국에 화총이 들어온 것은 일본보다도 28년이나 빠른 1514년, 포르투갈 상인이 광동성 둔문(屯門)에 들어서면서였다. 그럼에도 불구하고 1592년 조선에서 일본군과 싸울 때 중국군에는 화총부대가 없었다. 명군에 화총부대가 조직된 것은 일본군의 화총에 박살이 난 다음이었다.

1635년경 일본의 무역리스트 속에 11,696발의 총탄이 있었는데 그것은 이미 해외로 수출하는 주요 품목으로 성장했던 것이다. 다네가 섬에서부터 100년도 안 되는 사이에 일본은 탄약의 수출국이 된 것이다. 화총이 조선에 처음 들어온 것은 일본보다 후인 선조(宣祖) 초년(1552)의 일이었는데, 군비 정략의 일환으로 이 신식 무기를 수입하여 재상 유성룡(柳成龍)의 지휘 하에 시험 발포를 하려 했지만 그 전에 어전방포(御前放砲)를 두고 논쟁이 붙었다. "화약이라는 불측한 물건을 어전에서 방포하는 것은 도리가 아니다."라고 영남 유생들이 박동현을 위시로 상소를 했다.

박동현이 직접 선조 앞에 나서서 한 나라의 영상이 어전에서 방포하는 것은 체통이 없는 짓이라고 꾸짖었다. 그리하여 결국 유성룡도 박동현의 말이 옳다고 수긍하는 수밖에 없었다고 한다. 지극히 필요한 신식 무기를 두고 '합리', '비리'라는 전통적 가치관의 눈치를 보면서 선뜻 수입을 못한 것이 조선인이었다.

빠른 토끼의 일본, 느린 거북의 중국 그러면 한국은 나는 굳이 동물로 따지라면 눈치 잘 보는 빠르지도 느리지도 않은 그 '원숭이'로 보고 싶다. 한국인을 원숭이에 비유하는 것은 대단한 실례가 되겠지만, 어쨌든 눈치의 나라 한국인만큼 눈치를 잘 보는 원숭이와 비슷한 데가 있다.

'원숭이 걸음'의 한국인들

한국의 석학 이어령은 '눈치를 논리나 분석보다 더 소중히 여기는 것이 우리의 사고방식이다.'라고 명저 『흙 속에 저 바람 속에』에서 지적했다. 임진왜란이 일어나기 전에 일본을 정탐하러 갔던 사신들이 반년이나 일본에 머물면서 기껏 보고 온 것은, 도요토미의 눈뿐이었다. 그의 눈을 보고 일본인이 한국을 침략할 것인가 안 할 것인가를 판단했다. 가장 분석적이고 논리적이고 과학적인 연구 검토가 필요한 전쟁 책략을 눈만 보고 분석한다는 것은 눈치를 잘 보는 한국인에게는 있을 법한 일이다.

서양문화를 제일 먼저 접촉한 사람들을 보아도 우리는 그 사실을 알 수 있다. 일본은 주로 의사들이 네덜란드인과의 접촉을 통해서 서양 문물을 접했다. 중국은 천문대 연구자들이 제일 먼저 외국 문화와 접촉했고 앞장서 영어를 배웠다. 그런데 한국은 역관이나 외국인의 '하우스 보이'들이 제일 먼저 접촉했으며 근대 문화의 창구 역할을 했다고 한다.

중국이 관념적인 '하늘'이었고 일본이 신체적인 '인체(人體)'였다면, 한국은 시작부터 양쪽의 눈치를 보며 통역을 하거나 말을 건네는, '눈치'로 사는 사람들이었다.

대륙은 늘 관념적이고 이데올로기적인 것에 치중하는 가치관이 있으며, 섬나라 일본은 실질적인 것, 도구를 이용하는 것을 중시하는 가치관의 문화가 발달했다. 한국은 대륙에 기대면서도 또한 섬나라를 의식하는, 대륙과 섬나라의 틈에서 눈치를 보는, 둔중하지도 않고 너무 약삭빠르지도 않은 눈치 문화를 키워 왔다. 지정학적인 특색에서 생긴 문화라고 보아야 할 것이다.

동아시아의 세 나라 토끼, 거북이, 원숭이……. 오늘도 이 삼국의 특징은 여전히 큰 변화 없이 그 모습 그대로 달리고 있다.

'20세기 후반이 시작되는 시점에서 토끼인 일본과 거북이인 중국은 거의 동시에 불행한 처지에 도달했다. 일본은 서구의 제일 강대한 나라에게 군사점령을 당했으며 중국은 혁명에 의해 무정부 상태에서 그 정반대인 공산주의 정권의 철 같은 지배로 옮겨갔다.'

토인비는 또 근대화 후의 일 · 중 양국에 대해서도 토끼, 거북이로 그 모습을 비교했다.

1940년대 후반부터 일본은 '불행한' 꼴찌에서 다시 출발하여 빛처럼 빠른 속도로 달려 나가 다시금 토끼의 영관(榮冠)을 따냈다. 그러나 중국은 거북이의 전통이 또 재발되어 근 30년이나 관념 투쟁을 하면서 유유적적 거북이걸음으로 걸을 뿐이었다. 최근 80년대에 들어서서야 그 초라한 거북이의 모습을 크게 반성하고 서구의 근대 문화를 초월하는 데 성공했다. 뒤늦은 재출발이었지만 대륙이 무거운 발걸음을 떼기 시작했다는 사실을 알게 해준 일이었다.

한국은 일본의 토끼보다는 빠르지 못하지만 중국의 거북이걸음보다는 훨씬 빠른 원숭이 걸음으로 '빨리빨리'를 외치면서 일본을 뒤따라가고 있다.

삼국의 문화 패턴 자체가 삼국의 오늘날의 달리는 모습을 만들었다. 그러나 현 삼국의 모습에 같은 요소가 있다면 그것은 모두가 빨리빨리 달린다는 점이다.

'폐쇄'의 일본인 · '개방'의 중국인

속내를 알 수 없는 일본 사람들

병균, 때, 피부접촉 등 각양각색의 이물질(異物質)에 대해서 일본인
은 특유의 거부반응을 보인다.

실제로 내 주변에는 일본에 온 지 5, 6년이 넘도록 일본인 친구를 한
명도 사귀지 못한 한국인이나 중국인이 아주 많다. 그래서 일본에 온 외
국인 사회에서는 외국인들끼리 친구로 지내다가 그냥 귀국해 버리는 사
람들이 무수히 많다. 나는 어렵사리 일본에 왔으니 가능한 한 일본 사회
속으로 파고 들어가 그들과 가족적인 차원이나 그룹적인 차원의 교제를
해야겠다고 생각했다. 그렇게 하지 않으면 일본 사회와 일본 문화를 알
수 없을 것 같다는 생각이 들었기 때문이었다.

내가 몇 년 전에 만났던, 중국 상해에서 유학 온 B라는 남학생은 그
렇게 동경하던 일본에서의 학업을 중단하고 귀국해 버렸다. 일본 유학
전까지 상해 유명 대학의 조교로 있던 그였지만 자신만만하게 일본에서

의 유학 생활을 시작한 지 얼마 안 되어 뜻하지 않던 고뇌로 몸이 야위어 가기 시작했다.

캠퍼스에서 만났을 때 "왜 몸이 쇠약해지느냐?"고 물었더니 그는 솔직히 고백했다.

"일본인은 겉으로는 다 상냥해 보이지만 실제 속은 차가워요. 우리 연구실엔 유학생이 많지도 않은데, 내 일본어가 서툰 탓도 있겠지만, 일본어를 잘 못한다고 좋지 않게 대하더군요. 내가 옆에 있는 친구한테 모르는 일본어 한자 독법을 물어보았더니 '중국 사람이 한자 읽는 것도 몰라요? 사전이나 찾아봐요!'라며 퉁명스럽게 굴지 않겠어요. 같은 한자라도 외국인이니 일본식 발음은 잘 모르잖아요. 외국에 와서 홀로 공부하느라 고독한데 주위에는 일본인 친구도 없지, 연구실의 일본인 학생들은 아주 차게 대하지, 그래서 노이로제에 걸렸어요. 밤에 밤잠을 제대로 이룰 수 없어요. 연구실에서 꽃구경을 갈 때도 알고 보니 말을 잘 모른다고 결국 나만 빼 놓았더군요. 너무 쇼크가 컸어요……."

수개월 지난 어느 여름날 밤, B한테서 전화가 걸려 왔다. "김 상, 나 내일 귀국해요. 더 이상 견딜 수가 없어서요. 일본이란 나라는 풍요롭지만 일본인의 마음은 결코 풍요롭지 못해요. 제 나라에 가서 대학원에 다니는 편이 더 나을 것 같아요."

결국 B는 일본을 등지고 떠나 버렸다. 사실 이런 유학생이 어디 B 한 사람뿐이랴! 일본에 유학 온 중국 유학생들 중에는 나중에 '반일가

(反日家)'가 되어 버리는 사람들이 무수히 많다. 그래서 미국에 유학 간 학생들은 '유미친미(留美親美)'하고 일본에 유학 한 학생들은 '유일반일(留日反日)'이 된다고 한다.

물론 그 배경에는 많은 원인들이 있겠지만 외국인을 받아들이는 일본인의 수용 자세에서 오는 이유가 가장 큰 비중을 차지할 것이다.

일본에 살면서 일본인과 친구가 되고 일본인 가정에 초대를 받는 사람은 지극히 드물다. 중국인과 한국인에게는 웃기는 일이 되겠지만, 10여 년 살면서 일본인의 집에 한 번도 초대받아 가본 적이 없는 유학생도 있으며, 또 가볼 엄두도 나지 않는다고 한다.

가정을 보여준다는 것은 자기 집의 살림을 다 보여주는 프라이버시의 공개로, 그만큼 상대에게 자기의 마음속을 보여주는 것이라고도 볼 수 있다.

그런데 일본에는 자기 집도 보여주기 싫어할 만큼 마음을 닫고 사는 사람들이 허다하다. 외국인과 사귀고 외국어를 배우며 외국인을 집으로 초대하는 일본인은 이런 보통의 폐쇄된 일본인과는 어느 정도 동떨어진 존재들이다. 나는 이런 사람들과 서로 내왕하면서 지극히 평범한 일본인과는 꽤 다른 성격의 소유자들이구나 하고 속으로 혀를 차곤 했다.

중국인은 일본인과 대조적으로 길 가다가 만난 사람까지 집으로 데려가 식사도 대접하고 술도 대접한다. 같은 열차에 마주 앉아 이야기를 하다가 친숙해지면 서로 주소와 전화번호까지 스스럼없이 가르쳐주고 나중에 집으로 초대하는 경우도 흔히 볼 수 있는 일이다.

물질은 아직 일본보다 풍요롭지 않고 나라는 아직 개발도상에 있지만 마음만은 열려 있다. 개방된 성격의 대륙인들이다. 장기간 같은 일본어만 써온 단일문화, 섬나라의 그런 폐쇄된 국민성과는 정반대되는 것이 중국대륙 사람들의 기질이다. 오랫동안 다민족 사회 속에서 민족이 다른 사람들과 부대끼며 살아온 역사적 체험이 대륙인을, 인간을 믿는 확 트인 성격으로 만든 것이다.

대륙은 물도 혼탁하고 흐려 더럽게 보인다. 중국인이 생수를 마시지 않는 것은 그 때문이다. 더럽고 열악한 환경은 또한 중국인에게 일본인 같은 결벽증을 소산시키지 않았다. '물이 맑으면 물고기가 안 모이는 법'이라는 말과 같이 너무 결벽하면 서로 어울려 공생하기 힘들다는 것을 중국인은 오래 전부터 터득했다.

한국인은 대륙과 붙어 살기에 성격적으로 대륙 사람들과 비슷한 부분이 많다. 소탈하고 대범하다. 때로는 허세가 강하기도 하지만 일본인 같이 결벽증에 걸려 지독히 배타적이지도 또한 대륙인 같이 너무 개방적이지도 않다. 말하자면 반개방성에 반폐쇄성이라고나 할까. 대륙과 열도의 틈에 끼어 수없는 외래의 침습을 받았기에 자기 자신을 보호하기 위해 개방과 폐쇄를 거듭하면서 대륙과 섬나라의 성격을 절반씩 절충한 것이다.

요즘 일본에서는 '국제화', '글로벌화', '치구촌의 공존'이란 캐치프레이즈를 귀에 못이 박히도록 외치고 있으며 도처에서 그 소리를 들을 수 있다. 그러나 제일 크게 국제화를 부르짖는 나라가 아이러니컬하게도 제일 국제화 수준이 낮다는 평가를 받고 있으니 어찌된 영문일까? 지금까지도 '차별', 외국인 참정권 문제를 해결하지 못한 요인도 바로 여기에 있다고 한다.

그런데 최근에 일본의 식자들이 일본의 국제화 적응을 위한 대책으로 일본 정부에 '21세기 일본의 구상'이란 보고서를 제출했다. 이것은 일본의 국제화 사회의 가능성을 위한 획기적인 구상이라고 할 수 있다. 일본이 다민족 사회, 미국과 같은 이민사회로 나아갈 수 있는 커다란 전제조건을 마련한 셈이 되겠다.

그러나 망각하지 말아야 할 것은 일본의 국민성 중 폐쇄성, 이것을 개방하는 것이 일본의 이민정책, 다민족국가 창출의 문화적 기반이 된다는 사실이다.

추악한 중국인의 내력

중국인 셋이 모이면 돼지로 변한다

　내부의 옥신각신하는 경쟁이나 투쟁은 어느 민족에게나 다 있다. 그러나 그 질과 정도의 차이에 따라 완전히 다른 양상을 보이기도 한다. 하나는 '내홍(內訌)'이고 또 하나는 그와 정반대인 '협력'이다.

　중국인은 상호협력보다는 서로 물고 뜯는 내홍에 더 열중했던 역사를 가진 민족이라고 봐도 무방할 것이다. 이 같은 분쟁을 일컬어 중국에서는 '와리투(窩里鬪)'라는 전문용어까지 생겨난 형편이다. 중국의 내홍의 투쟁사를 보면, 아들이 아버지를 살해하고, 신하가 주군의 목을 자르고, 형제끼리 서로 죽이고, 친구 간에 반목하고, 동료 간에 서로 질시하고……, 이런 내홍의 역사만을 엮어도 정사(正史) 못지않은 어마어마한 사서로 편찬할 수 있을 것이다. 이 내홍의 투쟁사가 중국인 자신들에게 입힌 피해가 외국의 침략에 의한 피해보다 더 크고 무겁다. 중국에서는 어떤 일이 성사되기도 전에 내부에서 먼저 투쟁이 생겨 와해되어 버린 경우가 허다하다. 역대의 농민 봉기만 보더라도 최후의 성공까지는 아직 거리가 있는데도 내부에서 난투가 벌어져 철저히 자멸로 무너진 경우가 얼마나 많았던가.

문화혁명이나 중국사회의 정치운동을 보아도 서로 헐뜯고 물어뜯는 중국인 특유의 재질이 적나라하게 표현되지 않았는가. 땅이 넓고 민족이 많은 이 나라에서는 혈연과 집안 식구 외에는 타인을 불신하는 천성적인 명철보신의 악지혜가 발달했기 때문에, 일단 유사시에는 그 누구도 믿지 못하고 서로 회의하고, 밀고하고, 친구나 혈연까지 팔아먹는 일도 마다하지 않는다.

중국인의 이 같은 내홍, 단결심 부족과 협력심의 결여에 대해 중국혁명의 국부 손문(孫文)은 '중국 국민은 흩어진 모래알'이라고 질책했으며 『추한 중국인』의 저자인 비평가 백양(白楊)도 '중국인 셋이 모이면 용으로부터 돼지로 변하고 만다.'고 통렬하게 비판을 했다.

일본인의 경우는 중국인과는 다르다. 물론 일본이라고 내부의 내홍이 전혀 없는 것은 아니지만, 이런 내부적 트러블을 집단 이익을 좀먹는 대규모의 내홍으로 급진시키는 경우는 없으며, 언제나 집단의 이익을 우선하여 약화시키고 소멸시킨다.

한국인의 내홍도 중국인과 닮은 데가 많다. 시기를 잘하고 개인적 감정이 심하여 집단의 의사에 불복하는 경우가 많으며, 심지어 한국의 속담에 있듯이 사촌이 땅을 사면 배가 아파 못 견딜 질투심으로 협력을 거부하기가 일쑤다. 일본의 강압으로 조선에 통감부를 설치한 다음에도 망국의 사선에서 벗어나 일본인과 맞서 싸울 생각은 안 하고, 일부 몰

지각한 지도층끼리 정권 쟁탈을 벌인 부끄러운 역사가 있다. 한·일 합병 후에도 일제에 아첨을 하며 동족을 팔아먹은 매국 역적이 있지 않았던가.

문화혁명 때나 역대의 운동 때, 헐뜯고 밀고하고 심지어 유혈투쟁으로 서로를 죽음의 지옥으로 밀어 넣은 것이 바로 연변의 조선족이었다고 한다. 아마도 이전투구(泥田鬪狗)의 특이한 재주를 중국 땅에서까지 충분히 발휘한 인간 비극이었을 것이다. 내가 사는 히로시마에도 연변출신의 조선족이 여럿 있는데 '이전투구'라는 낱말을 실감할 수 있을 정도로 그 시기하고 헐뜯는 재주를 절실히 몸으로 체험할 수 있었다.

중국인이나 한국인은 본토에서 살든 해외에서 살든, 이 농축 산의 내홍이라는 영광스러운(?) 대물림을 버리지 못하고 있다는 사실을 실감할 수 있었다.

흥미로운 사건이 있었다. 일본인은 외국인 전쟁포로를 학대하는 데는 악명이 자자하다. 2차 대전 중 동남아시아에서 외국인 포로를 갖은 고문으로 학대했던 사실이 전후 큰 화제가 되었다. 영화 『붉은 수수』에 나오는 일본군이 중국 포로를 잡아 생사람의 가죽을 벗기는 장면은 중국인에게 너무나 충격적인 장면이었을 것이다. 그런 일본인이 동족을 천대했다거나 학대했다는 기록은 보이지 않는다.

그런데 이와 비교되는 것이 중국인이다. 중국인이 외국인 포로를 아주 너그럽게 대했다는 예는 얼마든지 찾아볼 수 있다. 중국의 형무소에 갇혔던 일본 전쟁포로들이 귀국 후 책까지 써서 중국인의 관대함을 칭찬했을 정도다. 그런 중국인이 동족 포로병에게는 어떻게 대했던가? 국공내전 때 포로가 된 장교와 병졸들 중 혹독한 학대를 받아 개죽음을 당한 자가 어디 한둘이었던가? 문화혁명 때의 일이다. 붙잡은 반혁명 분자에 대해 비인간적인 학대, 국가 주석을 지낸 사람에게도 지푸라기를 밟듯이 참혹한 대우를 서슴지 않았다.

한국인도 마찬가지다. 한국전쟁 당시 남·북한이 서로 포로를 학대한 사실도 잘 알려진 일이다. 이렇게 알려진 것 말고도 베일에 가려진 사실은 또 얼마나 많았겠는가?

중국인이나 한국인에게는 세상에서 가장 큰 공통의 자랑거리가 하나 있다. 그것은 중국의 교과서에도 나와 있는 얘기지만 '중화민족은 평화를 사랑하는 민족'으로 외국을 침략하지 않았다는 것이다. 그런데 아이러니컬한 것은 외국과의 평화만을 사랑했지 동족간의 평화는 싫어한 것 같다는 점이다. 그렇지 않으면 왜 그렇게 내부의 동란과 분쟁이 거듭되고 또 심했을까? '평화를 사랑한다.'는 자랑이 부끄럽기만 하다.

3불과 가마밥

'자사자리'란 자기의 몸과 집만을 중히 여기고 공중도덕은 무시하는, 흩어진 모래알 같은 상황을 가리킨다. 즉 조직에 협조하는 능력이 결핍되어 있으며, 국가나 공공단체에 대한 책임감이 없고 오로지 사심만을 위해 공중도덕을 파괴하는 것을 말한다.

일찍이 중국 현대의 학자 양수명(梁漱溟)은 중국 민족의 10대 특징을 꼽을 때 이 '자사자리'의 특성을 첫 번째로 꼽았다. 확실히 같은 동양권 나라지만 중국인의 '자기'와 '개인'은 특별한 구석이 있다. 자기나 자기의 지인이나 친족, 집안 등 자기의 소집단 외의 타자는 아무것도 아니며 적당히 무시해도 좋은 상대가 되어 버린다. 중국에는 흥미로운 3불(不)이 있다. 즉 나와는 상관없다[不關], 나는 모른다[不知道], 절대 안 된다[不可以] 이 세 가지 'NO'인데 중국인의 자사자리, 자기 본위가 가장 집약적으로 반영되어 있다고 하겠다.

중국인들은 정해진 직무나 규정된 근무 외에 남을 돕는다든가 잔업을 하는 경우가 거의 없으며, 자기의 일이 아니거나 자기에게 이익이 되는 일이 아니면 잘 하려 들지 않는다.

이래서 중국의 국영기업은 모두 공동으로 이익을 문배 하는 '가마밥[大銅飯]'이다. 일본의 기업도 기본적 형태는 사실 모두 '가마밥'이지만, 일본에서의 가마밥은 공동으로 부를 창조하는 데 반해서 중국에서의 가마밥은 공동을 빈(貧)으로 몰고 간다는 차이가 있다. 이런 사실은 기업을 자기 생명처럼 아끼고 기업에 헌신하는 봉사정신의 중요함을 말해준다.

일상적인 실례를 하나 들어보기로 하자.

몇 년 전에 일본에서 아르바이트하는 친구가 사정이 생겨서 결근하는 바람에 친구대신 아르바이트를 한 적이 있었다. 그날은 기계를 A 장소에서 B 장소로 운반하는 단순한 육체노동이었다. 그런데 일본인 아르바이트생들은 마지막 마무리까지 자기 집 일 같이 부지런히 했다. 그 중에는 점심까지 거르며 부지런히 땀을 흘리는 일본인 학생도 있었다. 그러나 나와 같이 갔던 중국인 유학생들은 "일본인들은 정말 멍청이야. 회사

일을, 그것도 아르바이트를 그렇게 자기 집 일처럼 하다니. 슬슬 놀면서 해도 되는데……." 운운하면서 잔꾀를 부리며 열심히 하지를 않았다. 일본에 온 중국인 유학생이나 한국인 유학생이 아르바이트를 하면서 한결같이 입을 모아 찬탄하는 것이 일본인들의 근무태도다. 지극히 자사자리적인 중국인이나 한국인의 눈에 근면히 일하는 일본인의 봉사정신은 경악할 만한 것으로 보이기도 할 것이다.

중국인의 자사자리는 '이익이 있을 때는 내가 우선 차지하고, 문제가 있을 때는 타인의 희생을 요구'하는 극단적인 이기주의적 인생관까지 산출시켰다. 공중버스에 승차할 때 사소한 좌석 다툼으로 혈투가 벌어지기도 하는데, 이 버스 타기의 아수라장이 중국 도시의 살풍경한 하나의 명물이 된 지도 이미 오래다.

이런 중국인을 일본인은 이해할 수 없는 불가사의의 민족이라고 곧잘 이야기한다. 일본인이라고 사심이 없을 리 없지만, 그들은 언제나 사소한 사리를 되도록 억제한다.

전쟁의 수기를 펼쳐 보면, 어느 전쟁에서나 일본군은 군관들의 사망률이 아주 높은데 그것은 일본 군관들이 솔선하여 병사를 이끌고 적진으로 돌진하기 때문이다. 중국 영화에서는 일본군을 언제나 백전필패의 비겁한 모습으로 왜곡하지만, 일본군이 싸움에 투신하면 그들은 죽음을 도외시한 용감한 용사가 된다는 국제적 평판이 있다. 이에 비해 중국군이 전투할 때는 군관들이 맨 뒤꽁무니에 서서 총칼로 병사들을 적진으로 돌격하도록 핍박하고 졸병의 몸으로 적군의 총탄을 막은 군관도 많았다는 기록이 있다. 임표(林彪)가 지휘했던 '평형관 (平型關)전투'와 같은 승전은 사실 몇 번 없었다고 한다.

한국인도 정도 차이는 있지만 중국과 유사한 데가 많다. 한국인들은 '남이야 죽든 살든'이라는 말을 자주 쓴다. 이와 같이 자기들과 직접 관계가 없는 남에 대해서, 공적인 것에 대해서는 무관심하다.

이런 우스갯소리까지 있을 정도다. 옆집에 강도가 들면 경찰에 신고하는 대신 자기 집 대문을 꽁꽁 잠그고 모르는 척한다. 그래서 강도가 들었을 때는, "강도야!"하지 말고 "불이야!"하고 외쳐야 한다는 것이다. 왜냐 하면 강도라고 하면 자기와 상관없다고 사람들이 다 외면하지만, 불이 났다고 하면 자기 집에 불이 옮겨 붙을까봐 달려 나오기 때문이라는 것이다.

지금도 걸핏하면 외국으로 이민 가기를 잘하는 것이 한국인이다. 나라가 어떻게 되든 자기만 잘 살기 위해 나라를 등지고 도망가 버린다. 물론 이민도 자기의 자유지만 그 속을 들여다보면 자사, 사욕이라는 것이 늘 한자리 차지하고 있다는 점이 무시할 수 없는 병폐다. 정말 한국이 살기 어려워서 삶의 질이 좋은 외국으로 나가는 것이라면 누가 그를 탓하겠는가.

중국에서는 오늘날까지도 외국 유학, 출국 붐이 식지 않고 계속되고 있는데 자기의 빈곤에서 탈피하려고만 하지 귀국하여 나라를 건설하겠다는 중국인은 그리 많지 않다. 중국인과 한국인의 이 골수에 배인 극단적인 산사(散砂) 같은 개인주의와 자사자리의 병폐를 근절하지 않는 한, 유감스럽게도 일본을 따라잡고 선진국이 되기는 불가능할 것이라고 나는 생각한다.

§ 한·중·일 신(新) 문화 삼국지

과거지향이냐, 미래지향이냐

한 세기 전, 중국의 개혁 인사 담사동(譚嗣同)은 중국인의 보수 성향을 두고 이렇게 한탄했다.

'구미 사람들은 새것을 좋아하여 흥성하지만 아시아, 아프리카 사람들은 옛것을 탐해 망한다. 중국은 옛 제도를 답습하기에 열중하여 죽음이 코앞에 닥쳤는데도 옛날 소리만 하고 있으니, 오늘의 현실을 보고도 못 본 것과 진배없다. 이 아니 슬픈 일인가.'

문호 임어당(林語堂)도 중국인의 보수성은 자각적인 신앙이기보다는 민족적 본능이라고 지적하면서 중화민족의 전통 세력이 막강한 이상 중국인의 보수적 성향은 개변하기 어렵다고 했다.

인류 문화의 심층적인 가치구조는 '시간적 가치'의 지향을 흔히 기본적 내용으로 하는데 이것은 세 종류로 세분할 수 있다.

① 과거지향 — 보수적, ② 현재지향 — 자기 경험적, ③ 미래지향 — 개척 변혁적.

이중에서 구미인들은 ③에 속하고 중국인들은 ①에 속하며 일본인들은 같은 동양권에서도 독특하여 ①에 속하지 않고 ③에 속한다고 본다.

보수적인 병폐의 중요한 요인은 변혁을 기피하고 겁내는 것이라고 할 수 있다. 미국·일본의 미래지향적 가치문화는 변혁 없이는 살 수 없을 정도지만, 중국식 과거지향의 가치문화는 변혁을 지극히 기피한다. 한국도 역시 중국과 큰 차이가 없어 보수적인 성향이 많다고 여겨진다.

중국과 일본의 유신(維新)의 양상을 서로 비교해 그 이질성을 가려 보기로 하자. 중국의 변법자강(變法自疆)과 일본의 메이지 유신[明治維新]은 시간상으로도 겨우 20년을 사이에 두고 일어난 일인데, 그 역사적 배경이나 혁신의 이유, 동력 모두가 매우 흡사하다. 양쪽 모두가 서양 열강에 의한 문호(門戶) 개방이었다.

중국의 변법자강이 영국과의 아편전쟁에 의한 개방이었다면 일본의 메이지 유신은 미국의 군함, 즉 흑선(黑線)에 의한 개방이었다. 그리고 양국이 모두 민족 존망의 위기에 처해 있었고 따라서 양국이 내세운 슬로건도 매우 유사했다. 중국이 '중체서용(中體西用)'이었다면 일본은 '화혼양재(和魂洋才)'였는데 모두 자기 나라를 중심의 근본으로 삼고 서양문명을 수단으로 삼은 것이다.

그런데 그 다음부터 차이가 나기 시작한다. 그 구체적 실행에 있어서는 양국이 현저한 차이를 보였다. 일본인은 적극적으로 서양문명을 수입하는 데 아무런 저항감 없이 국민 전체가 호응했으며, 일본 고유의 전통보다 선진적인 서양 문명을 숭상하기까지 했다.

이렇게 일본에서는 모든 선진 문물을 흡수하기에 용이한 메커니즘이 있었기에 원활하게 그 기능을 수행할 수 있었던 것이다. 사실 메이지 유신 이전에도 동방의 최고 문화제국인 중화 문명을 탐욕스럽게 수입하지 않았던가.

이와 대조적인 것이 중국이다. 중체서용이라는 슬로건을 내세운 때로부터 무술변법에 이르기까지 '조상의 종법을 개변시킬 수 없다.'는 규탄의 소리가 끊임없이 일었으며 각 분야에서 보수세력이 반기를 들고 일어났다. 무술변법 역시 서양의 정치체제를 수입하려 하면서도 공자의 깃발을 내걸었다. 보수적인 개혁은 중국이라는 유교토양에서는 실패로 돌아갈 수밖에 없었다.

한국도 해방 이후 민주요, 자유요 하면서 떠들어 댔지만 중국 이상으로 유교의 토양을 보존한 보수의 메커니즘 속에서 벗어나 진정한 혁신을 완성했다고는 볼 수 없을 것이다.

보수의 메커니즘이 낳은 최대의 병독은 바로 자기만족과 기존 상태를 답습하며 향상하려 하지 않는 고집이다.

중국에서는 요즘 일제를 사지 말고 국산품만 사자고 떠드는 애국주의자(?)들의 눈물겨운 목소리를 들을 수 있다. 그러나 그것이 진정 애국이 아니라는 것을 아는 사람은 안다.

사실 일본이 전쟁의 폐허에서 일어나 50년대에 미국, 유럽으로 제품을 수출했을 때만 해도 일제는 오늘의 'MADE IN CHINA'라는 라벨이 붙은 상품처럼 최저가 상품의 상징이었다. 왜 같은 상품인데도 일제는 10불인데 미제나 유럽 제품은 100불, 200불을 받을 수 있을까? 그 비밀을 해명하려는 일본인들의 갖은 노력과 혁신이 있었기에 바로 10년 뒤에 일본의 제품이 세계 최선진 상품의 행렬에 진입할 수 있었던 것이다. 그렇게도 강성했던 중국이 왜 14세기 이래로 서양에 뒤쳐졌을까?

근래에는 왜 일본에 또 뒤쳐졌을까? 그 요인 중 하나가 바로 수구를 고집하고 현 상태 만족에 빠졌기 때문일 것이다. 보수와 게으른 혁신의 부재가 체질화된 이상 비약적인 변혁은 기대하기 어렵다.

중국과 한국이 체질화된 중화사상과 유교에서 탈피하여 획기적으로 변혁하는 날에야 그 앞길이 보일 성싶다.

중국 뉴스에는 희소식이 많고 선진국 뉴스에는 재난이 많다

거짓말을 잘하는 것은 사실 중국인들의 전매특허이고 그보다 정도는 좀 덜하지만 허풍을 잘 떨기는 한국인도 마찬가지가 아닐까 싶다. 중국의 국민성 해부에 혼신을 다한 문호 노신(魯迅)은 일찍이 '속임수'와 '거짓'은 중국 국민성의 비열한 두 가지 근성이라고 비판하고, 성실과 사랑의 가치를 회복해야 한다고 외쳤다.

요즘의 중국 사회를 보아도 그야말로 '기만의 천국'이라는 말이 실감난다. 가짜 술·담배, 가짜 약품, 가짜 메이커가 시장을 휩쓸고 있다. 공업용 알코올에 물을 탄 '명주'를 마셔 눈이 멀고 심지어 생명까지 잃었다는 뉴스도 신문지상이나 텔레비전 화면에 심심찮게 등장한다. 가짜 은행까지 등장했다니 놀랄 노자다. 기상천외한 기만술은 가짜 군대까지도 만들어 냈을 정도다. 1992년 6월, 산서성에 가짜 군대가 나타나 신병을 모집하고 군인을 이용하여 석탄을 판매하는 등 대대적인 불법 활동을 벌였다고 한다. 소위 '북경부대 후근부 산서부서'라는 이 가짜 군인집단은 9개월도 안 되는 동안 42개 소속 부대를 만들었는데 그 범위가 7개 성, 22개 현에 이르렀으며, 꼬리가 길어서 결국에는 진상이 드러나기는 했지만 그 넓은 지역에서 불법 활동을 종횡무진으로 했다고 하니 그 폐해가 얼마나 막심했을지는 독자들도 짐작이 가리라.

중국에는 '부모 형제가 가짜가 아니면 다행인 줄 알라.'는 농담까지 있을 정도니 가히 '기만의 천국'이라 할 만하다. 이것은 그나마 나은 편이라고 해야 할 것이다. 한때는 권력자들이 기만·거짓을 전국적 범위로 행해, 공산주의 신당이 지배한 후부터 수준 높은 국가가 되었다는 '거짓말 운동'을 서슴없이 벌인 적도 있었다. 논 한 마지기의 생산량이 1만 근에서 10만근으로 과장되었고, 이런 속도로 생산한다면 중국의 경제 사정은 영국이나 미국을 15년 안으로 추월할 수 있을 것이라고 공공연하게 떠벌렸다.

그러나 이 같은 '10만 근의 세계 기적'을 민초들은 믿지 않았다. 그럼에도 불구하고 누구 하나 선뜻 나서서 거짓말이라고 과감히 폭로한 사람이 있었던가? 적발했다가는 '반당, 반공산주의' 누명을 쓰고 목이 날아갈 판인데 누가 감히 적발할 수 있었겠는가? 세계를 떠들썩하게 했던 사상초유의 '문화혁명'은 거짓말과 기만의 페스티벌이었던 것이다. 중국적으로 대약진 때의 '10만 근의 거짓말'은 수천만의 인민대중들을 기아와 죽음으로 내몰았고, 문화혁명도 전례 없는 국내의 비극을 빚어내지 않았던가! '중국의 뉴스에는 희소식이 많지만 선진국의 뉴스에는 재난이 많다.'는 말과 같이 어두운 면이나 단점들을 끊임없이 끄집어내는 것이 선진국 매스컴의 특징이기도 하다.

기만과 허풍은 최종적으로 자기를 망치기에 딱 좋다. 근대화는 성실하고 착실한 행동의 과정 없이, 거짓말과 허풍으로 이루어지는 것이 아니다.

공자가 있으니 기차는 필요 없다

비교문화의 입장에서 보자면 중화사상은 지극히 일그러진 문화관이라는 것을 알 수 있다. 자기 문화의 잣대로 다른 문화를 손쉽게 평가하거나 얕잡아 보아서는 안 된다. 문화란 그 영향력이 어떠하든 그 자체에 독특한 개성과 독립적인 가치가 있는 것이지, 거기에 상하 우열은 존재하지 않는다. 이것이 인류학자 마거릿 미드가 제기한 문화 상대주의다. 문화 상대주의는 상식적인 발상이지만 중화사상은 이 상식을 짓밟는 세계관이다.

중화의 문화야말로 절대적 선진문화이자 중앙문화이며, 주위의 나라나 문명은 모두 야만스러운 것이라는 절대적 자고자대가 중국의 근대화를 망친 원흉이다. 서양 열강들에게 크게 당하고도 반성하기는커녕 '중화 문명이 세계 제일'이라고 고집한 유신, 변법도 결국에는 실패로 돌아갔다.

중·일 갑오전쟁(1894~1895) 때 중·일 양국의 차이가 한눈에 드러났다. 당시의 문헌이나 자료를 통해 보면, 청나라가 일본보다 강대한 제국이었던 것은 사실이었다. 그러나 싸운 결과 약소국인 일본이 승전을 하였다. 그래서 마관조약(馬關條約, 일본에서는 시모노세키 조약[下関条約]이라고 함.)을 체결하면서 일본 측 대표 이토 히로부미[伊藤博

文]에게 이홍장(李鴻章)이 "우리나라는 중화사상에 얽매여 일본 같은 근대화를 실현할 수 없었기에 패했다."고 실토를 했다.

　이홍장은 이 한마디로 중국 근대화의 실패를 결론지었던 것이다. 같은 서양열강의 위협 속에서 일본은 자기를 스스로 깡그리 버리는 태세로 민족 개조에 투신하여 메이지 유신 이래 서구의 선진문물이나 과학 기술을 도입, 철저한 '서양 근대화'를 이룩했다. 하지만 중국은 다만 서양의 기술만을 도입하려는 아주 실용적인 방법으로 중화라는 체구 위에 그것을 접목시키려 했지만 중화사상의 체질을 개조하지 않는 한 그 접목은 실행 불가능한 것이었다. 서태후가 "공자가 있기에 우리에게 기차, 기선은 필요 없다."고 한 것과 같이 중화사상 때문에 근대화가 저해된 것은 자명한 사실이다.

　역시 이홍장의 에피소드다. 일본에 망명했던 근대 학자 왕조(王照)가 일본 교육 보급의 실정을 보고 경탄한 나머지 귀국하여 일본 메이지 유신의 성공은 교육 보급에 힘입었다는 사실을 역설하면서 청나라의 실권자 이홍장을 만나 교육 보급책을 제안하려 했다. 그렇지만 이홍장은 만나 주지도 않고 아랫사람을 시켜 이렇게 말했다.

　"지금 우리나라에는 수재, 거인, 진사만 해도 20만이 있다. 일본에서 교육받은 자가 5천 명이라 해도, 중국의 유식한 한 명이 일본의 250명을 당해 낼 수 있다."

　이 얼마나 세상물정에 어두운 우스운 소리란 말인가!

씨름과 스모

대륙에서 시작하여 '스모'로 꽃피우다

'스모[相撲]'는 일본인의 정신이 내재된 가장 일본다운 전통이라고 생각한다. 일본의 전통 중에서도 유독 스모를 국기(國技)로 떠받든 것은 그것이 일본인의 심성을 극명하게 대표하기 때문일 것이다.

같은 동양의 한자 문화권이지만 중국인 또는 한국인 중에는 처음 스모를 보았을 때 이상한 느낌이 들었다는 사람이 많다. 털 뽑은 거대한 돼지 같은 물체들이 뒤뚱뒤뚱 하는 것이 정말 꼴불견이었다고 한다. 그러나 차츰 스모의 묘미를 깨닫게 되면 흥미를 느끼게 되고 대부분은 스모 팬이 되어 버린다고 한다. 나 자신도 이런 과정을 거쳐 지금은 축구 다음으로 즐기는 스포츠 장르가 되어 버린 지 벌써 오래다.

한국에는 오지 않았지만 중·일 수교 직후인 1973년 일본의 스모단이 처음으로 북경과 상해를 방문하여, 가부키[歌舞伎]와 함께 일본 문화의 2대 전형으로 알려지기 시작했다.

스모를 중국에서는 '쑤이조우[摔跤]'라고 부르며, 한국에서는 씨름이라고 한다. 스모가 중국에서는 쇠퇴했고, 한국에서도 크게 발달하지 못한 데 반해, 일본에서는 나라 시대에 전파되어 발전을 거듭하더니 드디어 국기로까지 성장하기에 이르렀다. 뭔가 문화적으로 시사해주는 바가 있는 것 같다.

지금 중국의 한족들 사이에서 쑤이조우는 크게 인기 있는 스포츠가 아니며 소수민족 속에서만 그 명맥을 유지하고 있다. 지금까지 몽고 씨름이 몽고족들 사이에 보급되어 있기는 하다. 몽고 씨름이 조선반도를 거쳐서 일본으로 건너갔다고 보는 것이 정설로 받아들여지고 있다.

지금의 몽고 씨름은 스모와 꽤 이질적이다. 일본의 스모에서 볼 수 있는 도효(씨름장)도 없으며, 그들은 바지와 구두를 신고 있다. 시합 직전의 예식은 있지만 그것은 강한 매, 독수리를 의미하는 것으로 일본의 그것과는 사뭇 다르다.

사실 스모라는 일본 말도 원래는 중국말이라고 한다. 진(秦)나라 때는 힘을 겨루는 힘장사를 각저(角抵)라고 했으며 6세기경 양(梁)나라 시대에는 '쌍푸[相撲]'라고 불렀다는 기록이 남아 있다. 주(周)나라 때는 각저가 비약적으로 발전하여 병사들의 스포츠 종목이 되었다. 사기(史記)에도 진나라 때 궁정에서 쌍푸가 있었다는 기록이 나온다. 당(唐)나라 때는 좌우 양군이 장고를 울리며 분위기를 고조시키면 선수가 등장하여 상반신을 벗어부치고 격투기를 벌였다는 내용이 기록에 남아 있다. 송나라 때는 민간에도 '와시상박자(瓦市相撲者)'라 하는 힘장사가 많이 있었다. 『수호지』에 나오는 유명한 씨름꾼으로는 바로 이규 같은 거한을 묘기로 넘어트린 연청(燕靑)이라는 호한이 있었다. 명·청 시대 소설에는 늘 이 같은 씨름꾼이 등장한다.

그러나 현대에 와서는 그런 씨름이 오히려 경극이나 연극의 연기 동작으로 변했으며, 한족 사이에서는 인기가 많이 식은 데 비해 소수 민족이 그 명맥을 이어가고 있는 것이 지금의 실정이다.

한국에 씨름이 등장한 것은 4세기경이라고 전해진다. 고구려의 무용총 벽화에 있는 씨름 모습과 문헌들을 통해 삼국 시대부터 씨름이 흥성했다는 사실을 알 수 있다.

이런 흐름을 통해 몽골에서 조선반도로 전해진 씨름이 8세기경 나라 시대에 일본으로 전해진 과정을 추측하기란 그리 어렵지 않다.

삼국의 씨름을 비교할 때, 중국과 한국의 씨름은 실용적인 무예의 겨룸이라고 볼 수 있다면 일본의 스모는 스포츠라기보다는 예능에 가깝다. 그것은 실용성을 약화시키고 일본식의 예술과 미적 취향을 가미하여 흥행화시킨 데 특성이 있다.

우선 한국과 중국에는 없는 여흥(餘興) 예술이 있다. 시합 시작 전에 형(型)과 의식을 통해 스모장의 분위기를 화끈하게 만든다.

스모의 승부 판결은 넘어뜨리기보다는 밀어내는 데 있다. 유도나 레슬링 같은 스포츠는 거의 넘어뜨리는 데 묘미가 있지만 스모는 도효 안에 두 다리, 아니 두 발바닥이 남아 있지 않으면 지는 것이 된다. 즉 발바닥 외의 다른 어떤 신체 부분이 땅에 닿아도 '도가 쓰이타(흙이 묻었다.)'가 되어 결국은 지게 되는 것이다. 스모의 경기 방법은 한국의 천하장사 씨름대회처럼 토너먼트 방식이 아니라 동·서 양 진영으로 나눠

15일에 걸쳐 모든 선수가 풀리그로 시합하고 그 승률로 순위를 결정하는 방식이다.

시합 장소는 도효라 하는 반경 5미터의 원 안인데 쓰러뜨리든 밀어내든 이 도효를 벗어나면 진다. 한국의 씨름장은 큰 원 안에 작은 원이 있는데 작은 원의 지름이 9미터, 큰 원은 13미터가 규격이다. 중국과 한국은 씨름장은 물론 승부 방식도 비슷하여 씨름장을 벗어났다고 승부가 나는 것이 아니라, 심판이 경기를 잠깐 중단시키고 선수들을 씨름판 안으로 들어오게 해서 다시 경기를 시작하게 한다. 그러나 스모에서는 스모장 밖으로 밀어내도 쓰러뜨린 것과 마찬가지로 승리의 요건이 된다. 이 같은 '밀어내기' 승부방식에 일본인의 국민성이 집약되어 있다고 생각한다.

그 이유는 바로 일본인의 집단 공동체 의식에 있다. 집단 밖으로 밀려 나간다는 것은 일본인에게는 타인, 즉 패자가 되는 것을 의미한다. 그래서 일본인들은 집단 속에서 밀리지 않으려고 결사적으로 집단에 복종하고 자기 개성을 억제하는 것을 미덕으로까지 삼는다.

중국이나 반도는 그래도 땅이 넓고 무한히 넓은 공간이 있기에 딴 데로 몸을 뺄 수도 있다. 그래서 섬나라의 일본인에 비해 대륙과 반도의 사람들은 더 자기 개성을 살리며 개인을 위해 집단을 무시하는 행동도 많이 한다. 이렇게 '집단의 문화'와 '개인의 문화'의 차이가 극명하게 나타난다. 결국 섬나라와 대륙·반도 문화의 차이인 것이다.

이러한 대륙·반도와 섬나라의 차이는 승부 방식에서도 찾아볼 수 있다. 중국, 한국의 씨름은 삼판양승, 또는 5판 3승으로 선택의 여지가 있고 여유가 있는 승부지만, 일본의 스모는 1회성 승부다. 한 번 지면 그것으로 끝난다. 그것은 어찌 보면 너무 순간적이어서 아쉽게 여겨지겠지만 이것이 일본의 승부 철학이다. 한 번에 생사가 결정되는 것이다.

섬나라이기에 언제 어떤 재난이 어느 방향에서 침습해 올지 모른다는 긴장감, 그런 위기감 속에서 늘 신경을 곤두세우고 만사에 임하기 때문에 무한히 넓은 대륙이나 대륙과 잇닿은 반도에서 볼 수 있는 여유는 찾아볼 수 없다. 그것이 곧 '섬나라 근성'이라고 일본인 스스로도 부르는 것이다.

제4장•

폄훼(貶毁)냐?
자학(自虐)이냐?

'정' 과 '의' 와 '이' 의 나라

정에 울고 정에 웃는다

한 · 중 · 일 삼국을 두루 돌아다니다 보면, 세 나라 사람들에게서 거의 비슷한 당혹스런 질문을 받곤 한다. 즉 삼국 문화를 또는 국민성을 각기 한 글자로, 한 개의 단어로 정의하면 어떤 것이 되겠느냐는 질문이다.

신문기자나 텔레비전 생방송 중에 아나운서가 그런 질문을 불시에 해오면 당황스러움을 감추기 위해 "글쎄요."라고 마치 말버릇인 양 우선 내뱉고, 그 다음 대답을 궁리한 적이 한두 번이 아니었다.

내가 당혹해 하는 것은 사실 이 질문이 쉽다면 쉬우나 반면 그만큼 섣부른 결론을 내기가 어려운 문제이기 때문이다.

그래서 나는 진지하게 이 문제를 심사숙고하게 되었다. 한 단어로 하나의 민족문화를 집약시키기란 매우 어려우나, 굳이 무리인 줄 알면서도 나름대로 결론을 짓는다면 이렇게 대답하고 싶다. 한국인은 '정(情)', 일본인은 '이(理)', 중국인은 '의(義)'라고 말이다.

우선 한국인의 '정(情)'을 보기로 하자. 동양 삼국인 중에서도 한국인 같이 정이 많고 화끈한 민족은 없다. 한국인 스스로도 우리는 '정의 민족'이라고 자랑하기를 좋아한다. 시인 서정주(徐廷柱)는 '만일 정에 상표를 붙인다면 틀림없이 '메이드 인 코리아'일 것이라고 읊은 적이 있다.

한국에서 만난 사람들 중에 "우리 한국인은 세계적으로도 정이 매우 두터운 민족이며, 우리는 정의 민족"이라고 직접적으로 말하지 않는 사람을 별로 보지 못했다.

그 말에 수긍이 간다. 확실히 인정에서만은 동양 삼국 가운데서도 다의 추종을 불허한다. 나는 저서 『한국인이여 '상놈'이 돼라』에서 한국인의 정에 대해 혹평을 했지만 주로 정서적인 면을 많이 다루었다. 그러나 뜨거운 인정만은 부정해 버리고 싶지 않다.

술이 마시고 싶으면 밤 12시가 넘어서도 친구 집에 예고 없이 돌입해 문을 쾅쾅 두드린다던가, 늦은 시간 술을 마시다가도 전화를 걸어 당장 나오라고 불러내는 것이 한국적인 화끈한 정이다. 한밤중에 소주를 사 들고 불쑥 찾아가는 것도 정이 두텁다는 증거다. 그래서 한국인에겐 정이 있느냐 없느냐, 정이 두터우냐 그렇지 않느냐 하는 것이 한 사람을 평가하는 가치판단의 기준이 되기도 한다. 그 사람의 능력 이상으로 정이 인품을 판단하는 잣대가 되어 버린다. 그런 정의 잣대에 억눌려 출세의 길이 끊어진 인재들도 적지 않다. 그래서 '정에 울고 정에 웃는다.'는 말까지 있다. 이것은 단순히 남녀 간의 애틋한 정만을 두고 하는 말이 아니다.

정(情)의 사회에서 사는 한국인은 일본인이 정이 없고 차갑다고 일축하기 쉬운데, 그 예로 일본인은 친구나 부모자식 간에도 예의를 너무 깍듯이 지킨다는 것이다. 물론 밤 12시에도 술 먹자고 문을 당당하게 두드리는 한국인의 입장에서 보자면 예절이 과도한 일본인이 차갑게 보일 수밖에 없다.

심지어 부모가 아이에게 선물을 사주었을 때까지도 "고맙습니다."하고 깍듯하게 예를 표한다. 그리고 관청 같은 곳도 지나치게 서류·제도·규정에 얽매여 있어 융통성이 없다고 한국인들은 생각한다. 이와 같은 한국인의 '정'과 일본인의 '무정' 사이에는 사실 결정적인 차이가 있다.

일본에는 한국에서와 같은 혈연·가족 중심의 인간관계보다는 횡적인 인간관계가 특별히 발달되어 있다. 때문에 굳이 사람 사이에 정을 나누는 과정이 없어도 친구가 될 수 있다. 오히려 친한 사이일수록 예의를 지켜야 한다. 부부 간에 늘 고맙다는 인사말을 빠뜨리지 않는 것도 이 때문이다. 말하자면 일본인의 인간관계나 사회에는 하나의 정을 초월한 이(理), 즉 원리·원칙이 관통돼 있는 것이다.

원리·원칙이 지배하는 사회

나는 앞에서 일본 사회 문화의 표징을 이(理)라고 하였다. 이는 결코 감정과 인정만으로는 통할 수 없는, 그것들을 초월한 형태로서의 보편적인 원리와 원칙을 의미한다.

　물론 일본인이라고 인정이 없고 냉정한 냉혈족속은 아니다. 그들에게
도 따스한 온정이 있고 인간의 정이 있다. 그러나 한국 같이 정(情)이
사회를 지배하는 것은 아니다. 그 대신 인간관계와 사회에서 통하는 것
은 이 인정을 넘어선 원리원칙이라는 잣대뿐이다. 동양에서 일찍 서구화
로 나아가 근대국가로 성큼 성장한 일본이니 인관관계에서 그만큼 합리
적인 원리원칙이 지배하는 것은 당연한 일이다.

　한국인과 중국인은 무역관계에 있어서 흔히 일본은 너무 계약에 얽매
인 계약 사회라고 지적하는데, 그것은 반대로 한국과 중국에는 이 계약
이라는 관념이 보편화되지 못했거나 결여되었다는 사실을 입증하는 것
이 아닐까? 계약이라는 원리원칙 없이 무역은 이루어지기 어려운 것이
다. 여기서 인정이나 친구관계 따위는 통하지 않는다.

　앞에서도 언급했지만, 일본의 관청을 가면 아는 사람 혹은 친구라고
해서 더 빨리 해주거나 서류가 갖추어지지 않았는데도 봐주는 일은 거
의 없다. 한국인이나 중국인은 일본의 구청 같은 곳이 꽤 까다롭다는 푸
념을 자주 하는데, 이것은 일을 원리원칙대로 하는 일본인의 의식과 인
정으로 처리하려는 한국인의 의식, 그리고 대충 처리하려는 중국인의 의
식의 충돌일 뿐이다.

　중국도 한국과 마찬가지로 정의 사회이긴 하지만, 인간관계의 동심원
이 한국보다 더 크고 넓다. 한국이 가족 · 혈연 중심의 인정 세계라면
중국의 인정 세계의 동심원은 그보다 더 커서 가족 · 혈연 중심으로부터
서로 의리를 내세우는 보다 넓은 원이 된다. 그래서 흔히 의리와 신의로

맺어진 '방회'라는 공동체를 두어 해외에서까지도 뭉쳐 다 같이 발전하는 것이 중국인이다.

'둔(屯)'의 공통체

중국의 사회 문화를 나는 '의(義)'의 문화라고 일컬었다. 의(義)는 한국인의 정(情)과 비슷하면서도 그것의 범위를 보다 확장시킨 의리와 신용의 세계다. 그렇기에 나는 궁극적으로 한국인의 의식의 세계가 일본인보다는 오히려 대륙적인 중국인의 의식구조에 가깝다고 주장하고 싶다.

옛날부터 중국인은 같은 종족 별로 한 둔(屯)에 모여 살았는데, 이 둔(屯)이라는 말이 바로 군대가 군영을 치고 살았다는 주둔이란 말에서 나온 것이다. 하나의 군대 조직 같이 한 마을 사람들이 한 개의 둔에서 같은 종족끼리, 이를테면 진 씨 성을 가진 마을은 지금도 진가둔(陳家屯), 왕 씨 성이라면 왕가둔(王家屯) 하는 식으로 공동체의 삶을 영위하면서 마을 둘레에 강물 같은 호를 파고 성을 쌓아 외래의 침습을 막았다. 이둔 안에서는 인정과 함께 의리가 더 큰 작용을 했다. 둔이 나라로 발전되자 만리장성 같은 거대한 담벼락이 생겨났고 해외에서는 방회조직으로 발전되었다.

한국인의 정보다 스케일이 크고 의리를 더욱 앞세운 것이 중국인의의다. 협객이 많고 무협·무술영화가 특별히 발달된 것도 의리를 중히여긴 중국인의 한 면모다. 한국인의 정의 문화와 중국인의 의의 문화는한 나무에 달린 크고 작은 열매라 해도 과언이 아니다.

'이(理)' 의 문화는 '선(線)' 이다

일본인은 언제 어디서든 법과 질서를 앞세운다. '선(線)'을 예로 일본인의 이(理) 문화를 들여다보자.

일본은 정말 하나의 선(線)의 나라다. 언제 어디를 가도 꼭 선이 있다. 좁은 뒷동네 골목에는 보행자와 차량을 구별시키는 하얀 선, 노란 선이 있고, 학생이 통학하는 길엔 통학의 길이라는 선이 있다. 전철이나 지하의 통로에는 맹인이 가는 볼록볼록한 선이 있고, 운동장에는 학교 학생석과 내빈석이 따로 선으로 표시되어 있으며, 하다못해 오르내리는 층계에도 계단마다 올라가는 사람과 내려가는 사람의 선이 표시되어 있다.

일본인들은 언제나 자각적으로 이 선을 잘 준수한다. 선을 지켜야 한다는 하나의 원리원칙주의가 이미 골수 속에 깊숙이 배어 있는 것이다.

뿐만 아니라 표시 없는 선도 많다. 이를테면 은행 창구에서 줄을 서는 것, 엘리베이터를 기다리는 승객들이 만든 선, 에스컬레이터에서도 왼쪽은 빨리 가야 하는 사람을 위해 비워 준다.

이렇게 무의식적으로 만드는, 그리고 지키는 선으로 일본은 질서가 보장되고 법과 규칙이 지켜진다. 정과 의리를 위시로 인정관계만 돌출한 한국이나 중국에서는 선이 있어도 적당히 무시하여 탈선하며 질서의식이나 법의식이 박약하다.

선(線)은 이(理)·정(情)·의(義)의 문화적 차이를 잘 보여주는 한

예다.

일본의 이(理) 문화는 한편 정밀성과 정확성으로 통한다. 항상 원리원칙대로 움직이고 있다. '기초멘[几帳面]'이란 말을 만든 일본인인 만큼 건축이나 제품의 제조과정에서는 1밀리미터의 오차도 허용하지 않는다. 일본의 전자제품, 자동차가 세계를 휩쓴 이유도 바로 이 같은 정밀성과 정확성에 있다.

터널을 파는 데 있어서, 일본은 양쪽에서 사전에 세밀한 계획과 계산에 의해 공사를 벌이지만 대충하면 돼 하는 중국인들은 양쪽에서 파다가 결국 터널이 서로 맞지 않아 두 개가 되어 버리면, "원래 계획은 하나를 파려 했지만 두 개가 됐으니 이것도 좋군!"한다.

서비스의 질, 질서의식, 법의식 등 생활의 곳곳에서 정(情)·이(理)·의(義)의 문화 차이는 무수히 나타난다. 이런 것들을 하나씩 다 열거할 여유가 없기에 이쯤에서 접어 두지만, 아무래도 이에 비해 정과 의의 문화는 생산성이 결여되어 있지 않을까?

한국의 정의 문화, 일본의 이의 문화, 중국의 의의 문화, 이 동양 삼국의 문화 패턴을 종합시킨다면 놀라운 파워를 발산할 수 있는 신형의 동양문화가 탄생할 것이다.

푸는 문화와 조이는 문화

모래와 콘크리트

근래 중국 대륙의 황사바람이 한반도와 일본을 거쳐 바다건너 미국으로까지 불어가 각 당국들이 대륙의 공해침습에 대해 심각하게 논의를 하고 있다. 싯누런 황사바람의 피해가 날로 심각해져 폐해를 주고 있기 때문이다. 그런데 내가 여기서 말하려는 것은 모래바람의 공해 문제가 아니라 모래에 비유되는 민족기질에 대해서다.

손문(孫文)과 양계초(梁啓超)가 일찍이 중국인은 흩어지는 산사(散砂) 같이 결속력이나 응집력이 없다고 평가한 바 있다. 한국인도 중국인에 뒤지지 않게 산사의 기질이라는 지적을 심심찮게 받는다. 이와 대조적으로 일본인은 집단을 우선시키고 집단을 위해 개인을 억제하는 민족으로 정평이 나 있다. 산사를 덩어리로 응집시키는 '콘크리트화 된 현상'의 힘이라 한다. 그래서 내가 중국·한국 문화를 하나의 '산사 문화'로, 일본 문화를 '콘크리트 문화'로 보려는 것도 무리는 아닐 성싶다.

이것을 좀 더 시야를 넓혀 관찰해보면 산사 문화를 활발함의 문화로, 콘크리트 문화를 긴장의 문화로 볼 수도 있다. 문화비평가들은 이것을 또 '푸는 문화', '조이는 문화'라 일컫기도 한다. 이 같은 문화의 차이를 나타내는 흥미로운 현상들이 많이 있으니 차례로 비교해 보기로 하겠다.

우선 각 민족의 복장을 보더라도 중국 전통의 옷인 장삼이나 치포우(차이나 드레스)를 보면 어깨에서 발목까지 수직으로 이어진 원피스 스타일로 돼 행동하기에도 편하고 여유가 있다. 한복도 역시 폭이 넓어 활동하기에 안성맞춤이다. 넓은 바짓가랑이와 소매, 열두 폭 치맛자락을 흔들며 '사뿐사뿐' 경쾌히 걸어가는 모습은 한복이기에 가능하다. 그런데 이와 대조적인 것이 일본의 전통 복장인 기모노다. 전체적으로 몸에 밀착되어 폭의 여유가 없고 허리를 오비[帶]라는 띠로 꽉 조여 맨다. 심지어 앉을 때도 폭이 좁아 무릎을 꿇지 않으면 안 된다.

중국과 한국의 옷이 활달하고 활동적이라면 일본의 옷은 몸을 조이고 비활동적이라는 차이점이 있다.

이러한 의복의 차이에서 오는 이유 때문인지, 싸움할 때도 보면 일본인은 옷을 더 조인다. 이를테면 사무라이들은 위쪽 머리는 머리띠 따위로 조여매고, 그 아래쪽 어깨와 겨드랑이는 띠로, 허리는 허리띠로 조여 맨다. 밑쪽은 훈도시로 조여 맨다. 일본 씨름인 스모에서도 보면 굵은 띠로 허리를 조여 매고 아래 역시 훈도시 같은 것을 입고 있다.

그러나 중국인은 이와 정반대다. 머리에 띠를 매는 법은 없으며 썼던 벙거지 같은 것도 진짜 승부 때에는 벗어 던진다. 그리고 그 넓은 도포를 벗고 가슴팍을 다 드러내 놓는다. 한국 역시 거의 같다고 할 수 있다. "자, 웃통 벗자!"하는 것은 싸움을 거는 도전이며, 실제로 웃통을 벗고 싸운다.

긴장을 푸는 한 · 중 문화

한국어에서는 '푼다'는 말이 일상용어로 많이 쓰인다. 매듭을 '풀어 버린다.'고 하며 심심하면 '심심풀이', 원한이 맺히면 '원한을 푼다.', 출산하는 것까지도 '몸을 푼다.'고 한다.

중국어에도 푼다는 단어가 무수히 많다. 대체로 중국어에는 푼나는 말로 '해(解)'가 있는데 얼음이 풀린다는 '해동(解凍)'으로부터 '해결(解決)'까지 그 계열의 단어가 일반 중국어 사전에도 100개에 가깝게 실려 있다.

시험장으로 들어가는 아이에게, 일본인들은 '버텨라, 노력해라[がんばれ, 간바레].'라고 격려하지만 중국인은 '긴장하지 마[不要緊張].', '덤비지 마[不要慌張].'하며 한국인은 '마음을 푹 놓고 써라.', '마음 풀고……'하면서 제일 긴장하고 신경을 팽팽하게 조여야 할 대목인데도 풀라고 한다.

평론가 이어령 교수가 몇 해 전 한 · 일 문화의 이질성을 테마로 한 강연에서 조이는 문화와 푸는 문화에 대해 흥미로운 이야기를 제기한 적이 있다. 결국 한국인과 중국인은 푸는 데서 힘을 얻는 '푸는 역학'이며 일본인은 조이는 데서 힘을 발휘하는 '조이는 역학'이라는 것이다.

한국인의 정(情)의 문화나 중국인의 의(義)의 문화, 일본인의 이(理)의 문화도 곰곰이 생각해보면 역시 푸는 문화, 조이는 문화와 같은 것이라고 할 수 있겠다. 정과 의의 문화는 어딘가 흐트러진, 적당히 하는 문화이고 원리원칙은 언제나 어디서나 긴장이 앞서는 자기 억제의 문화가 아닌가.

한국에서는 정의 문화가 발달했기에 친구 사이에는 서로 흐트러지고 적당히 멋대로 폐를 끼쳐도, 일탈한 행동을 해도 실례가 되지 않는다. 친구의 집에 가면 친구의 허락 없이 책장을 맘대로 뒤적이며 주방에 들어가서 마음대로 냉장고를 열고 "뭐 맛있는 거 없어?"하면서 뒤적여도 별 흠될 것이 없으며 오히려 이것이 서로간의 정분을 확인하는 행위가 된다.

중국의 대인 관계에서도 의리로 통하는 친구 사이라면 한국과 별 차이가 없다. 옛날 중국에서는 정부 관리도 조정에 나갈 때 관복을 입지 않았다면 잡담을 할 수도 있었는데 예의를 강요하는 조정에서 이 같은 방법으로 긴장을 풀었다고 한다. 지금의 중국인이 이보다 더한 것은 말할 나위도 없다. 친구지간이라는 것은 원래 긴장이 없고 제일 편안할 수 있는 인정의 공간인 것이다.

그런데 일본인의 원리원칙 문화에서는 언제나 하나의 유형·무형의 선(線)을 뛰어넘을 수 없다는 규율의식, 법의식, 공중도덕과 예절, 격식 같은 것들에 맞추어야 하기에 늘 일본인들은 대단히 스트레스를 받는다고 한다. 그래서 일본인의 스트레스 병으로 어깨가 아픈 '가타고리'라는 병이 국민병이 되고 있으며, 스트레스 해결책을 찾지 못해 자살하는 사람도 한둘이 아니라는 보고까지 나올 지경이다.

자기 기분대로 자기 멋대로 흐트러질 수 없는 일본인이니 그럴 만도 하다. 한국인이나 중국인 같이 기분에 충실하고 적당히 흐트러져 푸는 것이 없기 때문에 스트레스의 분출구가 없는 것이다. 그래서 일본에서는 스트레스 해소책으로 타인에게 폐를 끼치지 않는, 기계와의 씨름과도 같은 피친코가 번창한다. 한국인은 고스톱으로 여럿이서 놀면서 장난도 치고 상대에게 벌을 주기도 하면서 스트레스를 해소한다. 중국인도 마작이나 트럼프 놀이로 여럿이 모여서 스트레스를 푸는 것이 일상이다.

나는 일본 문화에 욕이 빈약한 것은 일본인의 큰 손실이라고 생각한다. 욕이 엄청나게 많고 발달된 한국과 중국에서는 하다못해 욕으로 스트레스가 해소되기도 하는 것이다. 중국 동북의 시골에서 목격한 일인데, 무슨 일로 마음이 엉겼는지 한 50대의 노파가 혼자 길거리에서 온 동네에 대고 욕설을 퍼부었는데 무려 2시간이나 쉼 없이 온갖 중국어의 쌍욕을 총동원하여, 마치 욕의 민속사전을 읽는 것이 아닐까 하는 생각이 들 정도였다. 이것이 유명한 중국 농촌 여인의 '매가(罵街)'라는 것이다. 매가가 끝난 뒤 그 노파는 마음이 풀렸는지 조용히 경쾌한 걸음으로 집으로 돌아가는 것이었다. 내가 이런 이야기를 일본인 친구에게 들려주었더니, 그는 기상천외한 이야기를 듣기라도 한 듯 아연하여 일본인에게 이런 매가는 상상도 할 수 없다고 한마디 했다.

푸는 문화의 최대의 결함으로는 풀어져서 '흩어진 모래알' 같이 결속력이 부족하다는 점을 지적하고 싶다. 삼국인 가운데서도 중국인의 개인주의와 자사자리로 인한 통합 기능이 미약한 점은 유별나다. 중국인들은 혼히 '풀어 놓으면 수라장이 되고 통제시켜 놓으면 죽는다.'고 한다. 극단적인 이기주의의 폐단을 일컫은 비유다.

일본의 중국 연구가들이 이렇게 객관적으로 분석한 적이 있다. '중국은 하나의 거대한 나라 같아 보이나, 사실은 하나의 통일된 국가이기보다는 그 속에 무수히 작은 나라들이 산재해 있다. 그리고 그 속의 대중들은 자기 소집단의 이익만 강조하는 무수한 사심의 덩어리다.' 귓구멍이 따가운 말이지만 이것이 현실이다. 이것이 바로 손문이 말한 '흩어진 모래알'인 것이다. 한국인도 개인주의가 강한 민족이다. 타인이 무시된 혈족, 고향, 끼리끼리만 뿌리를 둔 좁은 울타리의 소집단 속에서 삶을 영위하고 있다.

입의 문화, 귀의 문화

.

말재주와 귀동냥 재주

일본에 온 유학생이나 일본에서의 체류기간이 꽤 되는 외국인들, 일테면 중국인이나 한국인은 물론 서양인들까지도 늘 일본인은 무엇을 생각하는지 알기 어렵다고 말한다.

서양인이라면 그래도 이해가 가지만 같은 동양문화권인 한국인, 중국인들까지 도무지 일본인이 무엇을 생각하는지 알 수 없다고 하는 데는 아무래도 문화적으로 이유가 있을 것이다.

최근 중국인 친구 K씨가 일본인 N씨와 함께 중국에 며칠 다녀왔는데 나를 만나자마자 "아이고, 피곤해 죽겠어!"하며 야단법석이었다. 왜 그러느냐고 이유를 물었더니 K의 대답이 "아니 글쎄, 그 친구를 데리고 여기저기 여행을 하는데 도대체 그가 무엇을 생각하고 있는지를 알기 어렵더란 말야……. 그래서 힘들었어." K는 힘들었다는 이야기를 침방울을 튀겨 가며 하소연해대는 것이었다.

사실 일본인 N씨는 나와도 잘 아는 사이였다. 그런데 그 친구 역시도 예상 밖으로 '피곤했다.'는 것이다. 중국인 가이드 K가 하도 다정하게 말수가 많아 그 친구의 말을 귀담아 들으면서 또 거기에 맞춰 이쪽도 맞장구를 쳐주어야 했으니 아니 힘들었겠냐는 것이다.

결국 일본인이 말수 많은 중국인과 '온몸과 마음'으로 사귀자니 힘겨 웠다는 것이다. 일본인과 한국인 사이에도 이 같은 경우는 무수히 많다. 왜 일본인은 그 속을 알 수 없다고 하는가? 왜 한국인과 중국인이 일본 인과 사귀는 것이 피곤하다고 하는가? 역시 이런 대답을 해명하는 단서 는 그 민족의 문화에서 찾을 수밖에 없을 것이다. 일본인은 원래 스스로 말을 많이 하기보다는 상대방의 입에서 나오는 말을 귀담아 듣기를 좋 아하는 성벽이 있다. 그것은 언제 어디서든지 자기 의견을 내세우고 말 을 잘하는 한국인이나 중국인과는 아주 대조적이어서 흥미롭다.

중국에는 '구변이 좋다[口才好]'는 말이 있고 한국에도 '말재주가 좋 다. 말솜씨가 있다.', '웅변이다.'라는 말이 있지만 '듣는 재주가 좋다.'는 말은 없다. 그러나 일본에서는 '기키조즈[聞き上手]'라는 말이 아주 흔 히 쓰인다. 그 뜻은 귀동냥 재주가 좋다는 것으로 듣기를 잘 한다, 듣는 솜씨가 좋다는 의미다.

일본인이 듣기를 즐기는 '귀의 문화'라고 한다면, 한국인 · 중국인은 말하기를 즐기는 '입의 문화'라고 할 수 있다. 중국인과 한국인은 상대 방의 말을 듣기에 앞서 우선 자기주장을 어떻게든 잘 피력하여 상대를 제압하던가 상대를 감복시키려고 한다.

옛날에도 그랬지만 지금도 한국 텔레비전 드라마를 보면 작중 인물들끼리 서로 자기주장을 앞세워 상대방을 설득시키려고 입씨름을 펼치는 장면이 많이 등장한다. 일본의 텔레비전 드라마에는 한국과 중국 드라마의 입씨름 같은 장면이 지극히 드물며 조용한 느낌마저 든다. 아마 일본인들이 자기 말을 하기보다는 상대의 말을 잘 귀담아 듣고 말수가 적으니까 한국인과 중국인들이 그네들의 속을 알기 힘들다고 하는 것이 아닐까?

중국 · 한국인처럼 얼굴 표정을 다채롭게 변화시키고 큰 목소리로 억양에 기복을 가해서 열변을 토해야 자기의 주장을 다 표현했다고 할 수 있는데, 일본인들은 얄밉도록 말수가 적고 끊임없이 미소를 지으며 고개를 끄덕이고 듣는 데만 열중하니, 당연히 그런 사람의 속마음을 알 수 없다고 판단하기 십상이 아니겠는가.

일본인의 이런 성미, 행동양식을 알고 있으면 섣부른 자기 억측에서 오는 가치판단의 오해도 해소할 방도가 있지 않을까? 일본인의 이 같은 '귀의 문화'는 그 선천적이라 할 수 있는 귀동냥 재주를 충분히 발휘하여 옛적부터 중국 문화, 조선 문화를 슬금슬금 많이도 배워 가서는 자기의 것으로 소화시켜 새로운 일본 문화를 재창조해 냈다.

옛날 수당 시대에 중국으로 유학을 갔던 명승(名僧) 구카이[空海]가 스승의 말을 철저히 귀담아 듣기에 중국의 고승인 청룡사의 혜과(惠果)는 수하에 많은 중국인 제자들이 있었음에도 불구하고, 그에게 '금태양부밀교(金胎兩部密敎)'의 비밀까지 전수했다는 에피소드는 유명하다.

이 같이 귀의 문화는 스스로 자세를 낮추고 다른 문화를 탐욕스러우리만큼 흡수하여 '배우는 문화, 수용하는 문화'의 역할을 해 왔다. 그런데 이와 달리 '입의 문화'는 남에게 듣기보디는 가르쳐주기를 즐기는 '가르치는 문화, 전파시키는 문화'의 역할을 당당히 해 왔던 것이다.

아주 당연한 문화다. 가르쳐줄 것이 있으니까 가르치는 문화가 생긴 것이고, 가르칠 것보다 배워야 할 것이 많았기에 배우는 문화가 형성됐다고 보아야 할 것이다. 쉽게 말하자면 중화사상의 중국과 동방예의지국의 한반도는 스승이었고 일본은 제자 격인 셈이었다.

일본은 근대화 전까지만 해도 '화혼한재(和魂漢才)'라는 말처럼 중국과 한국에서 많을 것을 배워 갔지만, 근대에는 서양의 문화를 배운 '화혼양재(和魂洋才)'형'이었다. 일본인의 배우는 재주를 표현한 이야기가 있다. 가령 일본인이 독일에서부터 질이 높은 기계를 수입했다고 하자. 독일인은 "일본 사람들이 그 기계의 우수한 성능을 알았으니 이제 계속 주문이 올 거야."하며 득의양양하여 기다리고 있었다. 그런데 아무리 기다려도 주문은 오지 않았다. 궁금해서 독일 사람들이 바다건너 날아와 보니 일본인들은 그 기계를 연구하여 똑같은 성능의 고품질을 만들어 냈다는 것이다.

이렇게 염치없는 배움의 문화가 오늘의 선진국 일본을 창출했다고 해도 과언이 아니다. 그런데 근대에 들어와서 늘 가르치고 배우던 사제관계가 180도로 역전돼 한·중·일 삼국의 관계에 희비극이 빈발하게 되었다. 그것은 이날까지 가르쳐주는 스승의 입장에 있었던 중국과 한국이 일약 배우는 제자의 입장으로 전락했기 때문이다.

청일전쟁 후, 일본인이 교사가 돼 중국에 초빙되었을 무렵, 일본인은 아무런 저항감 없이 가르치러 갔지만 중국인들은 참을 수 없는 굴욕을 느꼈다고 한다. 제자가 스승을 가르치는 법이 어디 있느냐는 것이었다.

그러나 당시 메이지 유신을 거쳐 세계 강국으로 돌입한 '일본의 기적'에 대해 중국은 아연해 마지않았으며 그 선진성을 시인하지 않을 수 없었다. 일본의 유신 방식에서 대륙의 '부국강병'의 꿈을 찾아내려 했던 것이다. 그래서 당시 일본 유학 붐이 일었다. 한국의 근대사도 중국의 상황과 별 차이는 없었을 것이다. 일본인의 왕성한 호기심과 배우는 문화는 나쁘지 않지만, 한편 그 호기심은 언제나 분산되기 쉬운 약점이 있다고 일본의 식자들은 지적했다. 그것은 늘 외부로부터 수용하여 새로운 자극에만 익숙해져 있으면, 나중에 자극이 없어져 아무것도 사고하지 않는 일종의 중독증상에 걸릴 수 있기 때문이라는 것이다.

그래서 이런 우스갯소리가 있지 않은가? 영국인이 시를 짓고, 프랑스인이 작곡을 하고, 독일인이 연주하며, 이태리 사람이 노래를 부른다. 그리고 미국인이 돈을 내고 듣는데, 일본인은 박수만 치며 거듭 '앙코르'하고 요청할 뿐이라고. 일본인의 모방문화와 창조성 결여를 비꼰 이야기다.

그렇다면 중국인과 한국인은 무얼 하는가? 가만히 있으면 바보다. 적어도 일본인에게 그 가곡의 프린트를 달래서 보든지, 당치 않은 소릴! 그것이 싫으면 새로 가사를 짓고 곡을 붙여 부르면 되지 않는가!

국가라는 이름의 문화

호전적인 중국의 국가

국기가 한 나라의 상징적인 의장이라면 '국가(國歌)'는 소리로 나라를 나타내는 국민의 목소리라고 할 수 있다. 일명 '애국가'로도 통하는 국가는 애국심을 환기시키고 국민에게 강렬한 일체감을 불러일으킨다.

나라마다 이데올로기나 체제에 따라 국가의 성격이 다르고 다분히 정치적인 색채가 농후하지만, 국가의 가사와 멜로디 속에는 그 나라의 역사나 문화의 풍토 기질이 내재되어 있는 것이 분명하다. 비교문화론의 시각에서 삼국의 국가를 비교해 보기로 하겠다.

'일어나라 노예가 되고 싶지 않은 사람들아, 피와 살로 이룬 좋은 나라, 우리에게 위기가 닥쳤다. 지금이야말로 싸울 때가 왔다. 일어나라, 일어나라, 일어나라! 민중 합심하여 적을 무찌르자! 전진, 적을 향해, 전진! 전진! 전진!'

이것은 보나마나 중국의 국가다. 최근에 와서 곡은 그대로 두고 가사 중 '노예'를 '중화민족'으로 '적을 향해 전진'을 '공산주의 내일을 향해 전진'이란 식으로 개사(改詞)하였다.

중국 국가는 가사나 멜로디가 박력이 있다. 원래는 '해방군 행진곡'이었기 때문에 당연히 힘이 있어 보인다. 그 특징은 상당히 전투적이다. 프랑스의 한 유명 저널리스트가 중국 국가의 가사는 프랑스 국가의 가사와 아주 유사하다고 지적했다.

"나가자, 조국의 국민들, 때가 왔으니 정의는 우리에게 있고, 싯발을 나부낀다. 안 들리는가, 산야에 울리는 적들의 우짖는 소리, 악마 같이 적들은 피에 굶주렸다. 일어나라 국민이여, 어서 창을 들라, 전진! 전진! 원수 갚고 적을 매장하자."

중국 국가와 프랑스 국가의 가사에 어떤 연계가 있는지는 잘 모르겠지만 역시 같은 대륙 국가로서 호전적이고, 생명력 있는 노래인 것만은 공통적이다.

애창곡으로 불리는 한국의 국가

한국의 국가는 박력이 있지는 않지만 가사는 적과 싸우려는 것보다도, 길이길이 지키자는 수동적인 표현으로 되어 있다.

'동해물과 백두산이 마르고 닳도록 하느님이 보우하시 우리나라 만세. 무궁화 삼천리 화려강산 대한 사람 대한으로 길이 보전하세.'

여전히 나라를 보호하고 길이 빛나게 하자는 애국심이 전 가사에 관통되어 있다. 멜로디는 행진곡과 같은 박력이 느껴지는 것이 아니라, 장엄하고 화려하다.

삼국 중에서도 특히 한국인이 국가를 사랑하는 것 같다. 그리고 많은 한국인들이 애국가를 한국이란 성스러운 이름과 같이 아끼고 거기에 긍지를 품고 있다.

중국인들은 국가를 어떤 집단의 행사나 운동회, 졸업식 등 제한된 장소에서만 부르지만 한국인은 그렇지 않다. 애국가가 하나의 유행가처럼 국민의 애창가로 되어 버린 지도 오래다. 아마 한국인 치고 애국가 가사를 모르는 사람은 하나도 없을 것이다. 그러나 중국인 가운데는 국가 가사를 전부 외울 수 있는 사람이 몇이나 될지 의심스럽다. 일본인도 NHK 방송에서 국가의 멜로디가 흘러나오면 무의식적으로 채널을 바꾸는 사람들이 많다고 한다.

1984년 「아, 대한민국」이란 노래가 크게 히트했던 일을 지금도 대한민국 사람이라면 다 기억하고 있을 것이다.

정수라라는 가수가 부른 이 노래는 오늘도 노래방에서 한국인이 즐겨 부르는 노래다. 그것은 제2의 애국가와도 같은 성격을 띠고 있기 때문이라고 한다.

축구 선수도 전의를 잃는 일본의 국가

중국 · 한국의 나라 사랑, 나라 보위의 국가와는 대조적인 것이 일본의 국가다.

"우리 군주님 천대 8천 대를 이어 잔돌이 바위 되고 푸른 이끼 끼도록⋯⋯."

일본의 국가 「기미가요」는 한 · 중에 비해 어쩐지 너무 잔잔하고 애틋하다. 박력도, 금수강산도, 나라 사랑하자는 말노 선혀 나타나지 않는다. 이것이 한 나라의 국가니 망정이지 그렇지 않았다면 사랑을 읊은 애틋한 연가로 들렸을 것이다.

그것은 유감스럽게도 천황을 노래한 것인데, 아시아를 침략한 나라의 국가인 만큼 군국주의 냄새가 난다고 오히려 비난을 받는다. 결국 노래 가사와는 달리 다른 이미지로 전환된 셈이다.

사실 군주를 노래한 국가는 일본만이 아니다. 영국의 국가 「God Save The Queen」도 일본의 「기미가요[君が代]」가 천황을 읊은 것과 같이, 여왕(국왕)을 신(god)이 지켜 주고 있는 것이라고 하며 '신이여, 우리 여왕을 구해주세요.'하고 거듭 반복하고 있다. 그리고 영원한 신이 인정해 준 국왕이라고 찬미하고 있다.

일본의 「기미가요」는 그 애틋한 가사와 함께 멜로디 역시 너무 애수를 띠고 잔잔하다. 그래서 중국인들은 기미가요의 멜로디를 중국의 장례식에 띄우는 장례곡 같다고 한다. 실제로 중국의 장례곡과 거의 비슷하고 어딘지 부정적인 느낌을 강하게 풍긴다. 그 곡을 들으면 투지가 서하된다고까지 한다.

그래서 일본 축구의 왕자로 불리는 축구스타 나카타 히데토시[中田英寿]가 일본 국가를 들으면 "기분이 잡쳐요. 시합하기 전에 들을 노래는 아닙니다."라고 말을 해 화제가 되기도 했다. 일본 국민이 기미가요를 듣게 되는 장소는 올림픽이나 국제 축구 경기 같은 국제적 스포츠 회장이다.

중국이나 한국 같이 온 국민이 즐겨 부르고 체질 속에 깊이 배인 멜로디가 아니다. 실제로 지금도 일본 국민의 60% 정도만이 「기미가요」를 국가로 찬성하고 있다고 한다. 기미가요는 원래 일본의 대표적인 고대 '와카[和歌]'집에 수록된 시 한 수를 뽑아서 「천황 예식곡」으로 만든 것이었는데, 쇼와 천황 시대, 즉 전쟁 시기에 국가로 인정을 받게 되었다.

천황을 노래한 군국주의 노래라는 침략적 색깔의 뒷면을 살펴보면 거기에는 섬나라라는 객관적 현실이 반영되어 있음을 알 수 있다. 메이지 유신 이전까지만 해도 쇄국정책을 실행해 온 일본은 거의 외국의 침략을 당한 적 없이 하나의 국가로서 평화로운 세월을 보내왔다. 그러나 중국과 같은 대륙의 나라나 한국과 같은 반도의 나라에는 섬나라인 일본과는 이질적인 차이가 있었다. 일본에서와 같은 장기간에 걸친 평화는 존재하지 않았다. 왜냐하면 한 걸음만 나가도 언어와 습관이 다른 이민족이 있으니 옆에는 늘 '외적'이 있는 셈이었다. 내란과 외란이 끝없이 계속되었으며, 늘 자기를 보호하는 입장에서 외민족을 상대해야 했다. 그러니 싸우고 피 흘리는, 조국을 방위하고 사랑하는 '국가'가 생긴 것은 당연하다고 하겠다.

종횡무진, 삼국의 목욕 문화

센토와 반다이

앞서 먹는 '식문화'와 배설하는 '변소 문화'를 살펴봤으니 당연히 몸을 씻는 '목욕 문화'도 살펴봐야 할 것이다. 이런 의미로 얘기해서, 변소가 '1.5평의 문화관'이라면 목욕탕은 '벌거숭이 국민회관'이라고 해야 적절할 것 같다. 이 벌거숭이 회관을 순례하면서 비교해 보는 삼국의 문화야말로, 말 그대로 벌거숭이 문화, 문화의 참 모습이 아닐까.

일본에 와 본 외국인 치고 일본인의 목욕을 즐기는 습성에 혀를 내두르지 않는 사람은 하나도 없다. 일본인이 세계에서 목욕을 제일 즐기는 민족이라는 평판도 있듯, 목욕 자체가 일본인 생활의 중요한 내용이며 문화이기도 하다. 일본은 습도가 높기 때문에, 특히 무더운 삼복 철이면 가만 앉아 있어도 땀이 솟고 온몸이 찰떡 같이 끈적끈적해져 씻지 않고는 도저히 견뎌 낼 수 없을 지경이다. 중국 대륙에서는 같은 30℃의 삼복 철이라 해도 습도가 낮아 몸이 찜찜한 감이 없기 때문에 씻지 않아도 그럭저럭 견딜 만하다.

그러나 일본에서는 몸을 씻지 않으면 너무 찜찜해서 몸과 마음이 모두 괴롭다. 목욕하고 싶은 그 '심정'이 바로 일본인의 심정이다. 더운 물에 몸을 담그는 목욕을 통해 끈적끈적한 괴로움을 일거에 날려 버린다. 그래서 일본인은 목욕을 두고 '생명의 세탁'이라고 말한다. 육체를 청결케 함과 동시에 정신의 스트레스를 말끔히 날려 버려 생명의 청결함을 느끼는 것이다.

일본에 온 외국인들은 꼭 한 번쯤은 일본 목욕탕을 체험해보고 싶다는 충동을 느낀다고 하는데, 나는 대학교 측에서 마련해준 아파트에 목욕실이 딸려 있었기 때문에 근 1년이 넘도록 대중목욕탕을 가보지 못했다. 솔직히 고백하면 좀 쑥스럽기는 하지만, 내가 일본의 목욕탕을 체험해보고 싶다는 충동을 느낀 것은 순전히 일본의 우키요에[浮世繪, 일본의 풍속화] 때문이었다. 그 우키요에에 등장하는 일본인의 성기가 너무 과장스럽고 또 치밀하게 묘사되어 있어 사진 같이 보였다.

이런 우키요에를 처음 접한 서양의 젊은 청년이 일본 땅을 밟았을 때, 그 사실을 직접 확인하기 위해, 고민 끝에 유곽으로 달려갔다고 한다. 그러나 유곽에서 여성은 확인할 수 있었으나 남성은 확인할 수가 없어서 택한 곳이 바로 대중목욕탕이었다고 한다. 결과는 너무나 자명한 일이었다. 그래도 어딘가……, 하는 신비스럽고 미묘한 환상 같은 상념에 매혹된 나는 동네 목욕탕을 찾았다. 핑계는 이렇다지만 역시 주된 목적은 문화체험이었다.

일본의 대중목욕탕은 센토[錢湯]라고 부른다. 입욕 요금을 지불한다는 뜻에서 비롯된 이름인데 『일연어서록(日蓮御書錄)』 속에 등장하는 '센토'라는 문자로 보아 1266년경에 시작되었다고 한다. 그러니 그 역사가 아주 오래되었다는 사실을 알 수 있다.

욕탕의 내부 구조는 일본이나 한국, 중국이 거의 비슷하지만, 한 가지 다른 점이 있다. '유(ゆ)'자가 걸린 막을 헤치고 정문으로 들어가면 남녀 입구가 갈려져 있고 입구 첫 머리에 반다이[番台]라는 높은 계산대가 있는데 그 위에 주인아줌마가 앉아서 남녀 양쪽 손님을 다 받는다. 그리고 손님에게 돈을 받고 음료수를 건네주기도 한다.

반다이에 앉으면 남녀 양쪽 탈의실 겸 휴게실의 전 공간이 시야에 확 안겨 온다. 그러니까 정확히 말해서 주인아줌마는 남자 탈의실에서 옷을 벗은 남자의 알몸을 마음대로 바라볼 수 있는 것이다. 나는 처음 그것을 못 견디었다.

목욕탕 안에 들어섰을 때, 작지만 이상한 모습을 한 가지 더 발견했다. 그것은 한국이나 중국에서는 볼 수 없는 풍경이었다. 웬 유치원 정도의 여자애들 몇이 남탕에 들어와 있는 것이 아닌가? 일순 혼욕인가 착각했으나 그렇지는 않았다. 아직 어리니까 아버지들이 데리고 온 것이라고 했다. 처음엔 어딘가 반감까지 느꼈으나 이것도 성교육엔 제격이겠다는 생각이 들자 차츰 반감도 사라졌다. '벌거숭이 국민회관'에서는 여자 어린이들을 이성으로 간주하지 않는다.

단 하나 쇼크는 몸을 씻는데 느닷없이 장화를 신은 아줌마가 나타났다는 사실이다. 목욕탕에 근무하는 종업원으로서 청소를 하러 들어온 것이다. 또 야릇한 모습에 이상하게 느껴졌지만 그녀들 역시 직업이 이것이구나 하는 생각이 들자 별일 아닌 것처럼 느껴졌다.

삼국의 목욕탕을 다 돌아보았지만 일본의 목욕탕에서 강렬히 느낀 것은, 욕탕이 평등한 서민들의 사교 장소로써 하나의 사회를 형성했다는 점으로 이것이 일본 목욕 문화의 최대의 특징이 아닐까 한다.

현재 일본에는 거의 모든 집들이 현대화된 목욕시설을 갖추고 있지만 동네 센토가 아직도 그만큼 자리를 지키고 있는 큰 이유는 바로 동네의 사교장소라는 역할을 하기 때문이다.

욕탕에 몸을 담그고 이야기꽃을 피우는 노인들의 행복한 모습을 본 외국인 기자는 "일본 노인의 자살률이 아주 높다고 하는데 그것은 어떤 이유에서일까? 센토 안에 있는 노인들의 모습을 보면 그런 통계가 얼마나 신뢰도가 있는 건지 의심스러워 진다."고까지 지적했다.

나는 언제나 센토에서 새삼스레 따사로운 인정이 느껴지는 광경을 만나곤 한다. 그것은 바로 아버지와 아들의 친밀하고 정다운 '목욕도'이다. 평소에는 직장생활 때문에 아이들과 가까이 할 수 없었던 아버지가 그리고 언제나 위엄으로 아이를 꾸짖기를 잘하던 아버지가 센토 안에서는 서로 등을 밀어주며 아주 밀착된 친자(親子)의 정을 나눈다.

이것을 두고 일본인들은 '벌거숭이의 접촉[裸の触れ合い]'이라고 말한다. 벌거벗은 알몸에는 계급도 신분도 지위도 없다. 서로 지극히 평등한 인간으로서 사귄다.

그래서 일본인들은 가족 단위로 목욕을 즐기는 것이 보통이다. 주말이나 기념일이면 가족들은 근처의 온천이나 목욕탕을 향해서 달린다. 사돈끼리도 가족 단위로 같이 목욕 여행을 떠난다. 아마 한국이나 중국에서는 사돈끼리 벌거벗고 목욕한다면, 상식에 벗어난 예의 없는 파렴치의 수행이 될 것이다. 그러나 일본인에게 있어서 목욕은 일종의 파티나 영화구경 같은 것으로, 사교의 수단이다. 그래서 목욕탕에서 국회의원 선거 선전을 하여 화제가 되기도 했다. 평등한 인간 교제에 계급적인 요소를 불어넣었다고 야단이었다. 목욕은 말 그대로 일본 국민의 사교문화의 형태다.

때를 미는 한국의 목욕법

일본의 목욕 문화가 휴식, 사교형이라면 한국의 목욕 문화는 어떤 형일까? 일본에 비해 한국 목욕 문화의 특징은 어디까지나 때밀이에 있다고 생각한다. 즉, 정신적인 행위보다도 육체적인 청결, 육체 관리라는 발상이 짙다. 목욕탕의 내부 시설은 거의 일본과 같아 별 차이가 없다. 그러나 그 내부에서 목욕하는 사람들의 모습에서 대조적인 차이가 보인다. 일본인들은 목욕은 자주하지만 때를 밀지는 않는다. 매일 거르지 않고 목욕을 하니 밀릴 때도 별로 없는 것이 사실이다.

나는 개인적으로 한국이나 중국 욕탕에서 때 밀어주는 것을 좋아한다. 때 미는 침대에 누운 몸을 전문 때밀이가 타월로 밀어주는 데서 얻는 쾌감은 무어라고 형언할 수 없는 제3의 피부 감각 같다. 인간이 피부와 피부의 마찰에서 느끼는 쾌감에도 여러 가지가 있겠지만 때 미는 감각은 또 다른 '별미'다. 지금은 한국의 때밀이 문화가 수입되어 일본에서도 인기를 끌고 있다.

몸을 물에 불리는 중국의 목욕법

중국의 목욕 문화는 어떨까 궁금할 것이다. 나는 왠지 중국의 목욕탕 하면 동서고금에 미색을 떨친 절세 미인 양귀비의 목욕탕인 서안의 화청지(華淸池)가 떠오른다. 목욕탕이라기보다 그것은 온천이다.

'춘한사욕화청지(春寒賜浴華淸池, 봄추위에 목욕을 하사한 화청지)'

당나라의 시인 백거이(白居易)가 「장한가(長恨歌)」에서 읊은 시구를 기억하시는 분들도 있을 것이다. 양귀비가 목욕했다는 전설의 화청지는 지금 관광명소가 되어 국내외의 무수한 여행객들의 관심을 끌고 있는 곳이다. 기실 중국에서 열탕을 끓여 목욕한 최고(最古)의 기록은 상나라 탕왕(湯王)의 욕반(浴般)이라고 전해진다. 깊이 1척, 너비 4척, 길이 9척의 욕탕이다.

거기에는 또 '구일신, 일일신, 우일신(苟日新, 日日新, 又日新, 참으로 날로 새롭고, 날이면 날마다 새롭고, 또 날마다 새롭다)'란 명문이 새겨져 있었는데 그 의미인 즉, '인간은 목욕탕에 들어가는 것처럼 끊임없이 옛것을 버리고 새것을 창조해야 한다.'는 뜻이다.

일설에 의하면 일본의 목욕도 불교와 함께 중국에서 조선반도를 거쳐 일본으로 전해진 것이라고 한다. 그러나 일본의 목욕탕 문화는 근대에 와서 여러 가지 형태로 발달했지만 중국에서는 오히려 경제적 상황 때문에, 또는 풍토·기후적인 원인 때문에 일본 같이 발전하지는 못했다.

중국에서는 대중욕탕을 '위츠[浴池]'라고 한다. '목욕하는 못'이라는 뜻이다. 예전에는 민간에서 '조우탕즈[澡堂子]'라 부르기도 했다.

일본의 목욕 문화와 한국의 그것에 비해 중국의 목욕 문화는 진짜 때 밀이, 육체적 청결을 목적으로 하는 것이다.

중국의 목욕탕 풍경은 한국과 별 차이가 없지만 위생적으로 질이 떨어진다는 점이 좀 유감이다. 인구는 많고 목욕탕은 적으니 실내의 위생 관리가 미처 따라 가지 못하는 것도 원인이지만, 공중의식이 아직 뒤떨어진 것도 큰 원인이라고 한다.

앞에서 양귀비의 화청지와 같은 고급스럽고 우아한 욕탕 이야기를 했지만 실제로 대다수 중국 서민들의 목욕탕은 별 칭찬거리가 못 된다. 보통 일본이나 한국에서는 옷을 벗은 후 먼저 샤워로 몸을 살짝 씻은 뒤 욕탕 안으로 들어가지만 중국인은 그렇지 않다. 옷을 벗자마자 그냥 그대로 욕탕에 들어가 그 안에서 몸을 불린다. 그래서 중국인은 목욕을 또한 포우조우[泡澡]라고도 하는데 그 뜻은 물에 불린다는 것이다. 이렇게 잡담을 하며 물에 오랫동안 불려서는 또 그 안에서 직접 때를 민다.

그러니 욕탕 수면에는 때가 둥둥 떠다녀 밑이 안 보일 정도다. 매일 샤워하는 사람도 때가 조금씩은 밀리는 법인데 며칠, 몇 달을 주기로 하는 목욕이니 때가 많이 밀리는 것은 당연한 일이다. 일본인이 쓴 문화적 충격 속에는 중국의 화장실과 함께 이 목욕탕이 언제나 등장한다.

마지막으로 한 가지만 더 이야기하겠다. 일본의 목욕탕에는 중국·한국에 없는 풍경이 한 가지 더 있는데 그것은 욕탕의 벽에 그려진 대형 배경화다. 그 배경화는 흔히 후지산이 주종을 이루며 또한 일본인에게 익숙한 소나무 숲, 바닷가의 풍경이 많다. 그것은 목욕을 하면서 일종의 해방감이나 자연 속에 있다는 현장감을 느끼게 하기 위한 것이라고 한다. 일본인들은 그 5월의 푸른 경치에 접하면 기분이 상쾌해지고, 마치 풍경 속에서 상큼한 봄바람이 불어오는 듯한 느낌을 받는다고 한다. 풍경화는 이렇게 휴식처나 사교장으로서의 목욕탕에 아늑한 느낌을 가미해 주는 데 없어서는 안 될 조건이다. 알몸을 한 모습은 삼국인이 같지만, 알몸을 하고 나타내는 문화, 풍속에는 차이가 있다.

한국인의 국민성

한국 최초의 한국인론

한국에서의 '한국인론', '한국 문화론'은 일본에서의 '일본인론', '일본 문화론'이나 중국에서의 '중국인론', '중국 문화론'의 규모에 비하면 어딘가 미약한 감을 준다. 그것은 물론 나라 규모가 작은 데서도 이유를 찾을 수 있겠지만 일본의 실정을 감안해 보면 꼭 그렇다고 결론짓기도 어렵다. '일본인론'의 저서가 무려 1,300여 종이 넘고 '중국인론'의 저서가 200여 종을 넘지만, 한국은 아직도 100여 종 안팎이라는 통계 데이터에서도 그 사정을 엿볼 수 있다. 한국에서는 1960년대 중반부터 시작하여 1970대년에 이르러서야 한국문화나 한국인의 의식구조를 토대로 한 국민성 연구 붐이 일었다.

본격적인 한국론은 아니지만 19세기 말부터 구미인이나 중국인에 의해 '코리아론'이 시작되었다고 한다. 한국인 자신들의 한국인론은 사실 이런 외국인들에게 자극을 받아, 외국과의 비교에서 시작되었다고 할 수 있다.

일제 시기 이광수의 『민족개조론』에서부터 시작된 한국인론은 그 자체가 외래의 자극에서 시작된 것임을 부정할 사람은 아무도 없을 것이다. 이광수의 화제가 나온 김에 한마디 부언하고 싶은데, 이광수가 단지 이른바 '친일파'였다는 자랑스럽지 못한 꼬리표를 달고 있기에 한국 사회나, 가장 공정성을 생명으로 해야 할 학계에서조차 지금까지 『민족개조론』에 대한 공정한 평가를 기피하고 있다는 점은 너무 유감스러운 사실이다.

불가사의한 것은 일본인 이케하라 마모루[池原衛]의 『맞아 죽을 각오를 하고 쓴 한국, 한국인 비판』에는 수많은 독자들이 호응하여 베스트셀러까지 만들어 주었으면서, 왜 이광수가 애절한 애국심에서 쓴 『민족개조론』은 아직도 무시당해야 하는가 하는 점이다. 여기에도 독 안의 꽃게 같이 우리끼리 끄집어 내리는 국민성이 개입된 것은 아닌지? 아무튼 『민족개조론』은 근대 한국인의 손으로 기술된 최초의 제일 공정한 '한국인론'이라고 해도 과언이 아니다.

그가 강조한 조선민족의 근본적 성격은 지금에 와서도 큰 변화가 없다. 그가 지적한 한민족의 성격적 결점을 살펴보자.

'남을 용서하여 노하거나 보복할 생각이 없고, 친구를 많이 사귀어 물질적 이해관계를 떠나서 유쾌하게 놀기를 좋아하되, 예의를 중히 여기며 자존하여 남의 하풍(下風)에 입(立)하기를 싫어하며, 물욕이 담(淡)하여 악착한 맛이 없고 유장(悠長)한 풍이 많으며, 따라서 상공업보다

문학·예술을 즐겨 하고, 항상 평화를 애호하되 일단 불의를 보면 투사 구지(投死救之)의 용(勇)을 발하는 사람이외다.'

해방 후에는 1965년 문화인류학자 최재석이 『한국인의 사회적 성격』에서 한국인의 국민 성격을 5대 특징으로 분석, 개괄했다.

① 가족주의 ② 감투 지향주의 ③ 상하 서열의식 ④ 친서 구분의식 ⑤ 공동체 지향의식

이에 앞서 본격적인 연구서는 아니지만 1963년에 한국의 대표적 지성 이어령이 『흙 속에 저 바람 속에 ― 이것이 한국이다』를 에세이 형식으로 내놓았다. 일본에서도 1978년 『한의 문화론』이란 제목으로 번역 출간되어 화제가 되었다. 이 책은 해방 후 최초의 한국인론이라 할 수 있다. 지금까지 롱 베스트셀러로 한국인에게 영향을 주고 있는 20세기의 한국인론이라고 해도 과언이 아니다.

이 책에서 한국인의 마음의 고향인 한(恨)은 한국인의 삶의 에너지라고 해석을 하고 있다. 그리고 이 책에서는 언제나 비교문화론의 시각에서 서양과 일본과 대조하여 본 한국인의 일상을 통해 그 성격을 논하고 있다. 일본의 문화가 조이는 문화라면 한국의 문화는 푸는 문화이며, 경직과 부동의 자세를 푸는 성격이 한국인의 성격이라고 역설했다.

권위주의에 열등감을 가진 민족

1971년, 심리학자 윤태림은 『의식 구조상으로 본 한국인』에서 한국 문화, 한민족의 기원풍토의 특색을 출발점으로 하여 한국인의 국민성을 논했다.

① 과도한 감수성, 감정 우위의 사고·행동 양식을 갖고 있다.
② 과도하게 집착하며 보수성이 강하다.
③ 권위주의적이며 권위에 대한 열등감 등의 의식을 갖고 있다.
④ 체면을 중시하며 형식주의에 빠지기 쉽다.
⑤ 공리적이며 현세 중심의 사고를 갖고 있다.

'한국인 시리즈'로 한국 독서계를 풍미해 온 저널리스트 이규태의 한국인론은 괄목할 만한 성과를 올리고 있다. 그의 시리즈는 한국인의 모든 의식구조를 다각적으로 다루고 있어 '한국인 성격의 백과사전'이라고 할 수 있을 정도다. 그 중에서 중요하다고 여겨지는 것만 골라 보면 이런 것들이 있다.

① 서열의식 ② 향상의식 ③ 우리의식 ④ 결과의식 ⑤ 과거의식 ⑥ 고향의식 ⑦ 시간의식의 루즈타임 ⑧ 사치성향 ⑨ 평균의식 ⑩ 동류의식 ⑪ 면형의식 ⑫ 빨리빨리 주의

국문학자인 김열규는 『한국인의 마음』에서 한국인의 심리 성격을

다음과 같이 개괄했다.

① 가족관 : 최재석의 논술과 일치.

② 여성관 : 전통적 여성의 순종형을 강요.

③ 부부관 : 유교적 가족주의 아래 며느리의 시집살이와 어머니의 파워.

④ 조상관 : 조상숭배, 자기 성씨에 대한 절대적 프라이드.

⑤ 교육관 : 어린이에 대한 교육 우선.

⑥ 사교성 : 한국인은 예스, 노가 분명하다. 사교성이 일본인보다 강하다.

⑦ 집단관 : 개인적 주장이 강해 1 : 1이면 한국인이 일본인보다 강하다.

⑧ 노동관 : 유교적 논리가 노동의욕의 에너지. 나라에 대한 충성심이 강하다.

⑨ 출세관 : 감투주의.

⑩ 식(食)의식 : 맛이 짙고 여운이 있는 음식을 좋아하며 '몸'으로 땀을 흘리며 먹는다.

⑪ 오락의식 : 일본인보다 개성이 있는, 자기 나름대로의 레저를 즐긴다.

⑫ 유머관 : 유머를 즐긴다. 내용은 공격적으로 권위에 대해 공격. 억압자에 대한 저항, 낡은 습속에 대한 반발로부터 생긴다.

⑬ 미의식 : 한국인은 선(線)의 미를 즐긴다. 자연미, 가공하지 않은

자연을 즐긴다.

교육심리학자 김재은의 『한국인의 의식과 행동양식』은 설문을 기초로 하여 학술 보고서를 작성한 것이 특색이다. 이 책에서 지적한 한국인의 성격을 간추려 보면,

'한국인에게 있어서 제일 중요한 것은 자기와 남의 관계로 친한 사이라면 타인의 사생활 속까지 강하게 관여하려 한다. 그래서 타인에 대해서는 곧잘 입방아를 찧지만 자기가 타인의 말에 오르는 것은 지극히 싫어한다. 한국인은 자기중심적이며 타인에 대한 객관적 인식이 아주 약하다. 한국인의 심층에는 권위주의, 이기성, 무질서의식 등등이 존재한다.'

서울대 교수 이부영은 『현대 한국인의 국민성격』이란 글에서 한국인의 결점을 80개 항목으로 열거했다. 주요 항목 15개만 간추려 보겠다.

① 의뢰심이 강하다.
② 타인에 대한 기대를 잘하며 배신당하면 미워하거나 증오한다.
③ 성격이 급하고 기다릴 줄 모르며 지금 곧, 오늘 중, 내일 안으로……라는 말을 자주 한다.
④ 눈앞의 성과를 즉시 올리려고 하며 효과가 안 나오면 다른 일을 한다.

⑤ 계획성이 없다.

⑥ 자기주장만 하고 타인의 사정은 고려하지 않는다.

⑦ 허영심이 강하다.

⑧ 큰 것, 화려한 것만 즐긴다.

⑨ 과장하는 성향이 있다.

⑩ 약속을 지키지 않는다.

⑪ 자기가 한 말에 책임을 지지 않는다.

⑫ 면밀하지 않고 정확성이 부족하다.

⑬ 세계 최고와 브랜드에 약하다.

⑭ 문서보다 말을 믿는다.

⑮ 원리원칙보다 인정을 중히 여기고 모두 정으로 해결하려 한다.

정한택은 『한국인』에서 한국인의 성격을 70개 항목으로 기술했는데, 그중 주요한 것만 골라 나열해 보겠다.

① 가족주의 ② 의뢰심 ③ 자존심 ④ 듬직하다 ⑤ 낙천적 ⑥ 애수적 ⑦ 겉치레 ⑧ 조상숭배 ⑨ 과욕 ⑩ 관용 ⑪ 대의명분 ⑫ 풍류 ⑬ 무위도식 ⑭ 안빈낙도 ⑮ 충효 ⑯ 온순 ⑰ 보수적 ⑱ 평화적 ⑲ 직관적 ⑳ 예의

비교문화론의 시각에서 한·일 양국의 문화를 통해 한국인의 국민성을 분석한 수학자 김용운은 『한국인과 일본인』에서 일본인에게는 장

인 기질이 있는 반면 한국인에게는 문인기질이 있다는 등의 지적을 하였다.

한준석은 『문의 문화와 무의 문화』를 저술하여 김용운과 유사한 지론을 전개시켰다.

최근 들어 이화여대의 교수 최준식, 한국항공대 교수 최봉영 등 신예 교수들이 한국학을 바탕으로 한 한국인 국민성 연구에 새로운 붐을 일으키고 있다. 그 중에서도 최준식의 『한국인에게 문화는 있는가』는 주목할 만한 저서다.

① 우리를 너무 밝히는 집단수의.
② 내 집단을 무조건 옹호하는 버릇.
③ 외국인에게 배타적이고 이질적인 것을 못 참는다.
④ 서비스가 없다.
⑤ 공중도덕을 안 지키는 버릇.
⑥ 서열을 따지는 권위주의.
⑦ 한국인은 영원히 무속 종교를 지킨다.

외국인이 본 한국인의 국민적 성격에는 어떤 것이 있을까? 이 점에 대해 잠깐 살펴보기로 하자.

중국 근대의 계몽사상가 양계초는 조선이 한·일 합방에 의해 일본의 식민지로 전락한 '망국의 슬픔'을 동정하면서 『조선 망국 사략』, 『조선 멸망의 원인』, 『일본 병합 조선기』 등의 글에서 조선인의 성격을 이렇게 지적했다.

① 농담을 즐긴다. ② 감정 기복이 심하여 화를 잘 낸다. ③ 형식 갖
추기를 즐긴다. ④ 빈말을 즐긴다. ⑤ 내홍과 파벌투쟁. ⑥ 후안무치하
고 음험한 성격이다. ⑦ 안일만 탐한다.

H. B. 핼바드도 『조선 멸망』에서 역시 이와 비슷한 조선인의 성격
을 꼽은 적이 있다.

1980년대부터 지금까지 신문사 특파원으로 한국에서 활약하고 있는
저널리스트 구로다 가쓰히로[黑田勝弘]는 『한국인 그들은 누구인가』,
『한국인의 발상』 등, 일본인과의 비교를 통해 한국인의 성격을 해명한
쾌저들을 써냈다. 주로 체험적으로 쓴 에세이 속에서 감투사회, 형식주
의, 감정에 충실한 표현, 괜찮아요 의식, 제일주의 등으로 한국인의 성
격을 기술했다.

이 밖에도 비교문화론의 시각에서 쓴 책들이 많은데 일일이 열거하지
않고 생각나는 것만 몇 편 들어보기로 하겠다.

김양기의 『김치와 왜김치』, 『온돌과 다다미』, 고무로 나오키[小
室直樹]의 『한국의 비극』, 도요타의 『일본인과 한국인 여기가 크게
다르다』, 박태혁의 『추악한 한국인』, 후루타의 『조선민족을 독해한
다』, 오선화의 『와사비와 고추가루』, 필자의 『한국인이여 '상놈'이
돼라』 등에서 한국인의 국민성에 대해 여러 모로 접근하고 있다.

중국과 일본의 국민성과 같이 비교해 보면 같은 동일한 한자문화권이

어서 비슷한 성격도 적지 않다는 사실을 알 수 있다. 그러나 그 가운데서도 서로 다른 성격, 이런 것들이 각 민족이 그 민족으로서의 특색을 나타내는 요인이라고 할 수 있다.

중국인의 국민성

두 사람 반만이 알고 있는 중국인론

천고중국(千古中國), 만종민성(萬種民性)이라는 말이 있다. 수천 년의 문명사를 가지고 있는 중국인은 공통성과 지역성이 병존하면서 여러 갈래의 국민성을 키워 왔다. 동일성의 국민성과 이질적인 다양한 국민성, 이것이 중국 국민성의 양면성이다.

복잡다양한 국민성이기에 외국인은 물론 중국인 자신들도 중국인을 이해하기 어렵다고 한다. 1930년대에 어떤 일본인이 '중국에는 오직 두 사람 반만이 중국을 알고 있다. 한 사람은 장개석이고 또 한 사람은 노신, 그리고 반 사람은 모택동이다.' 중국을 새 국가로 세운 최고 통치자 모택동도 중국을 절반밖에 모른다는 얘기다.

1987년 10월, 중국을 대표하는 인류학자 비효통(費孝通)도 미국 학자의 인터뷰에 응해서 "나는 수십 년 중국인을 이해하려고 노력해 왔지만 아직도 중국인의 행동양식과 정신의식을 잘 모르겠다."는 솔직한 고

§ 폄훼냐? 자학이냐?

백을 털어놓았다.

　중국인은 '5천 년 문명고국'이라 중국을 표현하고 '중국은 세계의 중심'이며 '중국 민족은 세계상에서 가장 우수한 민족 중 하나'라고 여기면서 긍지를 느끼고 있는 반면 오랜 기간 동안 자기의 참모습을 알려고 하는 의식은 희박했다.

　일본인처럼 자기 자신의 국민성을 연구하고 이해하려는 시도가 지극히 적었다는 것이다.

　그러나 근대에 들어 아편전쟁 이후, 자신을 반성하고 국민성을 개조하자는 붐이 세 차례에 걸쳐 크게 일어났다. 제1차는 19세기 말부터 20세기 초에 이르기까지 상유위, 양계조를 대표로 한 유신지사들의 중국인 국민성 결점에 대한 해부였고, 제2차는 1920년대 5·4운동으로부터 시작된 중국인 국민성에 대한 심각한 비판이었으며, 제3차는 최근 1980년대 문화 반성 붐 속에서 행해진 중국인 자신에 대한 전면적인 반성이었다.

　지금까지 나온 중국인의 국민성에 관한 저서는 200여 권에 달한다고 한다. 우선 중국인 자신들이 해부한 국민성에 대해 보기로 하자.

　중국 혁명의 아버지라 불린 손문은 1890년부터 1924년까지 중국인의 국민성에 대해 문장과 연설을 통해 이렇게 지적했다.

　① 배외(排外) 의식이 없다. ② 근로하고 평화로우며 법을 지킨다. ③ 옛 법을 고수하며 변통이 없다. ④ 귀신을 숭배한다. ⑤ 과감히 행동하지 못한다. ⑥ 지식수준이 낮다. ⑦ 주인다운 태도가 없다. ⑧ 흩어진

모래판 같다. ⑨ 자고자대. ⑩ 정체하여 진보하지 않는다. ⑪ 자유를 숭상하지 않는다. ⑫ 충효, 인애, 신의, 화평, 지능. ⑬ 가족주의와 종교주의. ⑭ 세계주의. ⑮ 도덕을 중시. ⑯ 민권주장. ⑰ 극단으로 달린다.

유신파로서 중국 근대의 대사상가인 양계초는 1904년에 발행된 『음빙실문집(飲氷室文集)』 등 일련의 저서를 통해 국민성의 결점을 다음과 같이 요약했다.

① 독립과 자유의 덕이 결여 ② 노예성, 위아(僞我) ③ 공중도덕 결여 ④ 우매, 비겁, 기만 ⑤ 무단, 허위, 농통

강백청(康白淸)은 1919년에 『중국의 민족기질을 논함』이란 글을 발표하였으며 또한 중국의 동서남북 지역별로 성격적 특징을 언급한 학자다.

① 자존자대, 자만자록.
② 고생을 두려워하고 안일만 탐한다.
③ 창조력, 모방력이 다 우수하다.
④ 평범을 숭상하고 기특을 싫어한다.
⑤ 실행력이 있으나 지속적 의지력은 결여되어 있다.
⑥ 숭고박금(崇古薄今)이며 옛 격식에 따라 처사한다.
⑦ 개인적 독립성은 강하나 집단적 독립성은 약하다.

⑧ 소극적 저항력은 강하나 적극적 저항력은 약하다.

⑨ 자기 비밀은 엄수하지만 타인의 비밀은 탐지하기를 즐긴다.

⑩ 은원(恩怨)이 분명하고 관대하며 은혜를 잊지 않는다.

⑪ 체질이 견인하여 잠재력이 크다.

이 밖에 각 지역별 국민성에 대해서는 중복되는 것이 있기에 여기서는 생략하겠다.

중국의 작가 노신은 제일 격렬한 언어로 중국인의 국민성을 해부한 사람으로, 중국의 20세기에 영향을 준 대문호다. 그는 국민성을 8대 약점으로 요약했다.

① 자기기만과 자고자대 ② 멘즈가 강하다 ③ 게으름성 ④ 조화 ⑤ 파괴욕 ⑥ 근시안 사고 ⑦ 노예근성 ⑧ 자사자리, 비겁

수치를 모르는 중국인

신문화 운동의 기수였던 호적(胡適)이 개괄한 중국의 국민성은 보다 객관적이다.

① 지족(知足), 자안(自安), 상락(常樂).

② 물질적 향락.

③ 자기기만과 자위(自慰).

④ 사고하지 않는다.

⑤ 개인 수양(修養)을 중시.

⑥ 운명에 맡기고 경쟁하지 않는다.

⑦ 수치를 모른다.

⑧ 괜찮아 주의.

해외에서 더욱 유명한 문호 임어당은 1935년 『나의 국토 나의 국민』(영문)에서 중국인의 민족성을 15개 특성으로 정의했다.

① 온건(穩健) ② 단순 ③ 자연을 혹애 ④ 인내성 ⑤ 소극적 처세 ⑥ 노련하다 ⑦ 자식의 다산 ⑧ 근로 ⑨ 검소 ⑩ 가정생활을 열애한다 ⑪ 평화주의 ⑫ 지족상락 ⑬ 유머 ⑭ 보수성 ⑮ 예술적 탐닉

장개석은 1945년에 발표한 『중국의 운명』에서 국민의 5대 특징에 대해 언급했다.

① 8덕 4위(충, 효, 인, 애, 신, 의, 화, 평의 8덕, 예, 의, 염, 치의 4위)

② 성실하고 충성심이 있으며 예의를 숭상한다.

③ 근로, 검소, 포의소식(布衣蔬食), 남경여직.

④ 자존, 자겸.

⑤ 법치를 즐기지 않는다.

중국 최후의 유가(儒家)로 불린 대학자 양수명(梁漱溟)이 1949년 『중국문화요의』에서 제출한 10대 특성은 지금까지 제일 공정하다는 평가를 받고 있다.

① 자사자리 ② 근검 ③ 예절 ④ 평화문약(平和文弱) ⑤ 자족자득 ⑥ 보수성 ⑦ 대충하기 ⑧ 견인과 잔인 ⑨ 인성(扨性)과 탄성(彈性) ⑩ 원숙, 노련

중국의 대표적 인류학자 비효통(費孝通)은 중국인의 국민성을 6송으로 꼽았다.

① 사덕(私德) ② 집[家] 관념 ③ 중용주의 ④ 울타리 사상 ⑤ 인륜 ⑥ 자아주의

대만의 학자 항퇴결(項退結)은 1986년 『중국 민족성 연구』에서 상세하게 국민성의 패턴을 연구했다. 그는 크게 8개 항목으로 이를 구분했다.

첫째, 수천 년의 전통은 중국인에게 가족을 최고 가치로 삼게 만들었다.

둘째, 중국인은 직관적 사고방식에는 능란하나 논리적 사고방식에는

약하다.

셋째, 중국인은 지구력과 활력을 갖고 있으며 조심성이 있고 내심이 있다.

넷째, 중국인은 주위 인간과의 관계에 민감하며 멘즈, 영예욕이 강하다.

다섯째, 중국인은 자발적 충동을 잘 억제하며 타인과 거리를 둔다.

여섯째, 중국인은 조용한 생활 정서를 좋아한다.

일곱째, 중국 대학생의 '권위태도'는, 싱 등의 연구에 의하면 미국의 대학생들을 초월한다. 중국인이 보수적이고 서로를 불신하는 태도도 여기서 비롯되었다.

여덟째, 중국인은 대국이라는 의식과 유구한 역사의식 때문에 때로는 오만하고 외국인을 경시한다.

역시 대만의 인류학자인 이역원(李亦園), 양국추(楊國樞)는 1988년에 쓴 『중국인의 성격』에서 국민성을 다음과 같이 개괄했다.

A. 자아관념에 대하여 :

① 타인 앞에서 자기 자랑을 기피하고 자기 의견을 과도하게 주장하지 않으며 겸허하기에 애쓴다.

② 환경에 따라 자아반응을 보이는 '환경취향'이며, 절대적 자기주장은 삼간다.

B. 사람과 사람 간의 관계에서 :

① 인정 관계를 통해 서로 네트워크를 만든다.

② 권위를 존중하며 상하 관계에 따라 권력의 소재를 결정한다.

③ 가정을 핵으로 한 집단에서만 양호한 관계를 유지한다.

C. 인간과 우주의 관계에 있어서 :

① 인간을 환경의 극히 작은 부분으로 여긴다.

② 우주는 일정한 도리에 의해 움직이므로 사람은 반드시 어떻게 맞출 것인가를 학습해야 하며 환경에 적응해야지 정복할 생각을 해서는 안 된다.

D. 시간에 대한 태도 :

① 회고(懷古), 전통을 중시한다.

② 변화를 도모하기보다는 연속과 항구성을 바란다.

E. 행위에 대하여 :

① 타협을 즐기고 중용을 주장한다.

② 감정을 공개적으로 표달하지 않고 자기 억제를 한다.

오직 하나뿐인 불성실한 민족

1987년 청년 학자 왕윤생(王潤生)은 『우리 성격의 비극』에서 국민성의 결점을 커다란 증상으로 귀납했다.

① 기만증 ② 근시증 ③ 비아증(非我症) ④ 수구증(守舊症) ⑤ 불합작증 ⑥ 양지마비증 ⑦ 의뢰증

중국 국민성의 병폐로 필자는 1999년 한국에서, 금년에는 일본에서 출간되어 큰 반향을 일으킨 『중국 인민에게 알린다』(원제 : 반문화 지향의 중국인)에서 8대 국민 병을 다음과 같이 개괄시켰다.

① 기만병 ② 도둑병 ③ 대동병 ④ 노예병 ⑤ 보수병 ⑥ 유치병 ⑦ 사심병 ⑧ 실리병

중국인이 본 중국의 국민성에 대해서는 이만 접어 두고 외국인이 본 중국의 국민성에 대해서 살펴보기로 하겠다. 사실 중국인이 스스로 자신의 민족성을 돌이켜 보게 된 계기는 주로 외국인과의 접촉과 외국인의 중국인론에서 비롯되었다.

17세기 독일의 가장 위대한 사상가 중 한 사람이었던 레브니즈는 일찍이 중국인의 국민성을 평화 사상과 조상숭배 사상이라는 2대 특징으로 지적한 적이 있다.

아담 스미스도 『국부론』이란 명저에서 중국인이 정체된 요인은 중국인 자신의 불변성에 있다고 꼬집었다.

세계적인 철학자 헤겔도 중국인의 정신상의 몰개성에 대해 지적했으며, 칼 마르크스도 '중국은 살아 있는 화석'이라 비판하면서 중국인의 보수성에 대해 언급했다.

19세기 중기부터 수많은 구미인들이 중국을 드나들면서 중국의 국민성에 대해 개괄하려고 노력했다. 그중 가장 고전적인 중국인론으로 지목

되는 것이 미국인 선교사 A·H 스미스가 저술한 『중국인 기질론』(1894년)이다. 그는 자신의 체험을 바탕으로 중국인의 성격을 26개 조목으로 나누어 기술했다.

① 멘즈 ② 절약 ③ 근로 ④ 예절 ⑤ 시간관념의 결여 ⑥ 정확성 결여 ⑦ 오해의 재간 ⑧ 기만의 재간 ⑨ 유순한 완고성 ⑩ 지력 혼돈 ⑪ 무딘 감각 ⑫ 외국인 멸시 ⑬ 공공도덕의 부재 ⑭ 보수성 ⑮ 낙과 편리를 추구하지 않는다 ⑯ 생명력 ⑰ 인내성과 견인성 ⑱ 지족상락 ⑲ 효심 ⑳ 인자 ㉑ 동정심의 결여 ㉒ 불화목성 ㉓ 책임과 상호 견인 ㉔ 서로 의심하기 ㉕ 신용도의 결여 ㉖ 다신론, 범신론, 무신론

1915년 국제적으로 저명한 사회학자 막스 베버는 『유교와 도교』라는 명작에서 중국인의 성격을 7가지로 개괄했다.

① 강인성 ② 근면성 ③ 둔감성 ④ 조심성 ⑤ 회이성 ⑥ 동정심 결여 ⑦ 불성실

특히, 그가 중국에 한 번도 가보지도 않고 '중국인은 세상에서 오직 하나밖에 없는 불성실한 민족이다.'고 단언한 것은 흥미롭다.

현대 영국의 탁월한 한학자 레요쓰 박사는 도덕감, 인도주의 정신과 자기 겸허성, 세계주의자로 중국인의 국민성을 설명했다.

토인비도 이 점에 대해서 일본의 이케다 다이사쿠와 대담 중에 언급한 적이 있다. 영국의 학자 루소는 웃음, 향락, 탐람, 멘즈, 인내, 성실, 민족 집착성, 비겁, 동정심 결여 등으로 중국인의 성격을 개괄했다.

이 밖에 수많은 구미인과 일본인들이 중국인에 대해 논했으나 상술한 특성과 유사하기에 더 구구히 밝히지는 않기로 하겠다.

다양하고 복잡한 중국 대륙인의 국민성을 이해한다는 것은 신비한 대륙만큼이나 매력적이며 또 그만큼 난해한 일이 아닐까?

일본인의 국민성

자국 비하의 섬나라 근성

이 지구상에 일본인만큼 자신들의 국민성을 논하기 좋아하는 국민은 없을 것이다. 메이지 유신 이후 오늘날까지 일본인에 관한 저서, 논문, 기사, 에세이는 이미 통계를 불가능케 할 정도로 수없이 쏟아져 나왔으며 지금도 여러 측면에서 쓴 일본인론이 매일 같이 쏟아져 나오고 있는 상황이다.

이리하여 일본인론에 대한 연구서도 나왔으며 이런 일본인론을 총괄한 책, 이를테면 『외국인이 쓴 일본론 명저』를 비롯하여 『일본인론의 계보』, 『일본론의 변용』 등도 많이 나타나고 있을 정도다. 그 중에서도 일본의 저명한 심리학자 미나미 히로시가 쓴 『일본인론』은 천 수백여 점의 국민성에 관한 논저 가운데서 대표적이라 생각되는 5백여 점을 선정하여 소개한 것인데, 말 그대로 일본인론의 집대성이라 할 수 있다.

우선 일본인이 살핀 일본인의 국민성을 보기로 하자.

일본에서 제일 처음 구체적으로 국민성을 지적한 사람은 메이지 시기의 대표적 국문학자인 하가 아이치[芳賀矢一]다. 그는 1907년에 쓴 명저 『국민성 10론』에서 국민성의 특질을 다음과 같은 10개 항목으로 분석했다.

① 충군애국.

② 조상을 숭상하고 가명을 중시한다.

③ 현세적, 실제적.

④ 초목을 사랑하고 자연을 즐긴다.

⑤ 낙천주락(樂天酒樂).

⑥ 담박소주(淡泊瀟酒).

⑦ 섬려섬교(纖麗纖巧).

⑧ 청정결백(淸淨潔白).

⑨ 예절작법(禮節作法).

⑩ 온화관서(溫和寬恕).

이에 앞서 1891년에 서양 사상에도 정통한 철학자 미야케 세쓰레이[三宅雪嶺]가 『진선미 일본인』, 『위악추 일본인』이라는 책 두 권을 써서 본격적인 일본인론을 전개했다. 그의 저서에서 미야케는 '기후 온화, 풍물 청순'의 일본미를 내세우고 이런 일본적 미가 세계적으로 높이 평가를 받는 것은 국민성과 민족성이 우수하다는 면이 동시에 세계적으로 통했기 때문이라고 주장했다. 반면 일본인의 낮은 지식수준, 사심적인 것, 외국숭배 등의 사상을 비판했으며 국민성을 반성했다.

다이쇼 시기의 대표적인 역사학자 쓰다 소기치[津田左右吉]는 1916년 문학에 나타난 『우리 국민 사상의 연구』에서 다음 아홉 가지를 지적했다.

① 평화적인 국민성 ② 전투적 기상의 결여 ③ 국민적인 신(종교)이 없다 ④ 공공정신의 미발달 ⑤ 현세만족 ⑥ 경쾌 · 담박 ⑦ 집요 · 잔혹하지 않다 ⑧ 강한 의지와 모험적 기상의 결여 ⑨ 모방과 외국문화 순응

1916년 오마치 게이게쓰[大町桂月]는 청 · 일, 러 · 일 전쟁에서 승전한 '세계 1등 국민'이라고 뽐내는 국민에게 반성을 촉구하기 위해 35명의 논문을 모은 논문집 『미점 약점 장점 단점 일본 연구』(그 후 『일본 국민성 해부』로 개제)를 편집 · 간행했고, 그 가운데서 다음과 같이 지적했다.

① 일본인의 거짓말 ② 자국 비하의 악풍 ③ 동정심 없는 국민 ④ 섬나라 근성 ⑤ 소극적 인물 ⑥ 산업의 결함

1935년 저명한 철학자 와쓰지 데쓰로[和辻哲郎]는 『풍토』를 발표하여 지구상의 풍토적 · 역사적 패턴을 몬순, 사막, 목장 3개 패턴으

로 분류하고 일본인은 몬순적 풍토에 속하기에 기본적으로 국민성이 수용적, 인종(忍從)적이라고 했다.

작가 사카구치 안고[坂口安吾]는 1935년에 『일본문화사관』을 발표하여 일본인의 중심이 약한 방관자적 성격을 갈파하면서 고향의 전통이 구미 풍조에 파괴되어도 아랑곳하지 않는 공통성을 지적했다. 『세계 국민성 독본』 이라는 책에서 일본인의 국민성을 다음과 같이 열거했다.

① 충효의용(忠孝義勇) ② 청렴결백 ③ 고아우미(高雅優美) ④ 조상숭배 ⑤ 외래문화에의 동화 ⑥ 자연사랑 ⑦ 해양 취미 ⑧ 결백 ⑨ 융통성 등의 특질로 해명했으며, 국민성의 결점으로 1) 공덕심 결여, 즉 체면 본위 2) 웅대한 기성, 모험성, 창조성 결여 3) 세계에 자랑할 만한 문화를 낳지 못 함 등을 꼽았다.

일본인은 뒷모습에서 감정을 느낀다

1938년 학자 하세가와 뇨제칸[長谷川如是閑]은 『일본적 성격』, 『속 일본적 성격』에서 일본인의 장점과 결점에 대해 다음과 같이 지적했다.

장점 : ① 객관적임 ② 리얼리틱 ③ 중간적 ④ 검약 ⑤ 겸허 ⑥ 평범 ⑦ 상식적

결점 : ① 신중하지 못함 ② 성격이 급하고 빨리 변함 ③ 외부의 자

극에 민감함 ④ 무의식적으로 모방에 빠지기 쉬움

니시무라 나오지[西村直次]는 『일본인과 그의 문화』(1940)에서 일본인의 우수성을 다음 여덟 가지로 말했다.

① 적응성 ② 가동성 ③ 수용성 ④ 평화성 ⑤ 도덕성 ⑥ 협조성 ⑦ 생산성 ⑧ 진취·다산·협력

저명한 심리학자 미나미 히로시[南博]가 쓴 『일본인의 심리』(1953년)는 ① 자아의식 ② 행복감 ③ 불행감 ④ 비합리수의와 합리주의 ⑤ 정신주의와 육체주의 ⑥ 인간관계 등 6개 면에서 일본인의 심리세계를 규명한 명작으로 일본인 이해의 지침서라고 할 수 있다.

세계적인 시야에서 일본인을 보는 입장으로, 1970년 이자야 벤다 상이라는 펜네임의 일본인 평론가 야마모토 시치헤이[山本七平]가 『일본인과 유태인』이란 베스트셀러로 70년대의 일본인론 붐을 일으켰다. 그런데 학술적으로 독단적이고 객관성이 없어 현재는 큰 인정을 받지 못한다.

서양사학자 아이다 유지[会田雄次]의 『일본인의 의식구조』(1970년)에서 처음으로 일본인의 '배후주의'를 지적했다. 일본인은 뒷모습에서 감정을 느낀다. 앞으로는 굳게 닫혀 있어도 뒤로는 열려 있다. 자기 PR이 결여되었고 수동적인 인간, 즉 고용된 인간으로서는 우수하나 고용하는 인간으로서는 역부족이라고 했다.

일본인론의 베스트셀러가 된 도이 다케오[土居健郞]의 『'아마에'의 구조』(1971년)는 일본인의 의존성을 아마에, 즉 응석받이로 규정하고 어른이 되어서도 심리적인 모자(母子) 관계의 분리가 어려운 일본인의 경향을 지적했다. 그 점은 한국인이나 중국인에게서도 공통적으로 나타나는 현상이라 여겨진다.

도쿄 대학의 교수이자 인류학자인 나카네 치에[中根千枝]는 『종적 사회의 인간관계』(1967년)에서 상하의 대인관계, 특히 종적으로 발달된 일본인의 국민성을 특징지으려 했다. 그러나 한국인이 오히려 일본인보다 상하관계가 더 강하다.

역시 문화인류 학자인 후카사쿠 미쓰사다[深作光貞]는 1971년 『일본 문화 및 일본인론』에서 일본인은 '친목, 마음이 통하는 사이, 서로 도움을 주고받는 인간적 화(和)…… 등 명목의 테두리를 만들어 내왕하고 스스럼없이 지낸다.'고 지적했다. 이런 관계는 감정적일수록 집단의 결속력이 더 강해지며 일을 잘하고 실적을 잘 올린다.

사회학자 쓰루미 가즈코[鶴見和子]는 『호기심과 일본인』(1972년)에서 외래 종교, 이데올로기, 제도, 문화를 탐욕스런 호기심으로 모두 도입하여 그것을 전통의 토대 위에 쌓아 올린 일본인을 분석했다. 일본인은 자기 집단 외의 모든 사물에 호기심이 강하여 외국 여행, 외국어 습득에의 욕망이 강하다는 것이다. 호기심은 인간관계의 폐쇄성과 외래 문화에 대한 개방성의 혼재 등 폐쇄성과 개방성의 다중구조를 구축했다는 것이다.

1972년 심리학자 미야기 오토야[宮城音弥]는 『일본인은 누구인가?』에서 일본인의 동서 지역의 기질을 지리적・역사적 풍토와 결부하여 지적하였다.

1973년 민속학자 아라키 히로유키[荒木博之]는 『일본인의 행동양식』에서 타율적(他律的)으로 따라 행동하는 것이 일본인의 기본적 속성이라고 지적했다.

그는 '목축문화와 농경문화의 도식'으로 이를 규명했다.

① 목축민적 기층문화 − 목축적 이동의 개인사회 − 자율적 개성 − 남성원리
② 농경민적 기층문화 − 농경적 정주의 공동사회 − 타율적 개성 − 여성원리

이래서 일본인은 전원일치 지향의 동조적인 행동을 중시하며, 타율은 자아의 부재로 통하면서 자기 부정, 자기 포기가 되고 집단 논리 우선이 된다.

1989년 철학자 나카무라 하지메[中村元]가 저술한 『일본인의 사유 방법』은 일본인의 사고방식을 종교를 비롯한 넓은 범위에서 고찰한 대작이다.

'주어진 현실의 용인(容認)'이란 항목에서는 일본인의 사고방식을 다음의 네 가지로 들었다.

① 현세주의 ② 인간의 자연성정의 용인 ③ 인간에 대한 애정의 강조 ④ 관용성

또 '인간 결합조직을 중시하는 경향'이란 항목에서는 다음의 네 가지를 들었다.

① 비합리적 경향 ② 논리적 사유의 결여 ③ 직관적 · 정서적 경향 ④ 단순한 상징적 표상을 애호

이밖에도 일본인이 각 측면에서 세분하여 쓴 일본인론에 가까운 저서와 논문은 허다하게 많지만 여기서는 이만 줄이기로 하겠다.

일본 문화는 '수치' 의 문화다

이제는 외국인이 본 일본의 국민성으로 시야를 넓혀 보기로 하자.

『외국인에 의한 일본인론 명저』 에는 1950년대의 『일본 도해기』 에서부터 1980년대의 『자살의 일본사』 에 이르기까지 수없이 많은 외국인이 쓴 일본인론 가운데서도 대표적인 작품 42편이 수록되어 있다.

우선 외국인이 쓴 일본인 비판의 대표적 저서로는 일본에 유학했던 중국의 저널리스트 대계도(戴季陶)가 쓴 『일본론』(1928년)을 꼽는다. 국민당의 중요한 상층에 속했던 그는 손문의 비서, 통역으로도 일본을

거듭 방문했다.

그는 일본의 국체를 '만세일계, 천양무궁(萬歲一系, 天壤無窮)'이라 하는 신권의 미신과, 발생적으로는 노예도(奴隸道)에 지나지 않는 '무사도'라 규정하고 이를 비판했다. 그리고 일본 국민성의 장점으로는 세계 문명을 흡수하는 동시에 자기 보존의 능력, 자기 발전의 능력을 겸비했으며 결점으로서는 좀스러운 섬나라 근성을 갖고 있고, 구미 숭배, 중국 경멸의 경향이 있다고 지적했다. 또한 예술적 성격으로는 전투적 정신에 우미한 정적의 심경과 정교성치한 형식이 결합되어 미의식은 우아ㆍ정치 하지만 위대ㆍ숭고함은 결여되었으며, 도덕의식에는 평화ㆍ호조의 습성이 있지만 타산적인 서민근성[町人根性]에 지배되어 있다고 했다. 메이지 유신 이래 중국ㆍ한국을 멸시해 온 일본의 국민성에 대해, 중국인이 그 결점을 지적한 것은 획기적이라고 일본인들도 평가한다.

전쟁 직후인 1948년에 미국의 문화인류학자 루즈 베네딕트의 『국화와 칼』이 일본에서 번역ㆍ출간되면서 일세를 풍미한 일본인론으로 정착되었다. 이것이 외국인에 의한 본격적이고 종합적인 첫 번째 일본인론이었기 때문이다. 이리하여 이에 자극을 받은 각양각색의 일본인론이 생겼다.

일본 문화를 '수치의 문화'로 보고 서양 문화를 '죄의 문화'로 대비시킨 것은 의미 중대한 발견이다. 베네딕트는 일본인의 사회행동을 두 가지로 특징지었다. 첫째, 메이지 정부에 의해 기준이 주어지며, 각자가 격식에 맞는 자기 위치에서 응석부리는 것이 평균적인 행동 룰이다. 이것은 계층성의 반영이다. 둘째로는 의무체계에서 받는 의무와 주는 의무, 은혜를 갚는다. 이것을 의리라고 특징지었다. 의리와 대조적인 것은 인정이며, 일본인은 목욕, 식사, 수면을 통해서 육체적 쾌락을 추구한다고 말했다.

베네딕트는 일본인의 이중성격을 강조했다. 국화와 같이 예술을 사랑하는 한편, 칼과 같은 잔인성을 가지고 있다면서 그 모순된 성격을 지적했다. 이것은 지금까지의 외국인에 의한 일본인론 가운데서도 가장 우수한 것으로 꼽히고 있다. 물론 일본어를 모르고 일본 체험이 없었기에 자료에 대한 오해가 있고 지식이 결여되었다는 등의 결함도 일본 지식인들에 의해 지적되었다.

『국화와 칼』과 어깨를 겨룰 만한 수작은 이어령의 『축소 지향의 일본인』이다. 이어령은 일본인이 구미 : 일본의 비교에서 보인 제한성을 비판하면서 같은 동양인의 시각에서 최초로 독특한 일본론을 발표했다. 1982년, 일본에서 발간 즉시 베스트셀러가 되었으며 『아사히신문』에서는 최고의 일본인론으로 선정했다. 이어령은 처음으로 일본인의 특성 가운데서 사물을 확대하는 것이 아니라 축소하는 '지지미(축소) 지향'을 발견하고 일본의 생활, 문학, 예술, 식물, 물품 등에서 그 축소 지향을 실증했다.

축소 지향, 그런 경향은 맞지만 그에 대한 심리적 동기에 대한 분석이 아직 충분하지 못하다는 비판도 가해지고 있다.

비교 문화의 시점에서 외국인과 일본인을 비교한 책은 1970년대 이후 무수히 많이 쏟아져 나왔다. 이를테면 오자키 시게오[尾崎茂雄]의 『미국인과 일본인』, 진순신(陳舜臣)의 『일본인과 중국인』, 마쓰모토

가즈오[松本一男]의 『중국인과 일본인』 등이 있다.

일본인의 국민성 중에서 특기할 것은 '외국인과 비교하여 우리 일본은……'하는 식의 국제적 비교 의식이 중국인이나 한국인보다 월등 강하다는 점이다. 이 점은 중국과 한국이 자신의 국민성을 논한 저술이 지극히 적은 데 비해 일본은 무수히 많다는 점을 감안하면 쉽게 이해할 수 있을 것이다. 이 같은 일본의 독특한 비교 의식이 외국 문물에 대한 지대한 호기심에서 비롯된 것이라고 한다면, 그것은 비교를 통해 자신을 개변시키고 발전시키는 일종의 에너지가 되었다고 할 수 있을 것이다.

관찰자적 의미의 '아웃사이더'

"자신의 고향을 사랑하는 사람은 아직 연약한 어린이와도 같다. 모든 지방을 다 자신의 고향처럼 좋아하는 사람은 강한 인간이다. 그러나 전 세계를 다 고향처럼 느끼는 사람이야말로 완성된 존재다."

이는 12세기 유럽의 사상가 성 빅터 유고가 남긴 말이다. 타민족과 타문화를 널리 받아들이고 포용하는 사람이야말로 성숙한 인간이라는 뜻이다.

김문학을 말하고자 할 때마다 나는 유고의 이 유명한 말을 떠올린다. 그것은 김문학이야말로 이 명언에서 언급한 '완성된 존재'에 근접한 인물이라고 생각하기 때문이다.

김문학은 그 자신도 즐겨 표현하듯이 한 · 중 · 일이라는 세 '조국'을 소유한, 복수의 고향을 가진, 복수의 조국을 사랑하는 행복한 월경자(越境者)가 되어버렸다.

아마 독자들은 그가 2개, 3개의 사랑하는 '조국', '모국' 속에서 끊임없이 고통스러운 선택에 쫓긴다든가, 갈팡질팡 방황한다고 생각할 수 있겠지만 사실 이는 너무나 큰 오해이다. 그는 3개의 '모국'이 있는 것을 누구보다 자랑스럽게 여기며 오히려 이를 행운이라고 생각하는 사람이다. 물론 복수의 문화를 알고, 복수의 언어를 구사하며, 복수의 이질적인 전통을 의식해야 한다는 것은 번뇌의 소재가 될 수도 있지만, 그 때문에 자기연민 따위를 느껴본 적은 별로 없다고 한다. 오히려 자신을 매우 혜택 받은 인간으로 여기면서 '월경자'로서의 삶을 즐기고 있다. 단 하나의 고향, 단 하나의 조국, 단 하나의 언어밖에 소유하지 못한 사람들의 눈에 김문학이 이상하고 난해한 존재로 보이는 것은 어쩌면 당연한 일일지도 모르겠다. 왜냐하면 그들은 하나의 단일문화 속에서, '하나'라는 고정된 틀 안에서 벗어나기 어렵기 때문이다.

일본에서 살면서 활동하고 있는 김문학은 한국에도 많이 알려진 조선족 지식인, 작가다. 내가 과문한 탓인지는 모르겠지만 조선족 지식인, 작가 중에서 일본은 물론 한국에서 가장 많이 알려진 인물은 김문학이라고 생각한다. 『벌거숭이 3국지』, 『한국인이여 '상놈'이 돼라』, 『한중일 3국인 여기가 다르다』, 『조선족 개조론(코리언 드림)』, 『반문화 지향의 중국인』 등의 작품에서 볼 수 있듯이, 비교문화적인 예리한 통찰력으로 삼국의 문화 · 국민성을 비교분석하면서, 경계를 넘나들며 그들을 바라보는 영원한 '이방인', '다이애스포라'적인 시각은 우리에게 시사하는 바가 매우 크다.

내가 김문학을 처음으로 알게 된 것은 7년 전, 히로시마에서였는데 우연한 기회에 선배로부터 소개를 받아 인사를 나누게 됐다. 김문학이 주는 느낌은 남달랐으며 독특했다. 늘 경계를 넘나들며 다국 문화를 흡수한 데서 생겨난 번뜩이는 기지, 뛰어난 비교문화적 시각과 성찰력, 3개 국어를 능란하게 구사하는 천재적인 언어감각, 그리고 용기 있는 비판력과 모든 금기에 과감하게 도전하는 태도……. 이런 다양한 요소들은 그를 귀재로 만들어주기에 충분했다. 그 외에도 김문학은 오기가 있기는 하지만 뻔뻔스럽지 못하고 깔끔하며, 때로는 천진하고 순진하여 누가 칭찬을 해주면 어린아이 같이 수줍어하기도 한다. 날카로워 보이는 외모의 이면에는 늘 유순하고 나약해 보이는 모습들이 감춰져 있었다. 인간과의 사귐에 있어서도 대인관계에 능숙하지 못하고 성질이 좀 괴팍한 면이 있어 좋은 인상을 주지 못하는 때도 있다. 많은 귀재들처럼 그는 결점이 많은 인물이기도 하다. 이러한 결점 또한 그의 인간상을 다양하게 해주는 요소로 받아들이고 싶다.

김문학은 많은 오해를 받고 있는 인물이다. 오만하며 '친일적'이라는 등. 그러나 그를 향해 쏟아지는 비난들은 사실 경계를 넘나드는 코스모폴리탄적인 자유로운 글쓰기에 대한 오해에서 유래된다. 소위 '김문학 현상'으로 불리는 일부 네티즌이나 지식인들에 의한 그의 국제적 글쓰기에 대한 비난, 왜곡에는 그의 참모습을 곡해한 부분이 매우 많다. 해외에서 활약하는 동포 지식인 중에 아마 김문학처럼 찬반양론으로 대립된 평가를 받는 사람도 그리 흔치 않을 것이다. 그 역시 이러한 긍정과 부정의 충돌 속에서 국제적 명성을 확보하고 있는 것도 사실이다.

여러 가지 차원에서 김문학은 '조선족'이라고만 한정시켜서 규정짓기는 어려운, 때로는 좀 거북하기까지 한 인물이다. 왜냐하면 그는 '조선족'이라는 좁은 테두리에서 벗어나 국경을 뛰어넘어 국제적으로 문화활동을 벌이고 있고 또 인정을 받고 있기 때문이다. 그에 대한 국제적인 평판, 특히 조선족 안에서나 한국 네티즌들 사이에서 펼쳐지는 형형색색의 찬성과 부정, 비방, 왜곡까지 가미된 논란을 제삼자의 입장에서 나는 오랫동안 방관해왔다.

나는 일본에서 일본어로 활동하는 김문학을 바라보면 미국에서 영어로 활동하고 있는 팔레스타인 출신의 비평가 에드워드 사이드(Edward W. Said)가 떠오른다. 사이드와 김문학은 유사한 점이 많다. 그 유사성은 바로 '아웃사이더'와 '경계를 넘는 글쓰기'라는 단어로 축약할 수 있다. 사이드의 명작 『오리엔탈리즘』, 『문화와 제국주의』는 두 가지 문화의 경계에서 방황하는 '아웃사이더'적 의식에서 태어난 작품이다. 『오리엔탈리즘』 등의 책들은 동서양 문명의 충돌을 화해로 이어주는 아웃사이더의 연결작용을 극명하게 완성한 이론으로, 탈냉전 시기를 맞이한 오늘날에 세계적 필독서로 평가받고 있다. 동서양의 동등한 공존을 주장하는 사이드의 논리는 두 문화 사이에서 살고 있는 자신의 체험에서 비롯되었다. 그는 이렇게 고백한다.

"내가 기억하는 한, 나는 언제나 자신이 그 둘 중 하나에만 속하기보다는 그 두 세계에 다 속한 것으로 느끼며 살아왔다. 나는 언제나 아웃사이더였을 뿐이었다. 그럼에도 불구하고 내가 자신을 '아웃사이더'라고 부를 때, 그것은 슬프거나 박탈당한 것을 의미하지는 않는다. 오히려 그 반대로 제국이 분리해 놓은 그 두 세계에 다 속해 있다는 것은 그만큼 그 두 세계를 더 잘 이해할 수 있다는 것을 의미한다."

이어서 『문화와 제국주의』에서 그는 자신의 그 포지티브한 '아웃사이더'적 특성에 대해 이렇게 역설적으로 말했다.

"하나 이상의 역사와 그룹에 속해 있다는 느낌이 한 문화와 한 나라에만 충성심을 느끼는 것보다 더 나은 대안이 될 수 있다."

그는 서양에 대해 분노와 복수심을 갖기보다는 오히려 그들이 남겨놓은 장점을 이용해 서로의 동등한 공존을 위해서 노력하는 편이 낫다고 제안했다. 이 제안은 세계화 시대를 맞은 오늘날에 아주 중요한 의미를 갖는 말이 되었다.

사이드나 재미교포 2세 작가인 이창래는 모두 복수 문화의 경계에서 활약하는 아웃사이더다. 김문학은 서구가 아닌 동양, 특히 옛날 제국주의 지배자였던 일본에서 활동하며, 한중일 삼국 문화의 경계에서 활약하고 있다. 단지 사이드가 서구제국주의의 오리엔탈리즘에 대해 비판을 가했다면, 김문학은 우리 안의 '오리엔탈리즘'에 대해 비판하고 있다는 점이 대조적이다. 그리고 일본이라는 상대를 어설픈 비난으로 폄하하기보다는 우리 안의 약점, 병증을 비판함으로써 우리의 위치를 높여 상대와 동등한 공존을 기하고자 하는 것이 김문학의 궁극적이면서도 유일한 목적이다.

사이드가 서양에서 오만하고 사실을 왜곡하고 있다고 비난받는 것과 김문학이 우리 안에서 비난, 왜곡당하는 것은 같은 맥락에서 볼 수 있다. 보수적인 미국의 지식인들은 사이드가 사실을 왜곡했다고 맹렬히 비난·반발했는데, 그 배경에는 사이드의 이론이 폭로한 서양 제국주의의 치부를 인정하지 않으려는 의도가 짙게 배어 있다. 같은 맥락으로 우리 안에서 김문학을 비난, 비방하는 이면에는 그의 책들이 드러내는 우리 안의 많은 치부를 부정하고 싶어 하는 무의식이 작용하고 있는 것이 아닐까 생각된다.

위에서 보아온 김문학의 진정어린 자체 비판의 건설적인 담론과 그 진면목을 미처 보아내지 못했기 때문에 그에 대한 오해, 왜곡은 상당히 안이하고 조잡할 수밖에 없다는 것은 명약관화한 사실이다. 그 진면목에 대한 인식 없이 행해지는 과도한 평가나 감정적인 비난, 폄하 역시 다 난센스라고 할 수밖에 없다.

해외에서 활약하고 있는 젊은 동포 지식인의 위상을 규명하는 작업은, 글로벌 시대를 살아가고 있는 우리 자신의 모습을 객관화시켜 바라보는 데 더 없이 적절하고 필요한 거울이 된다.

마지막으로 한 가지만 더 강조하고 넘어가고 싶은 것이 있다.

김문학의 경계를 넘어선 글쓰기는 글로벌 시대를 맞이한 지금, 우리 한국 지식인에게 여러 가지로 시사 하는 바가 크다는 점을 강조하고 싶다. 늘 편 가르기나 좌우로 갈려서 서로를 공격하기에만 익숙해져 있는 우리나라 지식인들에게 이는 또 하나의 신선한 이정표를 제공했다는 점에서 의미가 깊다. 우리는 자신의 아이덴티티, 정체성만을 강조하는 데 열중하고 익숙해져 있으나, 정작 세계화를 외치면서도 세계의 일원으로 세계 문명에 동참하고 공존하려는 의식은 미약하다. 고유성, 정체성 문제를 넘어서 이제는 세계인으로서의 공존적 동참이라는 화두에 대해 많이 고심해야 하지 않을까 생각한다.

2003년 11월 초순

강 원 석

김문학은 우리에게 무엇인가

심 훈(작가)

소장학자 김문학은 당대 조선족의 전설적 인물이다.

조선족이 모이는 곳이면 돈, 출국과 함께 반드시 빠짐없이 나오는 것이 '김문학'이라는 이름석자라고 한다.

마치 프랑스인이 '나폴레옹'을 담론하고, 문화대혁명시기의 중국인이 '모택동'을 담론했듯이 근년래 김문학은 조선족 사회의 담론의 주제가 되었다. 다시 말하자면 출국 붐, 돈과 정보와 패션, 민족위기와 민족의 개념과 직결된 하나의 '김문학 신드롬'이다.

김문학이라는 이름이 조선족의 하나의 상징적인 기호, 브랜드와 같은 심벌로 부상한 것이다.

우리 민족의 투사이며 문단의 거장인 김학철의 인기도 문단과 지식계 내부에 한정된 것이었지만 김문학의 지명도와 영향은 문단과 지식계를 초월하여 전 조선족 사회에 광범위하게 퍼진 것이다. 그리고 국제적인 영향력에서도 김문학을 능가할 만한 조선족 지성은 아직 존재하지 않는 것이 실정이다.

1

김문학을 화제에 올려놓고 반찬이나 검 씹듯이 씹기는 쉬운 일이지만 그를 정면에서부터 평가하기란 그렇게 쉽지 않은 거북한 존재다. 왜냐하면 국내의 한정된 생활, 문화체험에 익숙한 관념·시각으로 그의 인물과 작품의 경지, 김문학의 관념, 사상과 전체적, 비교문화적인 유니크한 사상체계를 요리할 수준의 지성이 아직은 우리 지성계에 나타나지 못했기 때문이다.

이런저런 의미에서 평론가들이 고백한 것과 같이 김문학은 아직 조선족 지성계에서는 독보적인 존재이며, 고독한 지성이다.

김문학 뒤에는 많은 별명들이 붙어다닌다. 조선족 당대의 '이광수'요, 젊은 '이어령'이요, 조선족의 '이오'요, '백양'이요 또는 정치적인 내용으로 '친일작가'요, '민족문화영웅'이요, '민족의 반역자'요, '스라소니'요 하는 수없는 라벨과 딱지가 붙어 있는 인물이다.

이러한 모든 딱지는 그의 정체를 갈수록 흐리게 하는 것은 물론이거니와 왜곡할 가능성이 상당히 큰 것들이다.

이 정도로 김문학이라는 존재는 민족의 대중적 인기를 확보하면서 공적인 인물이 됐을 뿐만 아니라, 그와 같이 진선미와 정의, 그리고 그 반대쪽이라는 이미지로 양극화되는 평을 받으며 명성을 날린 인물은 우리 조선족 사에서도 전무후무하다.

이제 그의 존재적 의의를 분석하고 규명하는 것은 매우 중요한 과제로 떠올랐다.

2

김문학, 그는 우리에게 무엇인가?

사실 이 명제에 대한 답은 그의 수십 권의 책과 발표된 논문과 모든 문학작품과 한중일 삼국에서 자주 진행되는 강연활동 등을 총체적으로 점검, 종합적으로 분석, 관조하는 데서 얻어질 수 있는 것이다.

이런 방대한 연구 작업은 이후로 미루기로 하고, 필자가 접한 그의 글과 언론, 강연 그리고 조선족 사회의 반응을 기초로 해서 느낀 점에 대해 요약해서 논술하려고 한다.

사실 우리는 김문학에 대한 탐구를 조바심과도 같은 열정에서 시작한 탓으로 그 한 인물이 갖고 있는 긍정적인 의의를 간과한 시행착오를 범했다는 점을 지적하지 않을 수 없다.

혜성 같이 나타난 조선족의 귀재에 대해 '발등에 떨어진 불끄기'라는 말처럼, 당황과 초조함을 감추지 못하고 대응하는 데 급급해야 했던 우리 스스로의 약점, 또는 근시안적인 행동이 조금은 거칠지 않았나 심히 염려스럽다. 이러한 거친 반응은 우리 민족 자신에게도 김문학이라는 인물에게도, 다 유익하리라고는 단정할 수 없다. 여기서 새삼스럽긴 하지만 우리의 책읽기, 해독에 대한 문제를 이야기하지 않을 수 없다.

'김문학'을 읽으면서 발생하는 시행착오는 우선 해독문제에서 발생된다. 이 해독문제로 인하여 엄청난 오해와 왜곡을 가져온 폐단이 있음을 망각해서는 안 된다. 그러나 유감스럽게도 우리는 우선 그를 읽는 데서 착오를 범했다. 반대자들 속에서 많이 나타난 착오 중 하니는 '김문학은 일본에서 살면서 활동하니 당연히 친일적일 것'이라고 섣부른 편견과 선입견을 갖는 것이다. 이렇게 색안경을 끼고 보면 볼수록 그의 정체를 색으로 도배해버릴 위험성이 있다. 그래서 색깔로써 김문학의 작품을 판단하고 인물을 평가하여, 결과적으로 그를 '반동', '반역자'로 읽은 것이다.

김문학의 극성 반대파들의 글을 찬찬히 읽어보아도, 그들은 그가 왜 '친일파 반동역적'인지 아무런 사실적 근거를 대지 못하고 있다. 처음부터 무의식적, 또는 의도적으로 그를 '적'으로 내몬 인상까지 준다. 우리의 독서자세, 해독자세와 수준, 기준을 바로잡아야 한다는 생각이 절실히 들었다.

이데올로기적, 정치적 색안경을 끼고 보면 어떤 인물도 어떤 색깔을 띤 것처럼 보이기 마련이다. 문제는 읽는 이의 해독자세와 시점이 상대에게도 왜곡과 수난을 안겨준다는 것이다. 의도적으로 그를 왜곡하려 들었다면 그것은 우리 도덕의 타락을 증명하는 일이어서 문제는 더욱 커진다.

3

이제 드디어 본문의 주제인 김문학이 갖는 의의에 대해 살펴볼 수 있게 되었다.

첫 번째, 김문학의 의의는 객관적 시각으로 우리 조선족 자신의 모습을 성찰한 데 있다. 여기서 키워드는 '객관적 시각'이다. 이 평범한 키워드가 우리에게 주는 의미는 아주 다층적 의미를 포괄하고 있다.

김문학은 20대의 젊은 나이에 중국을 떠나 일본과 국외에서 유학을 하면서 의식구조나 세계관에 철저한 변화를 겪게 된다. 그는 문화 인격으로서는 코스모폴리탄 형의 '세계인'으로 변신하게 된다. 이 변신에 대해서는 본인 역시 자부심을 느끼면서 늘 자랑하고 있을 만큼 의식적인 것이다.

국경을 초월한 코스모폴리탄의 정신적 세계에서 국경이나 고향의 경계선은 없어지며, 타자의 조국과 고향도 자신의 조국과 고향 같이 상대화시켜 볼 수 있는 그런 넓은 의미의 시각이 형성된다.

타인의 고향도 자기 고향으로 생각할 수 있고, 내 고향도 타인의 고향 같이 냉철한 시각으로 바라볼 수 있는 자세는 해외에서의 오랜 체험 없이는 완성되기 어려운 것이다. 필자도 일본에서의 유학과 취직생활을 통해서 김문학식의 코스모폴리탄의 시점을 이해하는 데는 꽤 긴 시간이 소요됐다.

세계 근대문화사를 둘러보아도 중국, 조선의 문단을 보아도 유학생의 근대문학, 인문학에 대한 공헌은 이루 형언할 수 없이 컸다. 중국의 노신, 곽말약, 주작인, 주양이나 호적, 임어당, 양실추, 하연이나 조선의 이광수, 최남선을 위시로 한 근대 문학의 대가들의 지도자적 역할이나 최근 유학생의 지식계에서의 위치를 보아도 실감할 수 있으리라.

김문학의 독특한 위치는 유학을 마치고 귀국한 자들과도 또 한층 다르다. 그는 계속 이(異)문화 속에서 자리를 지키면서 이문화의 위치에서 자기 민족문화를 객관화시키고 있다.

이런 인물은 우리 조선족에게는 처음의 경험이며, 신신한 문화적 공기와 지적인 자극을 주게 된다는 면에서 의의는 매우 크다.

미처 느끼지 못한 이 중요한 의의를 더 이상 무시하고 가벼운 생각으로 소홀히 할 수 없다.

4

세계적 석학 이어령이 『축소지향의 일본인』을 통해 처음으로 일본에 알려지면서 한국 지성으로는 처음으로 한국의 위상을 알린 인물이라면 김문학은 『벌거숭이 3국지』를 통해 처음으로 일본과 한국에 알려지면서 조선족 지성으로서는 처음으로 조선족의 위상을 알린 국제적 지성으로 거듭났다.

직접 외국어로 집필하지 않았다면 이어령도, 김문학도 국제적 지성으로 알려지기는 어려웠을 것이다.

김문학은 해외에서 위치를 지키면서 비교문화의 영역을 개척한 젊은 지성으로 명성을 확보하고 있다.

조선족의 지성계에서 어떤 사람들이 김문학을 부정하려고 애써도 해외에서의 명성은 부정하지 못할 것이다. 그에 대한 타매는 또한 조선족 지식인의 폐쇄성과 근시안의 병폐를 반증하고 있다.

김문학이라는 인물이 국제적으로 1세대나 2세대가 이룩하지 못한 조선족의 가능성을 성취할 수 있었던 것은 그의 노력과 함께 그가 해외에서 살고 있다는 사실이 큰 몫을 했을 것이다.

김문학이라는 개인적 인물이 우리 조선족에게 주는 시사는 아주 크다. 우리 문학, 인문학이 세계로 나아갈 수 있는 가능성의 비밀과 방법을 시사하고 있다는 면만으로도 김문학의 존재는 우리에게 축복받을 만하다.

이런 귀중한 의미를 결코 그 어떤 가벼운 '친일, 반동문인'이라는 가십거리로 훼손시킬 수는 없다.

5

세상 사람들은 김문학을 '박쥐'라고도 한다. 이 별명은 김문학에게 아주 잘 어울린다. 그 자신도 문화박쥐라고 늘 자칭하고 있지 않은가? 20세기만 해도 박쥐는 주체성 없는 회색분자로 멸시 · 박대를 받았지만 21세기는 오히려 대접을 받는 시대다.

두 개의 또는 복수의 문화를 공유하면서 이것들을 창조의 원천으로 삼는 문화인. 서로 적대시하고 모순과 갈등에 찬 전쟁의 세기 20세기는 바로 이런 박쥐적 사고가 결핍됐기 때문이 아닌가?

박쥐 같이 중간에서 서로 화목케 하는 역할의 존재가 없는 한 인류의 전쟁은 끊이지 않을 것이다. 최근의 이라크 전쟁도 한 가지 이데올로기만 고집하고 상대를 자신의 이데올로기로 무조건 제압하려는 일원적인 사고에서 빚어진 인류의 참극이다.

적의 아픔까지도 내 아픔으로 간주할 수 있는 보편적 문화주의가 필요한 시대다. 김문학의 사고는 이런 박쥐형의 '박애', 다원적인 사고다.

또한 그는 어느 한 문화나, 어느 한 집단에도 예속되지 않은 자유사

상가다. 그의 자유로운 발상에서 아이디어가 생기고 모든 글이 생겨
난 것이다. 이런저런 의미에서 김문학은 조선족의 첫 자유사상가일
것이다.

우리 조선족에게 지금 절실하게 필요한 것은 이와 같은 유연한 발상
을 갖고 있는 영재다.

이런 인물을 부추기고 사랑해야 할 판에 파시즘의 용맹한 포격 같이
죽이려고 한 우를 범했으니 이 얼마나 미련한 자살행위였는가!

6

김문학의 몸에는 파괴와 건설의 의식이 공존하고 있다. 귀재 김문학
은 자유롭고 유연성 있는 발상과 이성의 광기와 굴레를 벗은 말의 패
기로 조선족 지성의 문화틀을 '분쇄'시켰다.

불모로 치닫는 민족이라는 '성역'을 예리한 붓으로 마구 뒤집어보았
다. 지금까지 모두 정면에서 조심스럽게 젓가락으로 소천엽 뒤집듯 하
던 지성의 허약한 이미지를 깨면서 감히 민족이란 전체 금지구역을 뒤
집는 큰일을 저질렀다.

탁월한 재능에 의해 재기발랄한 필치로, 독설이라는 따가운 문체로
민족에 대한 총제적 성찰을 감행했던 것이다.

그 문장의 행간에 자유의 사상, 지혜의 사고, 참신한 공기, 이성의
광기가 흐른다.

그러나 대부분의 독자가 간과한 것은 바로 이 참신하고, 재기발랄한
욕설 문체의 뒤에 숨겨진 그의 건설적인 제안들이다.

이 귀재는 파괴를 했을 뿐만 아니라 처방도 준 것이다. 단지 이 처방에 대하여 감정의 파도에 싸여 우리가 미처 이해하지 못했을 뿐이다.

조선족 문화의 틀을 바꾼 김문학의 문명비평 속에서, 『개조론』을 통해, 우리는 너무나 많은 조선족과 조선족 문화를 발견할 수 있다. 우리는 그를 통해서 조선족을 재인식, 재성찰할 수 있었다.

김학철, 정판룡의 조선족 인식이 단발적인, 에세이적인 인식이었다면 김문학의 조선족 인식은 비교문화적인, 다차원적인 인식이었다. 그리고 보다 예리했고 보다 자극적이었다. 때문에 조선족 사회 전체를 뒤흔들 수 있었던 것이다.

그의 『개조론』은 전무한 '악서'라고 할 수 있다. 나쁜 글이라는 뜻이기보다 나쁜 민족성의 병을 치료하는 글이라는 의미가 앞선다.

이런 의미에서 김문학의 글은 길이 남아야 할 것이라고 판단된다. 누가 원하든 또 그렇지 않든 문화사에 김문학의 이름석자는 크게 기록될 것이다.

7

아직도 연부역강(年富力强)한 젊은 그를 두고 이미 성취한 것보다는 앞으로 성취할 무한한 가능성을 바라볼 때, 그를 오늘의 안목으로서만 평가하는 것은 어쩌면 경솔한 행동일 것이다.

그의 맨탤리티와 조선족 문화사에서 차지할 위치에 관해서는 그와 맞먹는 역량의 평론가가 나타나기를 기대할 수밖에 없다. 지금 우리가 해야 할 것은 그의 글을 읽고 그를 편견 없이 색깔을 버리고 환원시키는 일이다.

작년에 우연히 일본 문화계의 한 모임에서 이느 일본의 거물급 시성에게서 중국의 조선족 작가, 비교문화학자 김문학을 아느냐는 질문을 받은 적이 있었다.

필자가 그와는 잘 아는 사람이라고 대답하자 그는 웃으면서 '김문학 같은 인물이 있는 것은 당신네 조선족의 행운이외다.'라고 두 번이나 진지하게 말하는 것이었다.

필자는 우리가 너무 자신의 인재들을 소홀히 대하고 있구나 하고 한탄을 하게 되었다.

2003년 4월

편 집 후 기

우리는 흔히 아는 만큼 느낀다고 한다. 옳은 말이다. 자신의 앞에 무엇인가가 있어도 그에 대한 지식이 없으면 우리가 느낄 수 있는 것에는 한계가 있는 법이다.

한 · 중 · 일 삼국인들의 왕래가 더욱 활발해지고 있는 요즘, 삼국의 문화를 명쾌하고 재미있고 알기 쉽게 다룬 이 책을 읽는다는 것은 결코 의미 없는 작업이 아닐 것이다. 저자 김문학은 삼국을 두루 돌아다니면서 특유의 풍자적이고 유머러스하며 날카로운 시선으로 삼국의 문화를 관찰하여 이 한 권의 책을 엮었다. 그러나 그의 시선은 거창하고 화려한 것에만 머물러 있지 않다. 그의 시선이 머무는 곳은 우리 일상의 아주 흔한 것들, 너무 흔해서 일반 사람들은 그냥 지나쳐 버리고 아주 당연하게 받아들이는 것들이다.

하루에도 몇 번씩이고 드나드는 화장실, 하루 세 번 꼬박꼬박 대하는 밥상, 우리가 늘 살고 있는 집, 우리가 일상적으로 쓰는 말, 별다른 생각 없이 습관적으로 하는 행동 등.

그는 이런 모든 것들에서 의미를 이끌어 내고 그것의 비교를 통해 삼국의 문화와 거기에 담긴 뜻을 밝혀낸다.

그의 시선이 작고 사소한 것들에 향해 있기에 우리에게 더 큰 도움이 되는 것이다. 이 책을 읽은 우리는 이제 일본이나 중국의 어디를 가나 새로운 시각으로 그것들을 바라보게 될 것이다. 그리고 일본, 중국인들의 일상적 습관, 사고방식을 더욱 잘 이해할 수 있게 되었다. 이야말로 저자가 본문 중에서도 말한 삼국의 융합에 커다란 힘이 될 것이다. 남을 안다는 것은 관용의 폭이 넓어진다는 말에 다름 아니니.

이 책은 십 년 전에 이미 한 번 출판되었던 내용이다. 거기에 새로이 첨삭을 가하지 않고 그대로 다시 출판한 것은 이 원고의 내용 자체에도 커다란 의미가 있기 때문이다. 또한 예전의 상황을 고스란히 알 수 있지 않은가? 이런 작업 또한 무의미한 것은 아니리라. 현 상황과 다른 부분이 군데군데 있지만 외관적인 형태만이 바뀐 것일 뿐 내적 모습은 크게 변하지 않았을 테니 감안하고 읽어 주시기 바란다.

본문 중 ( )는 우리말대로 읽은 한자를 표기할 경우 그리고 앞 낱말의 뜻을 밝히거나 내용을 보충한 경우에 사용했다. [ ]는 일본, 혹은 중국식 발음을 표기한 경우나 한자를 우리 식대로 읽지 않았을 경우에 사용했다.

그리고 일본의 인명, 지명은 대부분 일본 발음을 사용했으며, 중국의 경우는 대부분 한자를 우리 식으로 읽어 표기했다. 현행 맞춤법에는 맞지 않지만 저자가 원고를 썼을 때의 분위기를 살리는 데 약간은 도움이 되지 않을까 하는 생각에서 이런 방법을 취했다.

이 책을 통해서 삼국 문화에 대한 이해의 폭, 지식의 폭 그리고 삼국인에 대한 관용의 폭이 더욱 넓어졌으면 하는 바람이다.

한 · 중 · 일 신(新) 문화 삼국지

2011년 2월 10일 1쇄 인쇄
2011년 2월 15일 1쇄 펴냄

지은이 | 김문학
디자인 | 김민호
발행인 | 박현석
펴낸곳 | 玄人
등 록 | 제 2010-12호
주 소 | 서울시 도봉구 창1동 주공아파트 409-906호
전 화 | (010) 2012-3751
팩 스 | (0505) 977-3750
이메일 | gensang@naver.com

ISBN 978-89-964720-3-2(03810)